Nick Hornby

尼克·霍恩比 | 作品

About a Boy

[英] 尼克·霍恩比……著

冯涛……译

非关男孩

上海译文出版社

纪念丽兹·奈茨

一

“你们现在掰了？”

“你开什么玩笑？”

大家经常在马尔库斯并非开玩笑的时候认为他在开玩笑。他不明白到底为什么。问他妈妈是不是跟罗杰掰了表明他绝对敏感明智：他们先是大吵了一架，然后又躲到厨房里密谈，不一会儿他们又面色凝重地出现，罗杰来到他身边，握了握他的手祝他在新学校里好运，然后罗杰就走了。

“我干吗要开玩笑？”

“那好，在你看来是怎么回事？”

“在我看来你们像是掰了。但我要确证一下。”

“我们是掰了。”

“这么说来他离开我们了？”

“是的，马尔库斯，他离开我们了。”

他觉得自己怎么都没法儿接受这事儿。他相当喜欢罗杰，他们三个一起出去过很多次;而现在,很明显他是再也见不到他了。他并不在乎,但细想想又很怪异。他曾跟罗杰共用过一个马桶,当时的情况是在很长的车程之后他们俩都给尿憋得要命。你会想,如果你跟某个人并排撒过尿的话,总该跟这个人保持联系吧。

"那他的比萨怎么办?"他们在吵架前刚要了三份比萨饼,那三份饼现在还在路上。

"我们分了它。要是我们饿的话。"

"可是它们很大的。而且他订的不是上面有辣香肠的吗?"马尔库斯跟他妈妈是素食主义者。罗杰不是。

"那我们就把它扔了,"她说。

"要不然我们就把上面的辣香肠去掉。他们肯定不会给你放很多的。大部分都是奶酪跟西红柿。"

"马尔库斯,我现在真的没心思想比萨的事。"

"好吧。对不起。你们为什么掰的?"

"哦……各种各样的原因吧。我真的不知道该怎么解释才好。"

马尔库斯对她没办法解释到底发生了什么丝毫不感到惊异。他多少听到了整个争吵的过程,而他一句话都没听明白;好像是某件东西丢到某个地方了。当马尔库斯跟妈妈争吵的时候,你很容易听到争吵的要点:太多,太贵,太晚了,年龄太小,对你的牙齿不好,换个频道,家庭作业,水果。但当他妈妈跟她的男朋友们争吵时,你可以一直听上几个小时仍然不知道他们在吵什么,要点何在,根本没有水果和家庭作业这样明确的部分。就好像他们的任务就是争吵,所以想到什么就吵什么。

"他另有了女朋友?"

"我认为没有。"

“你另有了男朋友？”

她哈哈大笑起来。“那会是谁呢？那个送比萨外卖的？不，马尔库斯，我没有另有了男朋友。不是因为这回事。当你是一位三十八岁、有工作要做的妈妈时，就会有时间的问题。哈！就会有一切的问题。为什么要问？这让你心烦吗？”

“我不知道。”

他是不知道。他妈妈很难过，这个他知道——她现在老是哭，比他们搬到伦敦来之前次数要多——但他又没概念这是不是跟她的男朋友们有关。他倾向于希望如此，因为这样就都眉目清楚了。她又会遇到别的人，会令她快乐的人。为什么不呢？他妈妈很漂亮，他想，很优雅，有时还很有趣，他估计总有一箩筐像罗杰那样的小子会围着她转的。但如果不是因为男朋友，他就不知道可能是什么了，肯定是很糟糕的事了。

“你介意我交男朋友吗？”

“不。除了安德鲁。”

“哦，没错，我知道你不喜欢安德鲁。但总体来说呢？你不介意这个主意吧？”

“不。当然不。”

“你在所有事上确实已经表现得很好了。考虑到你已经有了两种截然不同的生活。”

他理解她的意思。第一种生活于四年前结束，那时候他八岁，他妈妈跟他爸爸掰了；那是那种正常乏味的生活，生活内容不过是学校、假期、家庭作业以及周末去看爷爷奶奶。第二种生活更闹些，包括了更多的人和更多的地方：他妈妈的男朋友们跟他爸爸的女朋友们；公寓跟住宅；剑桥跟伦敦。你都不能相信只是因为一种关系结束了就会有这么大的改变，不过他并没有心烦。有时他甚至想，比起第一种生活来他更喜欢第二种。有更多的事发生，那本身就是件好事。

不过除了罗杰之外，在伦敦并没有发生太多的事。他们才来这儿几个星期——他们是在暑假的第一天搬过来的——但到此为止已经相当无趣了。他跟他妈妈一道去看了两场电影，《小鬼当家Ⅱ》，不如《小鬼当家Ⅰ》好；还有《亲爱的，我把孩子放大了》，同样没有《亲爱的，我把孩子缩小了》好看，而且他妈妈说现在的电影都太商业了，当她在他这个年龄的时候……等等等等，他记不得了。他们还去他的学校看了一眼，又大又恐怖，他们还在他们的新家周围散步，这个地区叫哈洛威，他们好一阵坏一阵，他们多次谈到伦敦，谈到他们可能发生的变化以及他们可能是如何终得圆满的。不过实际上他们只不过是在坐等他们的伦敦生活自动开始。

比萨到了，他们直接就着盒子把它们给吃了。

“它们比我们在剑桥吃的要好，是不是？”马尔库斯开心地说。这不是实情：他们是从同一家比萨公司订的，但在剑桥还无须跑这么远，所以比萨还不至于这么潮乎乎的。他这么说只是因为他觉得应该说几句乐观的话。“我们看电视好吗？”

“想看就看吧。”

他在沙发背后找到了遥控器，迅速把频道过了一遍。他不想看任何一部肥皂剧，因为肥皂剧总是充满了麻烦，他担心肥皂剧里的麻烦会使他妈妈想起她自己生活中的麻烦。所以他们就一起看了一档自然节目，讲的是一种一直生活在岩洞最底下的鱼类，这种鱼什么都看不见，也没人能从这种鱼身上看出什么来；他也就不必担心这会让他妈妈过多地想起任何事来了。

二

威尔·弗里曼有多酷？有这么酷：他跟一位他都不怎么认识的女人睡了三个月（得5分）。他曾花三百多镑买了一件夹克（5分）。他曾花二十多镑理过一次发（5分）。（在1993年你又怎么可能花少于二十镑的价钱理一次发？）他拥有5张以上的hip-hop唱片（5分）。他服用过摇头丸（5分），而且是在一家夜总会而不单单是在家里当作一种社会学上的经验服用的（再奖5分）。他打算在下次大选中投工党的票（加5分）。他一年赚四万多镑（5分），而且他还不需要很努力地工作（5分，而且他还因为根本就无须工作又得了5分）。他在一家提供玉米粥和切成薄片的巴尔马干酪的饭馆用餐（5分）。他从未用过带香味的安全套（5分），他已经卖了他的布鲁斯·斯普林斯汀的唱片（5分），而且他不但留过一阵子山羊胡（5分）而且已经又把它们给剃掉了（5分）。坏消息是他从未跟照片上过报纸或杂志风尚栏的女人做过爱（减2分），而且如果要他说实话（如果说威尔真有什么接近于伦理学上的信仰的话，那就是：在做测试问卷时撒谎是绝对错误的），他的确仍然认为，拥有一辆跑车是会吸引女性的目光的（减2分）。尽管如此，他的得分是……66分！他酷到，据测试问卷给出的解释，零度以下！他是干冰！他是雪人身上的冰霜！他会因体温过低而被冻死！

威尔不知道该拿这些测试问卷认真到何种程度，但他又没时间来细想这种事；一本男性时尚杂志认为你很酷，这可实在接近于一次真正的成功了，这么一种时刻可是值得珍视的。酷到零度以下！你不可能比零度以下更酷了！他合上杂志，把它放到浴室里一堆类似的杂志上面。他不能把这些杂志都保存起来，因为他买的实在太多了，但他不想就这么匆忙地把这本杂志给扔掉。

威尔有时候会想——并不经常，因为他并非经常陷入历史性遐思的人——像他这样的人在六十年前会是怎么过活的。（“像他这样的人”的意思就是，他也清楚，那种有点特殊的一群；实际上，六十年前是不可能有任何人跟他一样的，因为六十年前没有一个成年人会有一个像他这样以同样的方式赚钱的父亲。所以，当他想到像他这样的人的时候，他并不是指完全像他的人，他只是指那些整天并不真正需要做任何事，也并不特别想做任何事的人。）六十年前，威尔赖以消磨时日的东西还都不存在呢：那时候没有日间电视节目，没有录像带，没有花花绿绿的杂志也就没有测试问卷，虽然可能也有唱片店，但他听的音乐类型还没发明出来呢。（刚刚他还听“涅槃”乐队和斯诺普·多吉·多格[1]的唱片，而你在1933年是找不到多少听起来跟这种音乐类似的声音的。）那可能就剩下书了。书！他会不得不找份工作，那几乎是一定的，否则的话，他会发神经的。

① Snoop Doggy Dogg，著名饶舌歌手。

现在可就容易了。简直有太多可做的事了。你不再需要有你自己的生活;你可以单单靠越过篱笆偷窥他人的生活过活,因为你就生活在报纸、《伦敦东区人》、电影、忧伤得精致无比的爵士乐或是粗鲁的饶舌歌里面。二十岁的威尔如果知道他到了三十六岁的时候仍然没有找到自己的生活会很吃惊,也许还会很失望,但三十六岁的威尔对此却并不特别不开心;这样子起码不至于弄到一团糟。

真是一团糟！威尔的朋友约翰家就充满了这种东西。约翰跟克里斯汀有两个孩子——第二个上星期才生出来,威尔已经接到传唤去看那个小东西了——他们生活的地方,威尔忍不住不想,真不体面。颜色鲜亮的塑料制品铺满地板,录像带躺在录像带盒子外面,两者都在电视机旁边,白床单扔在沙发上面,看起来被当作一张巨无霸厕纸用了,虽然威尔宁肯认为那些污迹是巧克力……人怎么能这么过日子?

约翰在厨房给他沏茶的时候克里斯汀抱着新生儿进来了。“这是伊莫金,”她说。

“哦,”威尔说。“对了。”接下来他应该说什么?他知道应该要说些什么的,但谅他一辈子都想不起来了。“她可真……”不行。全跑了。他把谈话的努力集中到了克里斯汀身上。“那你现在怎么样,克丽斯?”

“哦,你知道的。有点筋疲力尽。”

“就像一根蜡烛两头烧?”

“不。只不过生了个孩子。”

“哦。没错。”所有的一切都能回到那个倒霉的孩子身上。“这会使你相当累的,我猜。”他已经故意等了一个礼拜以避免不得不谈论这种事,结果证明等也是白等了。他们仍然得谈这个。

约翰端着一个托盘和三杯茶进来了。

“巴尼今天到他奶奶家去了,”他说,威尔看不出来他有什么必要解释这个。

“巴尼怎么样了?”巴尼两岁,这就是巴尼的状况,除了他父母以外谁都不会对他有兴趣,但是,为了某些他永远都琢磨不透的原因,他又似乎必须得对此发表几句评论。

“他很好,谢谢,”约翰说。“他这会儿正是个小恶魔呢,你留心点,他还不太确定该怎么对待伊莫金,不过……他还是很可爱的。”

威尔以前见过巴尼,知道他实际上一点都不可爱,所以他选择忽略这个不合逻辑的推论。

“你怎么样,威尔?”

“我很好,谢谢。”

“有点想要一个自己的家了吗?”

我宁肯吃巴尼的脏尿布,他想。“不,”他说。

“你可成了我们的心病了,”克里斯汀说。

“我这样就很好,谢谢。”

“也许吧,”克里斯汀自鸣得意地说。这两个人开始让他感到生理上的不快了。首先,他们有了孩子就已经够糟的了;他们干吗还想通过鼓励他们的朋友犯同样的错误来加重他们本身的错误?这些年来威尔已经确信,在生活中不必像约翰和克里斯汀弄得他们自身不快乐那样弄得自己也不快乐还是有可能的(他确信他们不快乐,虽然他们已经像是洗过脑一样,根本认识不到自己不快乐了)。你需要钱,当然了——这就是生孩子的唯一理由,就威尔的观点而言,当你老了没用了成了穷光蛋了,你的孩子们会照顾你——但他有钱,这就是说他能够避免这一团糟以及把厕纸扔得到处都是还要劝朋友们把他们的生活也弄得跟你一样悲惨的可悲需要。

约翰跟克里斯汀曾经当真很不错的。那是威尔跟杰西卡交往的时候，他们四个当时每周一起去夜总会一两趟。他跟杰西卡是在她想把泡沫跟无聊转变成某种更坚实的东西的时候分手的；威尔一度很怀念她，暂时性的，但他更怀念夜总会。（后来他还碰到过她，有时候，中午出来吃个比萨的时候，她就会给他看她孩子们的照片，并且告诉他他是在浪费他的生命，而且他还不知道是怎么回事；他会告诉她就因为他不知道是怎么回事他真是太走运了；然后她又会告诉他总之他是没办法掌握自己的人生，而他会告诉她他根本就无意为自己的人生找到这条或是那条出路；然后他们就在沉默中坐着，互相盯着对方。）现在，约翰跟克里斯汀又重蹈了杰西卡的覆辙，而且有过之而无不及，无论如何他对他们是再也不想领教了。他并不想见到伊莫金，也不想知道巴尼到底怎么样，他不想听到克里斯汀有多累，现在他们就只剩下累了。他不想再为他们心烦了。

“我们在想，”约翰说，“你是否会愿意做伊莫金的教父？”然后他们两位面带期待的微笑坐在那儿望着他，就像他会兴奋得一跃而起、痛哭失声或是用个激动的拥抱把他们撞倒在地毯上。威尔紧张地笑了笑。

“教父？关于教堂什么的？生日礼物？如果你们飞机失事了就收养她？”

“是的。”

“你们开玩笑吧。”

“我们一直都认为你其实是深藏不露的，”约翰说。

“啊，但你看我并没有什么深藏不露。我确确实实就这么浅。”

他们仍在微笑。他们还是不理解。

“听着。对你们的盛情我很感动,但对我来说,我想不出更糟的事了。我是认真的。这事只是太不适合我来做了。”

他没再待多久。

一两个星期之后威尔就遇到了安吉,第一次当了回临时继父。如果他能掩饰一下他的骄傲以及对孩子、家庭、家庭生活、一夫一妻制以及早早就上床睡觉的痛恨,他也许就会免于那一串可怕的麻烦了。

三

在第一天夜里，马尔库斯每半小时左右就会醒一次。他能从他的恐龙闹钟的夜光指针上读出确切的时间：10：40，11：19，11：55，12：35，12：55，1：31……他简直不能相信他第二天早上还得回到那个学校，还有后天早上，大后天早上，大大后天……当然，然后就是周末了，但在他余生中的差不多每天早上情况都会是如此。每次醒来，他首先就在琢磨，肯定会有办法经过、绕过或者甚至直接穿过这种可怕的感觉；以前，无论他因为什么而烦恼，通常他都能找到解决的办法——最常用的办法就是告诉妈妈他在为什么事心烦。但这次她肯定无能为力了。她不会把他转到另一个学校，即使她真的给他转了学也不会有什么本质上的不同。他还是他自己，而在他看来，这正是问题的关键所在。

他只是不适应上学而已。起码，不适应上中学。这就是问题所在。那你又怎么能把这个解释给任何人听呢？对某些事不适应是没什么的（他已经知道他不适应派对，因为他太害羞了，他也不适合穿宽松裤，因为他的腿太短)，但不适应上学可是个大问题。根本没办法绕过去。有些孩子，他知道，在家里由父母教育，但他妈妈做不到，因为她得出去工作。除非他出钱雇她教他——但她不久前才刚刚告诉过他她一个星期就能挣三百五十镑。一周三百五十镑！他到哪儿弄这么多钱去？靠送送报纸可绝对不行，这个他很清楚。他唯一能想到的另一种不去上学的孩子就是麦考利·科尔金[①]。曾有一档星期六早间电视节目说到麦考利在一种活动住宅那样的地方接受私人家庭教师的教育。他琢磨着，那也不错。简直是很棒，因为麦考利·科尔金可能一周就能挣到三百五十镑，也许更多，那就意味着如果他是麦考利·科尔金的话他就能雇他妈妈来教他了。但如果想做麦考利·科尔金就意味着要会演戏的话，那还是免谈吧：他在表演方面简直是个白痴，因为他痛恨站在大庭广众面前。这也就是他之所以痛恨学校的原因。所以他才想成为麦考利·科尔金。所以过一千年他也成不了麦考利·科尔金，更别说几天之内了。他明天就得乖乖地上学去。

整个晚上他都像回飞镖[②]一样想个没完：一个主意会一下子射到老远，直接飞向好莱坞的某个活动房间，过一会儿之后，在他离学校和现实能多远就有多远了的时候，在他已经相当快活的时候，飞镖又飞回来了，砰地正打在他头上，把他晾在他开始遐想的地方。而每一次来回都离天亮越来越近。

吃早饭的时候他很安静。“你会适应的，”他妈妈在他吃麦片粥的时候说，可能因为他的表情很悲惨。他只是点点头，冲她微微一

---

① Macaulay Culkin，著名童星，《小鬼当家》系列的主演。

② 回飞镖(boomerang)为澳大利亚原住民使用的一种木制飞镖，具有特别的弧度，掷出后能自动返回投掷者手上。

笑;这话还是有道理的。已经有好几次他知道,他体内有某个地方知道,无论是什么事他总会习惯的,因为他自己已经有过一些严峻的事不一会儿就变得柔和多了的经验。在他爸爸离开他们的那一天,他妈妈跟她的朋友科琳带他去了格拉斯顿伯里,他们在一个帐篷里玩得很开心。但学校这件事却只能越来越糟。那可怕、恐怖、骇人的第一天将是他以后要过的日子的样板。

他到学校的时候还早,他来到教室,在自己的座位上坐下。他待在那儿还是安全的。昨天让他难过的那些家伙可能不属一大早就到校的那一类;他们可能正在外头什么地方抽烟嗑药欺负人呢,他心情阴郁地想。教室里有一两个女孩,不过她们都没注意他,除了在他往外拿阅读课本时听到她们的哈哈大笑之外,倒都跟他井水不犯河水。

到底有什么好笑的?没什么,真的没什么,除非你专职盯在那儿找取笑的对象。但不幸的是,以他的经验而言,大部分半大孩子却都属这类人。他们像鲨鱼一样在学校的走廊上来回巡游,只不过他们虎视眈眈的不是肥肉,而是不合身的裤子,不合适的发型,不合脚的鞋子或是所有那些能让他们乐得要命的东西。因为他通常穿的总是不合脚的鞋子或是不合身的裤子,而他的发型又从来没合适过,所以一周内的每一天,他根本不需要再多做什么就够让那帮家伙发狂的了。

马尔库斯知道他有些怪异,他也知道他之所以有些怪异的部分原因是他妈妈也有些怪异。她只是意识不到这些事。她总是告诉他只有那些浅薄的人才会从穿着和发型上判断一个人;她不想让他看垃圾电视节目,或是听垃圾音乐,或是玩垃圾电脑游戏(她认为这些东西都是垃圾),这就意味着,如果他想做一点别的孩子把全部时间都花在上面的事，他就不得不跟她争论几个小时。通常失败的总是他，而且她是那么擅长争辩说理，以至于他没达到目的也挺开心的。她会向他解释为什么听乔尼·米切尔[①]和鲍伯·马利[②]（这两位碰巧都是她热爱的歌手）要比他听斯诺普·多吉·多格好得多，以及为什么读点书要比玩他爸爸给他的游戏机更加重要。但他没办法把这些理由转达给学校里的同学。如果他试着告诉李·哈特利——他昨天遇见的个头最大嗓门最高最让人讨厌的家伙——他不喜欢斯诺普·多吉·多格是因为斯诺普·多吉·多格对女性的态度不好，李·哈特利会给他一拳或是叫他他不想被叫的什么绰号。在剑桥的时候可没这么糟，因为那儿有好多孩子也不喜欢上学，而且有很多妈妈也是像他妈妈那样对待孩子的，但在伦敦情况就大不一样了。同龄的孩子更凶更坏更不宽容，在他看来，如果他妈妈找不到更好的工作就不能给他转学的话，那她至少也得正经停止她那套“我们好好谈谈吧”的把戏。

在家他过得挺快活的，听听乔尼·米切尔，读读书，但这对他在学校可一点帮助都没有。这有点滑稽，因为大部分人都会持相反的观点——认为在家读书肯定会有所帮助，但实际上并没有：这只使他变得跟人家不一样，而就因为他跟人家不一样他觉得很不舒服，又因为他觉得不舒服他就会觉得自己跟所有的人所有的事都游离了开来，无论是同学老师还是功课。

也不全是他妈妈的错。有时候他显得怪异只是因为他就是那样，而不在于她做了什么。比如说唱歌……他是什么时候开始知道唱歌是怎么回事的？在他脑袋里总有一个调子在盘旋，时不时地，在

---

① Joni Mitchell，民谣爵士才女，二十世纪七八十年代红极一时。
② Bob Marley，“雷鬼音乐”（Reggae）之父。

他紧张的时候，那个调子就会冷不丁地冒出一部分来。因为某些原因他没法分清楚内外，因为似乎没什么真正的区别。那就像你在一个热天跳进一个温水的池子里游泳，你会从池子里出来了而没有意识到自己已经出来，因为池子里和外面的温度相同；他唱歌的情形就跟这个类似。不管怎么说吧，昨天上英语课的时候他就冒出了一首歌，那时候老师正在朗读；如果你想引别人笑你，真地，真正地哈哈大笑，那最好的办法，他发现，比理一个可笑的头更奏效的，就是在教室里所有的人都安安静静正感到无聊的时候大声唱歌。

今天早上他直到第一节课课间休息后一切都还好。他在报到的时候很安静，他在走廊里避开同学，然后就是两节数学，他喜欢数学，他也学得很好，虽然他们现在上的课他以前已经上过了。课间休息的时候他去找布鲁克斯先生，另一位数学老师，跟他说他想加入他的计算机小组。他很高兴他这么做了，因为依他的本性是要一直待在教室里读书的，但他竟硬是跑了出去；他甚至得穿过整个操场。

但在上英语课的时候，事情又糟了。他们用的课本兼收并蓄，什么都涉及一点；他们当时在看的一段选自《飞越疯人院》。他知道这个故事，因为他跟他妈妈一起看过那部电影，所以他对接下来会有什么事发生知道得一清二楚，清楚得他都想从教室里逃跑了。

当事情真的发生的时候，结果比他想象的还要糟。马奎尔女士要一个她知道很擅长朗读的女孩起来朗读课本选的段落，然后她想组织一次讨论。

“这本书的中心之一就是关于……我们怎么才能知道谁疯了而谁又没疯呢？因为，你们都知道，就某个角度而言我们都有点疯狂，如果有谁说我们有点疯了，我们怎么才能……表现出我们是神志清醒的？”

沉默。有几个孩子相互叹了口气并交换了个眼色。马尔库斯注意到一件事，那就是如果你是中途转学到一个学校的，你会马上看得出来任课老师跟一个班级到底处得怎么样。马奎尔女士很年轻又很紧张，她在努力挣扎呢，他想。跟这个班可能处得好，也可能处不好。

“好吧，让我们换个角度来想。我们怎么能判断一个人是不是疯了？”

终于来了，他想。终于还是来了。这就是了。

“如果他在班上毫无来由地唱歌，老师。”

大笑。但接下来的情形比他设想的还要糟。每个人都转过头来看他；他则看着马奎尔女士，而她勉强咧嘴笑着，避开他的目光。

“好吧，这是一个办法，是的。你会觉得这么做的人有点疯疯癫癫。但请暂时别把马尔库斯算进去……”

哈哈大笑。他知道她都干了什么以及为什么要这么干，他恨她。

四

威尔第一次见到安吉——或者不如依后来证实的，他并没看到她——是在“唱片冠军”店，一家位于哈洛威街上的小唱片店。他在店里随便瞎看，消磨时间，三心二意地想找一张他年轻时曾拥有过的R&B选集，他曾经热爱过后来又丢掉的唱片之一；这时他听到她在向那位粗暴郁闷的店员解释她想给她侄子买一张Pinky和Perky①的唱片。她在接受服务的时候他正在唱片架上逐一搜寻，所以他一眼都未能看到她的脸。不过他看到了浓密的蜂蜜一样的金发，而且他听到了他以及所有的人都认为是性感的略带点沙哑的嗓音，所以当她在解释她侄子竟然连Pinky和Perky是谁都不知道时他就一直听着。“你不觉得这很可怕吗？想象一下，一个孩子都五岁了还不知道Pinky和Perky是谁！他们都教孩子们干什么了！”

她竭力做出快活的样子，不过威尔自己就吃过苦头，他知道“唱片冠军”是与快活为敌的。她得到的回报就是，他知道会是这种结果，具有毁灭性的轻蔑的一瞥和几句嘟囔，表示她正在浪费店员们宝贵的时间。

两天后，他在上街的一家咖啡店里发现他正坐在同一个女人的对面。他认出了她的声音(他们都点了卡布基诺和羊角面包)，她的金发和斜纹布夹克。他们都起身去拿咖啡店里的报纸——她拿了《卫报》，他只好拿了剩下的《邮报》——他冲她微微一笑，而她显然不记得他了，如果她不是那么漂亮的话他也就就此作罢了。

“我喜欢 Pinky 和 Perky，”他以一种他希望是柔和、友好、有点开玩笑地要她领情的语调说，但他马上就意识到他犯了个可怕的错误，这不是唱片店里的那个女人，她一丝一毫都不明白他在说什么。他真想把自己的舌头扯烂用鞋子把它踩进木头地板里。

她看着他，不自然地微笑着，而且瞥了一眼对过的侍者，也许在默算那位侍者从房间那边猛冲过来把威尔打倒在地需要多长时间。威尔既理解又表示同情。如果一个你完全不认识的家伙在咖啡店里挨着你坐下并且平静地告诉你他喜欢 Pinky 和 Perky，以此作为开始交谈的话题，你只能假定你接下来就要被他剁去脑袋并且藏到地板下面去了。

“对不起，”他说。“我把你当成别的人了。”他脸红了，他的脸红似乎让她安了心：他的尴尬至少可以看作神志清醒的表现。他们又回到各自的报纸上，但那位女士却忍不住笑了好几回并且望了他好几回。

“我知道这听起来有点太爱管闲事，”她终于开口说，“但我还得问问你。你把我当成谁了？我一直想搭上某个有趣的故事却一直未能如愿。”

---

① Pinky 和 Perky 是西方两个著名的唱歌的小猪木偶形象，最初出现在 20 世纪 60 年代的英国电视节目中。

于是他就解释了一番，她再一次笑了，于是他终于得到了机会以正常的途径开始两个人的交谈。他们谈到无须在早上工作（他并没有坦白就是下午他也无须工作），谈到了唱片店，当然还有 Pinky 和 Perky 以及另外几个儿童电视节目中的角色。在此之前他可从没尝试过以这么酷的方式开始一段关系，结果是他们喝完第二杯卡布基诺的时候他已经讨到了电话号码并定下了晚饭的约会。

他们再次碰面的时候她开门见山地告诉他她有孩子的事；结果是他差一点把餐巾一扔，推开餐桌跑掉。

“那又怎么样？”他说。这当然才是正经该说的话。

“我只是认为你应该知道。对某些人来说这会大不相同的。”

“在哪一方面？”

“我的意思是，男人那方面。”

“哦，是的，我明白了。”

“对不起，我并没把事情做好，对吧？”

“你做得很好。”

“只不过……如果我们这是在正式约会，我是这么觉得的，我认为我应该把这件事告诉你。”

“我很感激。不过真的，这不成问题。如果你没有孩子的话我反倒会觉得失望呢。”

她笑了。“失望？为什么？”

这真是个好问题。为什么？很明显，他这么说只是他觉得这听起来优雅动人，但他不能告诉她这个。

“因为我从没跟一位单身母亲交往过，而我又一直想试试。我想我会很擅长的。”

“擅长什么？”

对呀。擅长什么？他擅长什么？这可是个“百万美元大考场”式的问题，一个他根本没法回答的问题。也许他会擅长跟孩子相处，虽然他痛恨孩子以及所有把他们带到这个世界上来的人？也许他一口回绝约翰、克里斯汀以及婴儿伊莫金确实有点操之过急了？也许他就适合做这个！威尔叔叔！

“我不知道。擅长小孩子们的事吧。擅长胡闹。”

他肯定是这么回事，绝对是。不是每个人都是吗？也许他应该一直跟孩子们待在一起的。也许这就是他人生的转折点！

不得不说，安吉的美貌对于他重新估量他跟孩子们的关系并非毫无关系。他现在知道了，那长长的金发衬着的是一张平静开朗的脸，还有大大的绿色眼睛以及异乎寻常地性感的眼角皱纹——她无处不美，整个说起来，跟朱丽·克里斯蒂①是同一类型。这就是问题的关键。他何曾跟一位看起来像是朱丽·克里斯蒂的美女交往过？看起来像朱丽·克里斯蒂的美女是不跟像他这样的人交往的。她们都是跟别的电影明星跟贵族或是一级赛车手混在一起的。这儿出了什么奇迹？他决定这儿出现的奇迹就是孩子；孩子代表的是一种具有象征意义的瑕疵，就像是个胎记或是肥胖症，在很显然他一点希望都没有的地方给了他一个机会。也许孩子能使美丽的单身女人民主化。

“我得告诉你，”安吉继续说，虽然他已经错过了大部分使她得出这个结论的思考过程，“如果你是个单身妈妈，你肯定不会再按女权主义的那套陈词滥调考虑问题。你知道，所有的男人实际上都是混蛋，一个没有男人的女人就像是个……呃……没有某种东西的某种

① Julie Christie，著名电影女演员，1965年凭《亲爱的》(*Darling*)一片夺得奥斯卡最佳女主角。

东西，而这种东西跟第一种东西毫无关系；所有这一套东西。”

“我肯定是这么回事，”威尔说，满怀同情。现在他可真兴奋起来了。如果单身妈妈们真的认为所有的男人都是混蛋，他就可以为男人洗刷罪名了。他就能永远跟一个样子像朱丽·克里斯蒂的女人交往下去了。当安吉激昂地演讲时，他点了点头，蹙了蹙额，抿紧嘴唇，正在谋划他新的、会改变他一生的重大战术。

在接下来的几个星期里他成了好人威尔、救世主威尔，他热爱他的新角色。而且这还不费力气。他从没讨得梅西，安吉那个莫名忧郁的五岁女儿多少欢心，她似乎认为他轻浮到了骨子里。但三岁的乔却几乎立刻就接纳了他，主要是因为他们第一次碰面的时候威尔就抓住他让他在自己的脚边倒立。就这么回事。这就是原因所在。他真希望跟一般人的关系也能这么容易搞定。

他们一道去麦当劳。他们一道去科学博物馆和自然历史博物馆。他们乘船在河上游荡。在他很少几次想到要个孩子的可能时（总是在他喝醉了，总是在一种新关系还在磨合的时候），他已经确信，父亲角色会是很感人的，类似有很多的闪光灯在自己眼前闪烁的感觉。而安吉型父亲角色的确切样子就是：他可以跟一位美丽的女士手牵着手，孩子们在他前面嬉闹雀跃，每个人都能看到他在尽父亲的职责，而当他干满一下午的父亲后如果他愿意他可以再回自己家。

接下来的问题就是性。跟一位单身妈妈的性生活。威尔决定在他跟安吉度过初夜后，彻底打破他惯常的性生活传统。如果你拣到了合适的女人，某位一直漫不经心、终于被自己孩子的父亲抛弃而且从此以后再没遇到别的男人的女人（因为孩子们会妨碍你出去而且毕竟有很多男人不喜欢并不属于他们的孩子，他们还不喜欢像是旋风一样经常性绕着这些孩子的一团糟)……如果你拣到了这么一个女人,那么她会为了你挑中她而爱你的。突然之间,你摇身一变成了一个更英俊的男人,更优秀的情人,更好心的人。

就他的目力所及,这完全是桩皆大欢喜的好事。所有那些在没有孩子的单身男女的世界中进行着的平常的交往,对他们来说,在一张陌生床上的一晚只不过意味着一次性交……他们都不知道自己错过了什么。当然了,肯定会有些入时男女会对他的逻辑不以为然甚至惊骇莫名,不过对他来说正好。减少了竞争对手。

不过到了最后,在他跟安吉的韵事中他存在的关键却是他不是别的某个人。意思是他不是西蒙。她的前老公。此君既酗酒工作也成问题,而且这家伙像个骑士一样毫不在乎社会上的陈词滥调,竟跟自己的秘书搞上了。威尔发现要不成为西蒙容易得很;他绝对有能耐不像西蒙,他干得棒极了。看起来似乎有欠公允,实际上他在好多事上毫没费力却尽得好处:他在更大程度上是因为他不是西蒙而不是作为他自己而备受爱戴的。

即使是韵事的终结,也很有推荐意义。威尔总是发现要了结一段情事很难:他努力想一劳永逸地抓住牛犄角,结果却总是发现剪不断理还乱。但这次跟安吉的韵事却简单明了——事实上,这事了结得如此容易,他都怀疑里面一定有鬼了。

他们交往了有六个星期了,他已经开始发现有相当多的事不能令他满意。开始是发现安吉不够灵活,然后就是所有有关孩子们的事不断地插进来——上个礼拜他买了两张迈克·雷[①]电影的首映票子,结果她直到电影开始了三十分钟后才赶到,原因是孩子的保姆没

① Mike Leigh,英国著名的作家、导演,作品很少但声誉极高,代表作为获得戛纳影展金棕榈奖的《秘密与谎言》。

有按时出现。这可真让他恼火万分，虽然他自我感觉相当成功地隐藏起了怒气，而且接下来那个晚上过得还可以。她从来不在他的家里过夜，所以他不得不总到她那儿去，可她既没有多少 CD，也没有录像机，她家里既不是卫星电视也不是有线电视，结果他星期六晚上总是不得不看"事故"报道或是关于得了重病的小孩的电视电影的废话。他才刚刚开始有点疑心安吉是不是他真正想寻找的人，安吉已经决定跟他分手了。

她正式向他表白的时候他们正在哈洛威路的一家意大利餐馆。

"威尔，真的很抱歉，但我不能确定我们是不是还能继续下去。"

他什么话都没说。以他的经验，每次以这种方式开始的对话通常都意味着她已经确定了，或者就是他做了什么或卑鄙或愚蠢或绝对麻木不仁的事，但他又真的认为在这次的关系中他是完全清白的。他的沉默为他赢得了时间，他飞快地查了一遍他的记忆银行看有没有他或许忽略了的言行失检之处，但什么都没发现。如果他真发现了什么的话，比如说一次故意忽略了的不忠，或是一次不值得注意的粗暴行为，他会非常失望的。因为这次关系的整个基本点就建立在他的"完美"之上，任何污点都意味着他的不诚实是如此根深蒂固，他自己都无法控制了。

"不是你的问题。你一直都很好。是我。哦，总之是我的处境。"

"你的处境没有任何问题。起码我这样认为。"他一下子放了心，他也就很乐于慷慨一点了。

"有些事你还不知道。西蒙的事。"

"他还在为难你吗？因为如果他还在……"你要怎么样？他想轻蔑地问问自己。你要回家给自己卷支大麻烟把他们给忘掉？你要换个更轻省的女人交往？

"不,不是这么回事。哦,我想这看起来可能像是个局外的问题。他不会高兴让我认识别的人。我知道这听起来像什么,但我了解他,他只是仍然不认为我们已经彻底分手了。而且我自己也不大确定,这更加重要点。我还没准备好跟别的人建立一种全新的关系。"

"你一直都做得很好呀。"

"最大的悲剧就是我在绝对错误的时刻遇到了真正适合我的人。我只该没心没肺地放纵一番的,而不是……不是跟一个……"

这可真是,他忍不住想,一种讽刺。如果她知道真相的话,他真是再合适不过了;如果世上还有哪个人比他更配没心没肺地放纵的话,他倒真想见见。是我一直在假模假式!他真想告诉她实情。我很可怕的!我比我装出来的样子浅薄多了,真的!不过太晚了。

"我很想知道是不是因为我拼命追求你的缘故。是我把事情搞糟的,对吧?"

"不,威尔,绝对不是。你一直都棒极了。我真是抱歉我……"

她开始有点泪光盈盈了,他可真爱她这样。以往他可从来没眼看着一个女人哭而不同时感到自己要负责任的,他真享受这次不一样的经验。

"你不必为任何事感到抱歉。真的。"真的,真的,千真万确。

"哦,我应该的。"

"你真的不必。"

他上次处在宽恕的一方是什么时候的事了?肯定不是学生时代的,即使在学生时代可能也没有过。在所有他跟安吉共度的夜晚中,他最喜欢这最后一个。

这对于威尔来说不啻醍醐灌顶。他现在知道了还有很多跟安吉一样的女人——因为想有正常点的性生活而开始一段关系,而因确信安静的生活比多少次喧闹的性高潮都更值得而把关系结束。因为他认识到了某种共同点,虽然原因各不相同,他知道自己在这上面大有可为。美妙的性,良好的自我感觉,暂时性只有欢快没有泪水的父亲角色以及毫无负疚感的分手——身为男人,夫复何求啊?单身妈妈们——聪明,富有魅力的合适女人,全伦敦有总有几千个吧——真是威尔迄今最棒的发现。他作为一系列好男人的生涯已经开始了。

五

一个星期一的早上，他妈妈在早饭前突然哭了起来，这可真把他吓了一跳。一大早就哭可是种新情况，而且是个很坏很坏的兆头。这就意味着一天里的任何时候没有任何预兆地它就能发生；就再没有安全的时候了。直到今天为止的早上一直都还不错；她似乎每次醒来都带着一种希望，即无论有什么不开心的事经过一夜的睡眠也就过去了，就像有时候她睡一觉，感冒跟肚子疼确实会就此消失一样。而且今天早上她在叫他动作快一点的时候似乎也很正常——没有生气，没有不高兴，没有发神经，就是正常的样子，妈妈的样子。但事情确实发生了，她穿着晨衣颓然倒在餐桌上，吃了一半的吐司还在她的盘子里，她的整张脸都肿了起来，鼻涕从鼻子里喷出来。

马尔库斯在她哭的时候什么话都没说。他不知道该说什么。他不明白她为什么会哭，因为他不明白所以他帮不上忙，因为他帮不上忙，他只能竖在那儿张着嘴巴看着，她刚刚忍住了，仿佛什么事都没发生一样。

“想喝点茶吗？”

他得猜她说的是什么，因为她的话带着浓重的鼻音。

“哦，要的。”他从洗涤槽的控水板上拿了个干净的碗到食品柜去选他的麦片。这使他高兴了起来。他已经忘了星期六早上的时候她曾让他把一包各色麦片放到超市的手推车里了。他又一次尝到优柔寡断的痛苦：他知道他应该首先在那些讨厌的货色中进行选择，玉米片和里面有水果的那种，原因是如果他现在不吃掉这些东西，他就永远都不会吃了，那它们就得躺在食品架上直到变味，他妈妈就会跟他没完，结果是在接下来的几个月里他就得老吃大包经济装的某种可怕的东西。这些他都懂，然而他还是拿了 Coco Pops①，就跟他平常一样。他妈妈没注意到——这是迄今他发现她可怕的情绪低落带来的头一个好处。但这算不上什么大好处；总的来说，他宁肯她有足够的兴致把他再赶回食品柜去。如果她不再老是哭个不停，他会高兴地放弃 Coco Pops 的。

他吃了他的麦片，喝了他的茶，背上书包然后吻了他妈妈一下，只是一般性地吻一下，不是那种湿乎乎充满理解的吻，就出去了。他们两个谁都没开口。他还能怎么样？

在去学校的路上他努力想弄明白她到底怎么了。她可能出了什么他不知道的问题？她现在有工作，所以他们不算穷，虽然也算不上富——她是个音乐治疗师，也就是说她类似于那些智障孩子的老师，她总是说钱是可鄙的，可耻的，肮脏的，是种罪恶。不过他们还是有足够的钱付房租，买吃的，一年出去度一次假，甚至还买得起电脑游戏，只是偶尔。除了钱以外，还会有什么让你哭呢？死？但他知道如

① 美国著名食品公司凯洛格公司生产的早餐麦片品牌之一。

果有什么重要的人死了的话；她只可能为外婆外公、他舅舅汤姆和汤姆的家人大哭一场的，但他们上个周末才刚见到了所有这些人，在他表妹埃拉的4岁生日聚会上。是有关男人的？他知道她想要个男朋友；但他之所以知道这个是因为她有时拿这个开开玩笑，他觉得有时候可以拿来开开玩笑的东西不太可能又成为老是为它哭个不停的原由。不管怎么说，是她把罗杰打发走的，如果她在这方面很绝望的话她就不会赶他走了。除了这些之外还有什么可能？他努力回想他看的《伦敦东区人》节目里除了钱、死亡和男朋友之外大家还为什么哭来着，但没多大帮助：监狱里的宣判，意外的怀孕，艾滋病，这些好像都不适用于他妈妈。

一进了学校大门他就把这些都抛到九霄云外了。并不是他决定把这些事抛开，只是一种自我保护的本能控制了他。如果你惹上了李·哈特利跟他的党羽，你妈妈是不是有麻烦也就想顾也顾不上了。不过今天早上还好。他能看见他们都靠在体育馆的墙上，凑在一块儿找乐子，离开他一段安全的距离，因此他一点麻烦都没惹就到了教室。

他的朋友尼基和马克已经在教室里了，正在马克的游戏机上玩“俄罗斯方块”。他走到他们那儿。

“好吗？”

尼基回了声招呼，马克太投入了都没注意到他。他想挤过去看看马克打得怎么样了，但尼基站在唯一能看到游戏机小屏幕的位置，他只得坐到一张桌子上等他们把游戏打完。他们还没完。也可能他们已经打完了一局又开始了另一局；他们根本不因为他到了就给他玩一会儿或把游戏机扔到一边陪他。马尔库斯觉得他被故意晒在了一边，他不知道他做错了什么事。

“午饭后你们要去电脑房吗？”他就是在电脑房结识尼基和马克

的——他们都参加了计算机小组。这是个愚蠢的问题,因为他们总是去电脑房的。如果他们不去那儿,他们在午饭时间里就得提心吊胆地踮着脚躲躲藏藏,尽量不要给任何一个大嘴巴或是留着时髦发型的家伙注意到。

“不知道。也许吧。你怎么想的,马克?”

“不知道。也许。”

“好吧。那到时候见,也许。”

去电脑房之前他肯定会见到他们的。比如,他现在就见着他们了——这么说不代表他要去任何地方。但毕竟是种说法。

课间休息还是一样:尼基跟马克打游戏,马尔库斯只能在外头打转转。噢,他们真不够朋友——不像他在剑桥的那帮朋友——不过他们通常处得还算可以,只是因为他们都跟班上别的同学不一样。马尔库斯曾去过尼基家一次,有天放学后。他们知道他们自己是书呆子、怪胎以及那些女生称呼他们的所有名号(他们三个都戴眼镜,他们没有一个在意穿着,马克一头红毛满脸雀斑,尼基看起来比任何一个七年级的孩子都要小三岁),但他们也不在乎。重要的是他们可以待在一块儿,他们不必再贴在走廊上躲躲藏藏地拼命避免被注意到了。

“喂,小神经!给我们唱首歌。”几个八年级的站在门口。马尔库斯不认识他们,这么说来他已经名声在外了。他竭力装得更专心致志:他伸长脖子仿佛正集中精力在游戏机上,但他仍然什么都看不见,而且马克跟尼基已经开始向后撤退,就留下他孤零零的一个。

“嗨,红毛!克里斯·伊文斯[1]!怪物!”马克的脸涨红了。

---

① Chris Evans,BBC 一档“别忘记你的牙刷”(Don't Forget Your Teethbrush)节目的主持人,一头红发,节目相当疯狂、火爆。

“他们都是怪物。”

“没错,我倒给忘了。喂,红毛怪物!你脖子上是做爱时被咬的牙印吗?”

他们觉得这很妙。他们总是开女生跟性的玩笑;他不知道道理何在。也许因为他们都是色情狂。

马克放弃了挣扎,把游戏机给关了。最近老发生这种事,你根本一点办法都没有。你只能站在那儿忍受到他们玩腻了为止。这也是同时找点别的事做的时候,找点可以琢磨或是看的东西,不过还是很难。马尔库斯近来求助于在脑子里列单子;他妈妈有种游戏,有很多卡片,卡片上印着某类东西的名称,比如,你说出“布丁”,你的对家就得猜出这一类下面列出了哪十二种实例,然后你们交换位置,你就得猜出对家卡片上列的是哪十二个实例,比如说“足球队”。他没法在这儿玩这个,因为他没有卡片而且也没有对家,不过他换了一种玩法:他想出某种有很多实例的事物,比如说“水果”,无论是谁在找他们麻烦,在放了他们之前他就一直在努力地想出尽可能多的水果种类来。

巧克力的名字。Mars,当然了。Snickers。Bounty。还有别的冰淇淋名字吗?他想不起来了。Topic。Picnic。

“嗨,马尔库斯,你最喜欢的饶舌歌手是谁?Tupac?还是沃伦·G?”马尔库斯听说过这些名字,但他不知道他们的名字是什么意思,也没听过他们的任何一首歌,而且他也知道他们并不是真心想知道他喜欢哪个。如果他真给出个答案来,那他才真叫完蛋了呢。

他的意识开始一片空白,不过这正是这种游戏要达到的目的。在家里想巧克力的名字会容易得多,但在这儿,当这些家伙正找他麻烦的时候,简直不可能想起什么来。

Milky Way。

“喂，侏儒，你知道口交是怎么回事吗？”尼基正假装聚精会神地往窗外看，不过马尔库斯知道他根本什么都没看见。

Picnic。不对，他已经列举过了。

“算了，真无聊。”

他们终于走了。总共只想起六种来。真可怜。

有一会儿他们三个谁都没开口。然后尼基望了望马克，马克又看了看尼基，马克终于开口了。

“马尔库斯，我们不希望你老跟着我们了。”

他不知道该作何反应，所以说：“哦，”然后又问，“为什么？”

“因为他们。”

“他们跟我一点关系都没有。”

“他们跟你有关系。我们认识你之前从没跟任何人惹上任何麻烦，可现在我们每天都有麻烦。”

马尔库斯知道这是真的。他能想象得出，如果尼基跟马克从没遇到他的话，他们跟李·哈特利以及他的同伙的接触不会多于考拉熊跟食人鱼的接触。但现在，因为他的缘故，考拉熊已经掉进了海里而且食人鱼已经对他们产生了兴趣。没人真的伤到了他们，没有，而且马尔库斯知道所有那些棍棒、石块、绰号也没什么大不了。但口头的侮辱发射起来就跟导弹一样，如果你认真想想的话，如果别的人碰巧站在了火线上，他们也会被殃及到。这就是尼基跟马克的遭遇：是他把他们拉到了光天化日之下，他把他们变成了靶子，如果他还够朋友的话他就该离他们远远的。只是他实在没别的地方可去。

六

我是个单身父亲。我有个两岁的儿子。我是个单身父亲。我有个两岁的儿子。我是个单身父亲。我有个两岁的儿子。威尔虽然自己念叨了无数次,他却总是发现有某种原因阻止他相信这一点;在他自己的脑袋里——虽然他并不认为他的脑袋是最重要的,毕竟还是不可缺少的——他总觉得自己不像个父亲。他太年轻同时又太老,太愚蠢同时又太聪明,他太时髦,太不耐烦,太自私,太漫不经心,太小心(无论跟他过夜的女人是不是已经采取了避孕措施,他总是,总是坚持不懈地用杜蕾斯安全套,即使在安全期他都丝毫不懈怠),他对孩子知道得不多,他约会太多,喝酒太多,嗑药太多。当他望着镜子的时候,他看不到,怎么都看不到一位父亲,特别是位单身父亲的形象。

他努力想在镜子里看出一个单身父亲的形象是因为他已经决定要跟单身妈妈们上床;但事实上,迄今为止安吉既是他单身妈妈供给的开始亦是结束。决定单身妈妈们就是他将来的目标这很好,有成百万忧伤的、朱丽·克里斯汀型的迷途妈妈们正哭着喊着渴望他认领,但挠头的事实是他没有她们中任何一位的电话号码。她们都在哪儿晃荡呢?

他花了比原本需要的更长的时间才意识到,既然是单身妈妈,她们就都有孩子,而孩子是著名的麻烦,会阻止你到任何地方晃荡。他曾和缓地、半心半意地探询过几个朋友和熟人,但迄今为止毫无头绪;他认识的那批人要么根本不认识任何单身母亲,要么因为威尔传奇般缺乏浪漫的不良记录而拒绝给他牵线搭桥。不过现在他已经找到解决这个意想不到的猎物匮乏症的良方了。他已经给自己发明了个叫奈德的两岁的儿子而且已经加入了一个单亲组织。

大部分人都不会耐得烦费这么大劲来实现自己一时的奇情异想,但威尔实际上经常耐得烦去做大部分人都不耐烦费心的事,只是因为他有大把的时间可以浪费。整天无所事事使他有无穷的机会去奇情异想去设计钻营去假扮他实际上并不是的某种角色。他曾经,在一个周末肆无忌惮地放纵情欲之后又突然良心发现,自愿报名去救济贫民的施粥所做义工,虽然实际上他从没真正去应过卯,但仅凭他主动打的一个电话就足够在几天之内让他假充他是那种真的会去做义工的慈善家了。他还曾想过要当"海外志愿军"而且当真填了表格,他曾把关于教智障者阅读的广告从当地报纸上剪下来,还曾咨询过房地产经纪人关于开一家餐厅然后是一家书店的可能性……

关键的一点在于,如果你有过一串假扮的历史,那么当你根本不是什么单身父亲的时候加入一个单亲组织就既不成问题也不会特别让你心惊肉跳了。如果事又不成,他再换个什么别的角色也就是了。这算不上什么大问题。

“单亲父母联盟”每月的第一个星期四在当地的成教中心聚会一次,今晚是威尔的第一次。他几乎可以肯定今晚也将会是他的最后一次:他已经出了好多错,比如搞错了邮差派特先生养的猫的名字和诺迪[①]的汽车的颜色(更严重的是他搞错了自己儿子的名字——不知道什么原因他总是把他想成泰德,而他当天早上才把他命名为奈德),他感觉自己会暴露自己的骗子身份,被双臂反拧地押出聚会地点。但如果真有机会遇到一位安吉一样的人物的话,那无论如何还是值得一试的。

成教中心的停车场只停了一辆车,是一辆破破烂烂的挂 B 照的 2CV[②],照车窗上的不干胶招贴显示它曾到过切星顿的奇幻世界和阿尔顿塔;威尔的车是一辆崭新的 GTi[③],从没到过类似的地方。为什么?除了最明显的理由之外他就想不出还有什么别的了,他是个年届三十六岁的单身汉,因此他从没有过要开那么远的路跑去看一座位于茶盘子里的塑料仙山的欲望。

成教中心的内景令他很沮丧。他已经有近二十年没有涉足过一个有教室、走廊和家制布告板的地方了,他已经忘了英国教育散发出的消毒水的味道了。他丝毫没担心过可能找不到“单亲父母联盟”的聚会地。他原以为会有一帮暂时忘了烦恼大肆酗酒的人的快活喧闹直接为他指明方向的,但根本没有什么快活的喧闹,他只听到远远的一个提桶发出的悲哀的叮当声。最后,他终于发现一张文件纸,上面画了个箭头指向一间门上写着“单亲父母联盟!”的教室。字是用粗头的签字笔潦草地涂上去的。那个惊叹号又让他踌躇了好长时间。

---

① Noddy,原意是“呆瓜”。

② 日本本田的一款车型,日产车在西方一般比较经济。

③ 大众汽车公司的一款车型。

实在太让人不舒服了。

房间里只有一个女人。她正在从一个纸板箱里往外拿瓶子——白酒、啤酒、矿泉水以及顶着超市标签的可乐——把它们摆在房间正中的一张桌子上。其余的桌子已经拖到了后面;椅子成排地叠放在桌子后头。这可是威尔平生所见到的最凄凉的聚会地点。

“我没走错地方吧?”他问那个女人。她五官尖锐面颊绯红;看起来像是华泽尔·古米治①的朋友萨丽姑妈。

“单亲父母联盟?请进吧。你是威尔?我是弗朗西斯。”

他微笑着跟她握了握手。这天的早些时候他曾跟弗朗西斯通过电话。

“很抱歉别的人还都没来。聚会的开始总是会拖延。都是孩子保姆的事。”

“当然。”他马上意识到他这么痛快是错的。他已经多多少少露了馅。他应该的反应当然是永远不说“当然”,一说“当然”,仿佛人家把他不甚了了的事给他说明白了似的。他应该翻翻白眼说:“说来听听,”或是“再别跟我提保姆的事了”,总之要显得疲惫不堪以及同病相怜。

也许还不至于太晚。他翻了翻白眼。“别再跟我提保姆的事了,”他说。纯属添头,他还酸苦地笑笑而且摇了摇头。弗朗西斯放过了他古怪的滞后只抓住了他话里的暗示。

“这么说,今晚上你有麻烦了?”

“不。我妈妈在看着他呢。”他很为自己娴熟地用“他”这个代词

---

① Worzel Gummidge,英国儿童作家 Barbara Euphan Todd(1890—1976)创造的一个历久弥新的著名童话角色,是个能走动、会讲话的稻草人,萨丽姑妈是他的亲姑妈,也是个稻草人。

感到自豪。这表示他很熟悉孩子这套。但负面的表现是，对于一个在看护孩子方面并没有明显麻烦的男人来说他脑袋摇得、白眼翻得、苦笑得实在太多了。

"可我以前有很多麻烦，"他慌忙地加了一句。谈话还没进行到两分钟，他已经只剩一具神经兮兮的残骸了。

"我们还不都是这样？"弗朗西斯说。

威尔热忱地大笑。"是呀，"他说。"起码我是这样。"

现在已经再清楚没有了，他自己觉得，他要么是个大话王要么就是个神经病，但他还没来得及挖个更深的地洞把自己藏起来，"单亲父母联盟"的其他成员已经从这个洞中一拥而出——全都是女人，除了一位之外全都三十来岁。弗朗西斯给他一一引见：萨丽和莫伊拉看起来很粗暴，压根没正眼看他，她们两位各给自己倒了一纸杯白酒之后就消失到房间更远处的角落里了（威尔蛮有兴趣地注意到莫伊拉穿了件印有洛雷娜·巴比特①像的T恤）；丽奇娇小甜蜜又有点疯癫；海伦跟苏姗娜很明显觉得"单亲父母联盟"配不上她们的身份，对酒和聚会地点口出不逊、大加批判；萨斯季娅比屋里所有的人都年轻十岁，看起来更像是某人的女儿而不是某人的妈妈；而苏兹身材高挑、头发金黄、面容苍白、紧张不安而且很漂亮。就是她了，他已经决定，不再看陆续进来的别的人了。金发跟漂亮是他追求的两样特质；而苍白跟紧张又是赋予他勇敢追求的权利的两样特质。

"哈啰，"他说。"我是威尔，我是新来的，我谁都不认识。"

"哈啰，威尔。我叫苏兹，我是老会员了，我谁都认识。"他笑了。她也笑了。结果，在礼节允许的范围内他那天晚上就一直待在她

① Lorena Bobbitt，美国轰动一时的"狠"女人，在她丈夫不顾她的意愿再次对她实施了婚内强奸之后切去他的生殖器。

身边。

他跟弗朗西斯的交谈经验已经使他经受了磨砺,所以他这次在奈德的前线上战绩比刚才强多了。无论苏兹想谈什么,在这样的环境下他都是非常乐意聆听的。他也确实有很多可听的东西。苏兹曾嫁给一个叫丹的男人,这家伙在她怀孕六个月的时候有了外遇,在她生产的前一天离她而去。丹只见过他女儿梅甘一次,还是出于偶然,在伊斯灵顿的"美体小铺"碰上的。他看起来并不想再见到她。苏兹现在又穷(她正在争取重新干她营养师的老本行)又尖酸刻薄,而威尔很能理解。

苏兹环顾了一下房间。

"我喜欢来这儿的理由之一就是你可以怒气冲冲而没人会因此看你不顺眼,"她说。"因为每个人都有她愤怒的理由。"

"真的?"她们在威尔看来并没有那么怒气冲冲。

"我们来看看那儿是谁……看见那边那个穿斜纹布衬衫的女人了? 她老公抛弃了她是因为他认为他们的儿子不是他的。嗯……海伦……太乏味……她老公跟一个同事跑了……莫伊拉……她老公'出柜'①了……苏姗娜·科蒂斯……我想她老公在两个家庭之间跑呢……"

老公跑掉这个主题简直有无数种独具创意的变奏。男人看了一眼自己的新生儿就跑了,男人看了自己的新同事一眼就跟她跑了,总之是男人为了什么该死的原因最后跑掉。威尔立刻就完全理解莫伊拉为什么会把洛雷娜·巴比特奉若神明了;等苏兹终于做完她关于背叛和欺骗的报告之后,他都想用菜刀把自己的老二给剁了去了。

---

① 指公开自己的同性恋身份。

“除了我就没有一个男人来‘单亲父母联盟’了吗？”他问苏兹。

“只有一个。杰罗米。他在度假。”

“这么说来女人有时候也会跑掉的？”

“杰罗米的妻子死于一次车祸。”

“哦。哦喔。”

威尔为自己的性别感到沮丧至极，他决定给男性同胞挣回点面子来。

“这么说来。就我一个了，”他说，带着一种他希望是神秘兮兮、若有所盼的语气。

“真抱歉，”苏兹说。“我还没请教过你的任何情况呢。”

“哦……没关系。”

“你也被甩了吗？”

“哦，我想是吧，是的。”他还她一个悲哀、坚忍的微笑。

“你前妻来看奈德吗？”

“有时吧。她不大愿意费这个心。”他开始感觉好一点了；终于轮到女人作孽他来担当了，这感觉真不错。当然了，这次作孽纯属虚构，但他觉得他的情感还是真实的，而且他看得出来他扮演的角色竟有一种他始料未及的艺术效果。他是在扮演，虽是扮演，却是最高尚最深刻意义上的扮演。他不是个骗子。他简直就是罗伯特·德尼罗。

“他是怎么看的？”

“呃……他是个好孩子。非常勇敢。”

“他们的潜质真是让人吃惊啊，我说的是孩子们，不是吗？”

令他自己都感到吃惊的是，他竟然发现自己眨了眨眼才强忍住了一滴热泪，苏兹安慰地在他胳膊上拍了拍。他真是完全入戏了，毫无疑问。

七

有些事还在正常进行。他去剑桥的爸爸家过周末，猛看了一气电视。星期天他跟他爸爸还有林塞，他爸爸的女朋友，一起去了诺福克林塞妈妈的家，他们去海滩散步而且林塞的妈妈平白无故地给了他五英镑。他喜欢林塞的妈妈。他也喜欢林塞。甚至他妈妈也喜欢林塞，尽管她时不时地都要讲几句她的坏话。（他也从没为林塞说过话。事实上，他还留心记下林塞说过或是做过的蠢事等回家后报告他妈妈；这么做起来更轻省。）每个人都很不错，真的不错。只是人太多了一点。不过他跟他们处得都很不错，而且他们也不认为他有什么怪异的，或者至少他们没有表现出来。他回到学校的时候还琢磨他自己先前是不是无中生有，太小题大做了。

但在回家的路上，一切又开始了，那是在街道拐角的报刊店里。那儿的人一直都不错的，他们并不介意他翻看电脑杂志。他在那儿翻上个十分钟他们是不会说什么的，即使真说什么口气也很温和，像是开玩笑，不像好多别的商店那么吝啬和歧视小孩。“同时只允许三个小孩入内。"他恨死那种做法了。就因为你小你就是个小偷……他坚决不进窗口有那种标志的商店。他才不会把钱给他们呢。

"你可爱的妈妈还好吗,马尔库斯?"他走进店里的时候柜台后面的那个人问他。他们这儿的人都喜欢他妈妈,因为她跟他们聊他们来的地方;她曾来过这儿一次,好久以前了,那时候她是个真正的嬉皮。

"她还好。"他什么事都不想告诉他们。

他找到了那本上个星期看了一半的杂志,就把周围的一切都忘了。等他明白过来的时候只见他们都跑到他身边来,挤得不能再紧了,而且他们又在笑他了。他讨厌那种声音。即使在他的余生中全世界都没有一个人再笑了他也不觉得可惜。

"你在唱什么呢,小神经?"

他又这么干了。他刚才在想他妈妈的一首歌来着,一首乔尼·米切尔关于出租车的歌,不过很显然,这首歌又从他脑子里溜出来了。他们就都吵吵起来,戳戳他要他转过身来。他不理他们,努力想把注意力都集中在他读的杂志上。在他有一篇电脑文章可以迷失自己的时候就不需要靠琢磨有多少种巧克力了。他开始的时候只是假装,但不过几秒钟他就真的完全沉浸在其中,把周围的人都抛到九霄云外去了,当他再次恢复意识的时候他们已经出了报刊店了。

"喂,穆罕默德,"那帮家伙中的一个大声叫道。那不是帕特尔先生的名字。"你应该查查他的口袋。他一直小偷小摸的。"然后他们就走了。他摸了一下自己的口袋。口袋里装满了巧克力和口香糖。他一点都没感觉到。他烦透了。他想解释,不过帕特尔先生打断了他。

“我刚才一直看着他们呢，马尔库斯。没事的。”

他走到柜台边把口袋里的东西都堆到报纸上。

“他们都是你的同学？”

马尔库斯点了点头。

“你最好躲着他们点。”

是呀，没错。千真万确。躲开他们。

他到家的时候发现他妈妈正蒙着件外套躺在地板上，在看儿童卡通片。他进门她头都没抬。

“今天没去上班？”

“早上去过。下午我请了病假。”

“什么病？”

没吱声。

这可不行。他只是个小孩。近来，当他越来越大起来的时候他越来越多地这么想。他不知道怎么会这样。或许因为，当他真的只是个小孩的时候，他都意识不到——你得到了一定的年龄才会认识到你还很小。要不然，也许在他小的时候确实没什么事不正常——五年或六年前他妈妈怎么都不会有半天时间躺在外套底下打哆嗦，一面还在看愚蠢的卡通片，不过即使她真这么做过他当时也不会认为这有什么不正常的。

不过必须得采取点措施了。他现在在学校里过得狗屎不如，在家里也过得狗屎不如了，而且因为他就这么两点一线，这也就差不多等于他从早到晚都得过狗屎不如的生活，只除了睡觉的时候。一定得有个人来采取点措施了，因为他自己完全无能为力，而且除了那个躺在外套底下的女人以外他又没有一个人可以依靠。

她，他妈妈，可真够滑稽的。她很赞成两个人交谈。她总是要跟他谈话，要他把所有的事都告诉她，但他知道她并非真的如她所言。在小事情上她是很好的，但他知道要是碰到大事可就不灵了，特别是现在，在她毫无理由地哭个不停的时候。但此时此刻他又看不到任何能避免此事的出路。他只是个小孩，而她是他妈妈，如果他感觉不爽她有责任不让他再这么想，就这么简单。即使她并不想这么做，即使这会导致她自己感觉更不爽。倒霉。太糟了。他真气得够戗，现在就想跟她谈谈。

“你看这些东西干吗？都是垃圾。你一直都这么跟我说的。”

“我还以为你喜欢卡通呢。”

“我是喜欢。我只是不喜欢这一部。糟透了。”

他们俩都盯着屏幕一言不发。一个看起来像只狗的怪异的东西正努力寻找一个能把自己变成飞碟的男孩。

“什么病？”他粗声粗气地问，就像是老师问某个学生，比如保罗·科克斯他有没有做作业一样。

还是没有吱声。

“妈妈，你是什么病？”

“哦，马尔库斯，并不是那种病——”

“别当我是白痴，妈妈。”

她又哭了起来，是那种他最怕的拖长音的低沉的呜咽。

“你不能这样哭了。”

“我没办法。”

“你得想办法。如果你不能好好地照顾我，那就得另找个能照顾我的人来。”

她翻身趴在地板上，看了看他。

“你怎么能说我没有照顾你?”

“因为这是事实。你所做的一切不过是给我做饭而已,这个我自己也会。剩下来的时间里你就只管哭。这可……这可不好。这对我不好。”

结果她哭得更响了,他也就由她去了。他上楼去自己的房间戴上耳机玩 NBA 篮球游戏,虽然除周末以外的晚上他是不该玩这个的。等他再次下楼去的时候她已经不在地板上了,羽绒衫也收起来了。她正在往盘子里盛意大利面和沙司,她看起来还不错。他知道她并不是真的不错——也许他曾经只是个小孩,但他现在已经够大的了,他已经知道别人不会仅仅因为你告诉他们别再发疯就真的不再发疯了(他刚刚开始意识到,这一点正是他妈妈的病症所在)——但他并不在乎,只要她在他面前显得还不错就行。

“你星期六要去野餐,”她完全出人意料地说。

“野餐?”

“没错。在摄政公园。”

“跟谁?”

“苏兹。”

“不是‘单亲父母联盟’那帮人吧。”

“就是‘单亲父母联盟’那帮人。”

“我恨她们。”他们刚搬到伦敦的时候菲奥娜曾带马尔库斯去过“单亲父母联盟”在某人的花园里举行的夏日聚会,但从此以后她就再也没有去参加任何活动;马尔库斯比她参加的聚会还多,因为苏兹曾带他一起参加过一次她们的远足。

“Tant pis。”

她干吗非得这么说话? 他知道这是“糟透了”的法语说法,但她为什么就不能简简单单地说句“糟透了”了呢？她毫无疑问就是个怪人。如果你有个无缘无故冒出句法语的妈妈，那你多少也就命中注定要在报刊店冷不丁大声唱起歌来了。他猛往自己的意大利面上加奶酪，然后用力搅拌。

“你去吗？”

“不去。”

“那我为什么一定得去？”

“因为我在休假。”

“我可以躲开你。”

“我在按你的吩咐行事呢。我正在另外找人照顾你。苏兹在这方面比我在行。”

苏兹是她最好的朋友；她们读书的时候就认识了。她是很好；马尔库斯也很喜欢她。但他仍然不愿意跟她以及那帮“单亲父母联盟”里的小孩子一起去野餐。他比他们绝大多数都要大十岁，每次他还没等跟他们有什么实质性的接触他就已经烦得要命了。上次他们是一起去动物园，回到家后他就跟他妈妈说他要做输精管切除手术。真让她乐不可支，可他是认真的。他知道他是永远不会要孩子的，那干吗不现在就把它做了，一了百了？

“我干什么都行。我可以坐在我的房间里打一整天的游戏。你甚至都不会意识到我在家。”

“我想让你出去走走。干点正常的事。这儿搞得太紧张了。”

“你什么意思？”

“我是说……哦，我也不知道我什么意思。我只知道我们相互之间对对方都没任何好处。”

忍住，一定要忍住。他们*相互之间*对对方都没任何好处？从他妈妈开始哭以来他头一次也想大哭一场了。他知道她对他没任何好处,但他从没认识到这还是双方面的。他都对她干什么了？他一件事都想不起来。总有一天他要问问她她到底什么意思,不过不是今天,不是现在。他不能确定他是否会喜欢她的答案。

八

“真是个婊子。”

威尔望着自己的脚嘟囔了几声想向苏兹表示他的前妻没那么坏,并不是真的那么坏。

“威尔,事情不能这样子。你不能提前五分钟打个电话就那样把计划给改了。你应该直截了当地告诉她……”——她左右望了望,看马尔库斯,一整天都跟他们形影不离的那个怪孩子是不是还在听——“……让她滚蛋。”

他的前妻(苏兹把她叫保拉,肯定是他哪个晚上随口提到的一个名字)总是要对奈德无法现身野餐负责任,但他面对苏兹出于同情的愤怒对她又感到一种模糊的忠诚。他是不是把事情搞得太过火了点?

“哦,喔,”他在苏兹狂怒的时候不断地说,“你知道。”

“你总这么好心可不成。这样的话你整天都会给搞得一团糟。”

“她以前从没这么干过。”

“以前是没有，但她还会继续这么干。你等着瞧吧。你心太好了。这是卑鄙的勾当。你得厉害起来才行。”

“我想是吧。”被人抱怨心太好，人家告诉他应该更坏一点，这对威尔来说可是种不寻常的体验，不过他现在确实觉得软弱无力，怪不得保拉那么容易踩到他头上去了。

“还有那辆车！我简直不能相信她把车也抢了去了。”

他已经把车子的事给忘了。保拉已经抢走了他的车，这是今天早上的头一桩事，因为原因解释起来实在太复杂，于是威尔才打电话给苏兹要她开车捎他到摄政公园。

“我知道，我知道……”他实在不知道该说什么。如果你把发生的事再过一遍，奈德的事还有车的事，保拉确实做得太过分了，他也看得出来，但他仍然很难振作起必需的怒气来。但他一定得这么做，哪怕只是做给苏兹看看他并不是个毫无希望没有骨气的软蛋。“她是个婊子。”

“比婊子还不如。”

这可比他想象的要麻烦多了，虚构并不存在的人物，他开始意识到他根本没有事先把问题想周详。他已经有了三个人物——保拉、奈德还有他妈妈（他妈妈并不完全是虚构出来的，她至少曾存在过，虽然，无可否认的，她现在已经不在人世了）——而且他看得出来，如果他继续这么干下去，他不久就会有几千个人物了。但他怎么能应付得了？在合情合理的范围内，奈德能有多少次冷不丁地被他妈妈，或是充满母爱的祖母，或是国际恐怖分子给掳了去呢？他有什么理由老是不邀请苏兹到他家去玩，而且那儿根本没有玩具、小床或是尿布、木球，而且根本没有第二间卧室？他能不能用某种可怕的疾病或是车祸把奈德消灭掉——悲惨，悲剧，生活还要继续？也许不行。孩子的夭折会使父母痛不欲生，他得经过数年的悲痛才能恢复过来。还有保拉呢？他难道就不能把奈德打发给她，虽然她并不太想见到他？只是……只是这么一来他就不再是个单身父亲了。他就会莫名其妙地丧失他自己的意义了。

不，灾难就在眼前，而他却束手无策。最好现在就及早抽身，这样他们也不过觉得他是半个怪人，也不会糟到哪儿去——绝对不至于是变态分子、臆想病人或是他即将成为的别的什么坏东西。但临阵脱逃却不是威尔的作风。他总觉得会出现转机，虽然绝大部分情况下从未出现也不可能出现任何转机。多年前，当他还是个孩子的时候，他曾跟一个同学说（事先已探明他这位朋友决不是C·S·刘易斯①迷）他们可以通过他家衣橱的背后进入一个不同的世界，并邀请他一起去探探。他本可以取消这个邀请，他本可以跟他实话实说的，但除非万不得已他不愿忍受一分一秒即便是最轻微的难堪，于是他们俩在衣架间摸索了几分钟，最后威尔才嘟囔了几句那个世界在星期六下午关闭之类的话。实际的情况是，他现在仍然记得他直到最后一分钟都还真诚地满怀希望：也许真的有什么东西在那儿呢，他当时想，也许我不至于丢脸的。当然什么都没有出现，他脸面都丢尽了，但他并没有从中接受教训：如果他确实接受了些什么的话，倒似乎是他觉得下一次他肯定会走运的。于是到了现在，他都三十好几了，明知全世界马上就会发现他根本就没有一个两岁的儿子，却仍然痴心妄想，等真到了山穷水尽的时候还会有柳暗花明。

“我敢打赌你需要来杯咖啡了！”苏兹说。

---

① C·S·刘易斯（1898—1963），英国著名学者、小说家，不过可能还是因他的奇幻故事最为人所知。奇幻故事的代表作为《纳尼亚王国记事》系列（The Chronicles of Narnia），故事的开端就是小主人公们从一个旧衣橱跌入奇幻王国纳尼亚。

“我都想杀人了。这一早上过得!”他不能置信地摇着头,苏兹同情地冲他嫣然一笑。他突然想到,他过得还真挺开心。

“我都不知道你是干吗的,”他们在她的车里坐下来后,苏兹说。梅甘坐在她旁边的婴儿座上。威尔跟马尔库斯坐在后座上,就是那个怪里怪气的男孩,嘴里不成调地哼着什么。

“什么都不干。”

“哦。”

通常就这个问题他总是随口编点什么应付过去,但在过去的几天内他已经编造了太多东西了……如果在这个单子上再添上一个虚构的职业,他不但自己会搞混,而且也就意味着他跟苏兹一句实话都没有了。

“喔,那你以前是干吗的?”

“也是什么都不干。”

“你从没工作过?”

“我曾在各处干过几天,但——”

“哦。喔,那可……”

她的声音弱了下去,威尔知道为什么。从没干过一份工作,那可……没什么。关于这一点根本没什么可说的,至少要想马上就解释几句是决不可能的。

“我爸爸写过一首歌。在 1938 年。是首著名的歌,我靠版税生活。”

“你知道迈克尔·杰克逊,对吧?他一分钟能赚一百万英镑,”那个怪里怪气的男孩说。

“我不能相信真是一分钟一百万,”苏兹怀疑地说。“那可太多了。”

“一分钟一百万！”马尔库斯重复道。“一小时六千万！”

“我一小时赚不到六千万，”威尔说。“差太远了。”

“那有多少？”

“马尔库斯，”苏兹说。“那是哪首歌呢，威尔？如果你能靠它生活，那我们一定听说过的。”

“呣……《圣诞老人的超级雪橇》，”威尔说。他完全不带感情色彩地说，但还是没用，因为根本就没办法在说的时候不显得滑稽。他真希望他父亲写的是另一首歌，只要不是《它很小特小巨小黄色紧身衣圆点比基尼》或是《窗台上的那条小狗要卖多少钱？》就行。

“真的？《圣诞老人的超级雪橇》？”苏兹跟马尔库斯马上就异口同声地开始唱这首名歌的同一段歌词：

> 所以先别管碎肉馅饼，还有雪利酒，
> 因为圣诞老人就要来拜访你，令你乐悠悠，
> 哦，圣诞老人的超级雪橇，
> 圣诞老人的超级雪橇……

所有的人都是同一种反应。他们总会唱起来，而且唱的总是同一段。威尔有几个朋友每次打电话过来总要快速地迸几句《圣诞老人的超级雪橇》，要是他不笑，他们就责怪他缺乏幽默感。但有什么可笑的？即使确实可笑，也不能期望他每次都哈哈大笑吧，一年一年又一年？

“我猜大家总会这么做的，对吧？”

“实际上你们俩是头一遭。”

苏兹从后视镜里瞥了他一眼。“抱歉。”

“不,没什么。我希望这样,真的。”

“但我不明白。这怎么能赚钱的?圣诞颂歌的歌手们都要付你10%的税吗?”

“他们应该这么做。但你并不可能每次都逮住他们。实际上是靠发行的每张圣诞唱片。猫王唱过,你知道的。还有提线木偶乐队。”实际上还有Des O'Connor。Crankies乐队。平·克劳斯贝。还有大卫·鲍伊,跟Zsa Zsa Gabor合唱。还有凡·道尼坎①,西拉·布莱克,罗德·哈尔以及艾缪。还有一个叫“Cunts”的美国朋克乐队,还有,按最近的统计,至少一百个灌录过唱片的歌手。他是从版税声明里知道这些名字的,这些歌手和乐队他一个都不喜欢。威尔以他的“酷”自傲;他痛恨从凡·道尼坎手里赚生活费。

“但你就从没想过要工作吗?”

“哦,我想的。经常会想。只不过……我也说不清楚。我似乎从没能够腾出时间来做。”实际情况也就是如此。他似乎从没能够腾出时间来做。最近十八年来的每一天,他一早起来都带着要一劳永逸地解决他的事业问题的决心;不过,等这一天过完了,他要在外面的世界为自己找寻一片天地的熊熊渴望也就彻底熄灭了。

苏兹把车停在外环路上,打开梅甘的童车,这时威尔就尴尬地跟马尔库斯站在人行道上。马尔库斯无论如何都没对他表示出丝毫的兴趣,当然他也几乎没有一丝一毫想结识这个男孩的愿望。不过,威尔还是突然想到几乎没有几个成年男人比他更有本事对付一个毛头

① Val Doonican,原名Michael Valentine Doonican,生于1927年,英国著名独唱歌手。

小子了(如果马尔库斯果真是个毛头小子的话——这个你很难说。他留着奇怪的乱蓬蓬的卷发,他穿得像个正在度假的特许会计师:他穿一条崭新的牛仔裤和一件微软的T恤衫)。毕竟,威尔是个运动迷和流行音乐迷,他最知道如何消磨时间了;几乎在一切方面他实际上就是个毛头小子。如果他跟苏兹的朋友的儿子建立起一种充满活力、相互都有兴趣的关系,相信苏兹决不至于不高兴的。等会儿再去搞定梅甘不迟。直接投其所好立马就会马到成功的。

“那么,马尔库斯。你最喜欢的足球球星是谁?”

“我痛恨足球。”

“哦。真可惜。”

“有什么可惜的?”

威尔没接他这茬。

“那你最喜欢的歌手是谁?”

马尔库斯哼了一声。“你是从哪本书里学到这些问题的?”

苏兹哈哈大笑。威尔脸红了。

“不,我只是想知道而已。”

“那好吧。我喜欢的歌手是乔尼·米切尔。”

“乔尼·米切尔?你不喜欢MC·汉默①?斯诺普·多吉·多格或是保罗·韦勒②吗?”

“不,他们我一个都不喜欢。”马尔库斯把威尔上上下下打量了一番,包括他的运动鞋,他的发型以及他的太阳镜,然后残酷地加了一句,“没人喜欢他们。只有老家伙们才喜欢。”

---

① MC Hammer,美国饶舌乐天王。

② Paul Weller,前“果酱”乐队(The Jam)的主唱,是大多数朋克时代的英国乐队的精神领袖。

“什么,你们学校里所有人都在听乔尼·米切尔吗?”

“大部分吧。”

威尔熟悉hip-hop、酸屋[①]、垃圾摇滚[②]、曼城音乐[③]以及独立乐队;而且他还读《休闲》、《iD》、《面孔》、《舞台》以及《新音乐快递》。但没有一个人提到过乔尼·米切尔复兴的事。他感觉非常沮丧。

马尔库斯往前走了,威尔却站着没动。至少他的失败给了他一个跟苏兹谈话的机会。

“你必须经常照顾他吗?”

“我倒想能经常照顾他,呃,马尔库斯?”

“什么?”马尔库斯停下来等他们。

“我说,我倒想经常照顾你的,可是没有。”

“哦。”

他又走在了前头,不过没有刚才离得那么远,因此威尔不能确定他能听到多少。

“他妈妈怎么了?”威尔轻声地问苏兹。

“她只是有点……我也不知道。有点不舒服。”

“她在发神经,”马尔库斯一副很客观的样子说。“一天到晚地哭。不去上班。”

“哦,别这么说,马尔库斯。她不过休几个下午的假。我们都这么做的,在我们,你知道,身体欠佳的时候。”

“身体欠佳? 你管这叫身体欠佳?”马尔库斯说。“我管这叫发神经。”威尔从前只从老人的嘴里听到过这种好笑的挑战性语调,那

---

① acid house,一种由吸毒者演奏的、单调的合成打击乐。

② grunge (rock),以嘈杂、不和谐并常加进电子回声为特征的重摇滚,“涅槃”即最典型的代表,这种音乐代表了90年代理想破灭的声音和风格。

③ Madchester,摇滚乐中重要的流派和音乐运动之一。

是在他们想告诉你事情比你想伪装的要严重得多的时候才会出现的:他父亲在最后几年里就是这样的。

“喔,在我看来她并不是在发神经。”

“那是因为你不常见到她。”

“我经常见她的。能有多经常就有多经常。”

威尔注意到她语气中有一种恼怒的自卫。这孩子到底怎么了?一旦他看出你的弱点所在,他就毫不留情地攻击你。

“也许吧。”

“也许?你说‘也许’是什么意思?”

马尔库斯耸了耸肩。“总之,她跟你一起的时候不发神经的。她只在家里发神经,只剩下我们俩的时候。”

“她会好起来的,”苏兹说。“她只是需要一个周末放松一下。我们的野餐会很愉快,你晚上回去的时候,她就已经休息过来整装待发了。”

马尔库斯哼了一声,继续朝前赶。他们已经到了公园,他们已经看到前面“单亲父母联盟”的一大群人挤在湖边,正在往外倒果汁,开锡纸的包裹。

“我至少一星期见她一次,”苏兹说。“而且我也跟她通电话。她当真希望我做得更多吗?就好像我整天还不够乱似的。我要学习。我还有梅甘。上帝啊。”

“我不相信现在的孩子们都在听乔尼·米切尔,”威尔说。“我应该读到的呀。我不至于这么落伍的。”

“我想我得每天跟她通电话,”苏兹说。

“我要把那些杂志都扔了。一点用都没有,”威尔说。

他们朝着野餐的地点艰难跋涉,感觉自己又老又失败而且被揭穿了。

威尔觉得“单亲父母联盟”的妈妈们都对他关于奈德的道歉和解释信以为真，虽然，他也知道，她们根本没有理由会怀疑他的话。没人那么疯狂地想吃鸡蛋水芹三明治或是想玩跑柱式棒球，所以少一个小孩也不会造成多大缺憾。但他仍然觉得有点不自在，结果就是他以通常只能由药物和酒精煽动起来的狂热投入到下午的各项活动中。他打球，他吹泡泡，他砰地把包装袋挤破（这证明是个错误——好多小孩哭起来，引来好多愤怒的目光），他躲，他找，他逗乐，他摇摆……他所做的所有的事都多多少少为了远离那群在树底下毯子上坐着的大人，还有马尔库斯，那孩子正绕着满是小船的湖面踱步，冲着湖里的鸭子扔吃剩下的三明治。

他并没有不开心。比起谈话来他宁肯玩藏猫猫，还有比逗小孩子们开心更糟糕的下午呢。过了一会儿，苏兹跟梅甘——已经在童车里睡着了——过来加入了他。

“你在想他，对吧？”

“谁？”

他不是开玩笑；他真不知道她说的是谁。但苏兹心照不宣地微微一笑，所以威尔也就照样回她一笑。

“等会儿就会见到他了。不算大问题。不过，在这儿他肯定会玩得很开心的。”

“他什么样？”

“哦……很好。他真是个好孩子。”

“我能想象得出。他长得像谁？”

“唔唔……我吧，我猜。他抽到了下签。”

“哦，这只有好。不知怎么回事，梅甘长得跟丹一模一样，我恨死了。”

威尔看了看睡着了的孩子。“她很漂亮。”

“是呀。这就是我为什么会恨的原因。我一看到她，就想，多漂亮的孩子，接着我就会想，你这个混蛋，然后我又会想……我都不知道我想的是什么了。我陷入了一团糟。你知道，她成了个混蛋，他漂亮无比了……最后你竟然恨起了你自己的孩子爱上了那个把你踹了的男人。”

“哦，喔，”威尔说。他开始觉得又卑鄙又不安。如果谈话转入了悲哀的阶段，那就该有所动作了。“你会遇到别的人的。”

“你这么想吗？”

“喔。还有好多男人的……我是说，你知道，你是个很……你知道。我是说，你已经遇到了我，我知道我不能算数，但……你知道，有大量……”他满怀希望地压低了声音。如果她不上钩，下次再说。

“你为什么不算？”

成功！

“因为……我也不知道……”

马尔库斯突然在他们眼前冒了出来，两条腿交替跳着好像要溅自己一身水似的。

“我想我杀死了一只鸭子，”他说。

九

马尔库斯简直不能相信。死了。一只鸭子死了。没错,他是想拿一块三明治打中鸭子的头来着,但他曾想过无数别的事,没有一件曾真正实现过。他曾想在霍恩西路烤肉串店的占星机上得到最高分——没门。他曾想通过紧盯着尼基的后脑勺读出他的思想,整整一星期的每节数学课他都坚持不懈——没门。让他烦得要命的是他头一次当真"心想事成"的事竟然并不是他真心想实现的事。而且天地良心,什么时候有过一只鸭子被一块三明治打死的事?孩子们肯定花了不止半辈子的时间朝摄政公园的鸭子身上扔各种东西。怎么给他碰上这么一只倒霉的鸭子?它肯定本来就有毛病。可能正好赶上它心脏病或是别的什么发作;这肯定只是巧合。但即使真是这样,也没人会相信他。如果有目击者的话,他们只会看到那块面包正好击中鸭子的后脑勺,然后就看到它两脚朝天了。他们会拿二加二得出五来,而他则会因他根本没犯过的罪行被关进监狱。

威尔、苏兹、梅甘跟马尔库斯站在湖边的小路上,望着漂在湖上的死鸭子。

“现在我们是无能为力了,”威尔,这个想勾搭苏兹的时髦家伙说。“就让它漂在那儿好了。有什么不妥吗?”

“喔……要是有人看到我了呢?”

“你觉得有人看到吗?”

“我不知道。也许吧。也许他们说要去告诉公园的保安。”

“也许有人看到你了,还是确定有人看到你了? 也许他们要去叫公园的保安,还是他们确定会这么做?”马尔库斯不喜欢这个时髦家伙,所以没理他。

“漂在尸体旁边的是什么东西?”威尔问。“是你扔的面包吗?”

马尔库斯不高兴地点了点头。

“那不是块三明治,那是截该死的法棍面包。难怪它会两脚朝天了。那东西连我都能砸死。”

“哦,马尔库斯,”苏兹叹了口气。“你究竟在玩什么?”

“没什么。”

“没什么? 看起来倒像哦,”威尔说。这下马尔库斯更恨他了。这个威尔以为自己是谁?

“我不能肯定就是我。”他想测试一下他的理论。如果连苏兹都不相信他,要让警察跟法官相信他就更没门了。

“你什么意思?”

“我想它肯定是只病鸭子。我想它总归是要死了。”谁都没开口;威尔生气地摇了摇头。马尔库斯认识到他的辩护只是浪费时间,虽然他说的是真话。

他们都那么入神地只顾盯着犯罪现场看,直到公园的保安都站到他们身边了他们才回过神来。马尔库斯觉得他的内心成了一锅糨糊。终于来临了。

“你们有只鸭子死了，”威尔说。他搞得仿佛这是他见过的最悲惨的事似的。马尔库斯抬头看了看他；也许他其实并不恨他。

“我听说你对这件事要负点责任，”公园保安说。“你知道这是一种不光彩的违法行为，对吧？”

“你听说我要对这件事负责？”威尔说。“我？”

“也许不是你，是你旁边的这个小家伙。”

“你是说马尔库斯杀了这只鸭子？马尔库斯热爱鸭子，是不是，马尔库斯？”

“是的。它们是我最喜欢的动物。喔，第二喜欢的。仅次于海豚。但它们绝对是我最喜欢的鸟。”这真是垃圾，因为他恨所有的动物，不过他觉得这么说会有帮助。

“人家告诉我他拿大块的法棍面包打鸭子。”

“他是打过，不过现在我已经制止他了。男孩子总归是男孩子，”威尔说。马尔库斯又开始恨他了。他早该知道他会告密的。

“这么说来是他杀死的喽？”

“哦，当然不。抱歉，我这才明白你的意思。不，他只是朝鸭子的尸体扔面包。我想他是想把它击沉，因为这使梅甘很不安。”

公园保安看了一眼倒在童车里大睡的小身体。

“她现在看起来不像很不安。”

“没错。她是哭得累了才睡着的，可怜的小东西。”

接下来是一段沉默。马尔库斯看得出来这可是关键的时刻；这位保安要么会告他们全体说谎，把警察或别的什么人叫来，要么这事就此了结。

“我得涉水过去把它捞起来，”他说。他们无罪了。马尔库斯不会因为他很可能,只是有可能,没有犯过的罪行而锒铛入狱了。

“我希望不是有什么时疫流行,”当他们往回走的时候,威尔又满怀同情地加了一句。

正是在这时,马尔库斯看到了,要么就是他以为他看到了他妈妈。她就站在他们面前,挡住了小路,而且她正在微笑。他挥了挥手,转过身去想告诉苏兹他妈妈来了,但再回头的时候他妈妈又不在了。他觉得很傻,也就没对任何人说起。

*

马尔库斯怎么也搞不明白苏兹为什么一定要坚持跟他一起进屋。他以前也曾跟她一起出去过,她只是在门口把他放下,等到他进屋后再把车开走。但那天她把车泊好,把梅甘连同婴儿座一块抱出来,跟他一起进去。她也没法解释她怎么会这么做。

威尔并没有得到邀请,但他也跟着他们进去了,马尔库斯也没不让他进去。那两分钟内发生的一切都不可思议地深深印入了他的脑海,即使在当时都是如此:上楼,走廊里残留的烧菜的气味,他生平第一次注意到地毯上的图案。后来他觉得他也能回忆起他当时的紧张感,不过这肯定是想象出来的,因为当时根本没有任何可供紧张的对象。然后他就把钥匙插进锁孔把门打开了,然后他生命中崭新的一页就揭开了,砰,一点预兆都没有。

他妈妈一半在沙发上一半在地上:脑袋松松地冲着地板垂下来。她脸色苍白,地毯上有一堆她的呕吐物,不过她身上倒挺干净的——要么是她还有意识别吐在自己身上,要么就只是因为她走运。在医院里他们告诉他她没被自己的呕吐物噎住憋死简直是个奇迹。呕吐物呈灰色块状,房间里气味难闻。

他说不出话来。他不知道该说什么。他也没哭。太小题大做了。所以他就只是站在那儿。但苏兹却把车座一扔朝她跑过去而且开始冲着她尖叫,用手拍打着她。苏兹肯定是一进门就看到了空的药瓶,但马尔库斯直到后来救护车到了的时候才注意到药瓶,所以开始的时候他只是给弄糊涂了;他不明白苏兹干吗对一个只是身体有点不适的人这么大喊大叫的。

苏兹朝威尔大叫着要他去叫辆救护车,而且要马尔库斯去弄点清咖啡;他妈妈的身体挪动了一下,发出一声他从没听到过而且再也不想听到的可怕的呻吟。苏兹在哭,然后梅甘也加入进来,于是几秒钟不到,这个房间就从一种可怕的沉默静止状态陷入喧闹骇人的恐慌。

"菲奥娜!你怎么能这么做?"苏兹喊道。"你还有个孩子呢。你怎么能这么做?"

直到那时,马尔库斯才意识到所有这一切都会损害到他头上。

马尔库斯见过一些世面,大部分是在别人家的录像上看到的。他曾在《恶魔Ⅲ》中见过一个家伙拿烤肉串用的肉扦把另一个家伙的眼睛挖了出来。他也曾在《锅炉头——重现江湖》中见过一个人的脑浆从鼻孔里流出来。他曾见过单刀一摆一条胳膊就给卸了下来,见过婴儿们原本应该长小鸡鸡的地方却摆着一把剑,也见过一个女人的肚脐里爬出鳗鱼来。这些场景没有一样曾吓得他睡不着或让他做噩梦的。没错,在真实生活中他是有很多事都没见过,但迄今为止他没觉得这有什么关系:惊吓就是惊吓,无论你是在哪儿找到它们的。让他百思不得其解的是,这次甚至都没有特别吓人的东西,只不过一些呕吐物跟喊叫,而且他看得出来他妈妈并没有断气或是怎么样。但这却是他见到的最可怕的事,离开一百万英里都是,而且他知道他走进房间的那一刻他一辈子都忘不了。

十

救护车来了之后,他们花了很长时间扯皮,以决定谁跟着去医院以及怎么去。威尔希望他被打发回家去,但没得逞。救护车上的人不想带上苏兹、马尔库斯还有婴儿,所以最后他不得不开着苏兹的车带上梅甘跟马尔库斯,苏兹陪马尔库斯的妈妈上救护车。威尔努力紧跟在他们后面,但在驶入大道的时候就跟丢了。他恨不得车顶上长出一个闪烁的蓝灯,爱在道路的哪边开,高兴闯多少红灯都由着他才好,不过他怀疑救护车上的那两位妈妈是否会为此而感激他。

后座上的梅甘哭得很凶;马尔库斯则阴沉地望着窗外。

“看看你能不能为她做点什么,”威尔说。

“比如说?”

“我不知道。想想。”

“你怎么不想想。”

够公平,威尔想。在这种情况下要一个小孩做任何事可能都不算什么理智的行为。

“你觉得怎么样?”

“我不知道。”

“她会没事的。”

“是呀。我也这么想。不过……这并不是问题的关键,对吧?”

威尔知道这并不是问题的关键,但他很惊讶马尔库斯这么快就认识到了这一点。他第一次想到这个孩子可能相当聪明。

“你什么意思?”

“你自己琢磨吧。”

“你是担心她还会这么做?”

“闭嘴好不好?”

他遵命闭嘴,他们在有个尖叫的婴儿能允许的最安静的情况下驶向医院。

他们到的时候菲奥娜已经给推走了,苏兹紧握着个泡沫塑料的杯子坐在候诊室里。马尔库斯把车座以及车座里那个面红耳赤的小东西卸在她旁边。

“情况怎么样了?”威尔费了番力气才强压下自己摩拳擦掌的冲动。他完全被所有这一切给迷住了——几乎有点兴奋了。

“我不知道。他们在给她洗胃或者什么的。她在救护车上讲过几句话。她问到你了,马尔库斯。”

“她真好。”

“这跟你一点关系都没有,马尔库斯。你知道的,对吧?我是说,你并不是她……你不是她到了这儿的原因。”

“你怎么知道的?”

“我就是知道。”她说的时候带着温情和幽默,摇着自己的头而且抚弄着马尔库斯的头发,但无论是她的语调还是她的举动都完全错了:它们适合于其他的,更宁静、更家庭化的场景,而且虽然它们可能适合一个十二岁的孩子,但却决不适合马尔库斯,因为他一下子变成了全世界最老成的十二岁的孩子。马尔库斯把她的手推开了。

“你们谁有零钱吗? 我想去自动售货机买点东西。”

威尔给了他一把硬币,他就去了。

“真他妈的,”威尔说。“你该跟一个他妈妈刚刚想自杀的孩子说些什么呢?”他只是有点好奇,不过好在这个问题是以反诘的形式出现的,因此显得有点同情心。他可不想让人家听起来就好像他是在看一出相当棒的“每周病例”的片子似的。

“我不知道,”苏兹说。她把梅甘放在腿上,而且逗着她啃一块面包棍。“不过我们得用心点好好想想。”

威尔不知道他是否也是“我们”的一份子,不过无论是不是都不打紧。虽然他发现自己被当晚的这种“娱乐”给吸引住了,他也当然并不想再来一次:这一切实在有点太反常了。

当晚还在继续。梅甘先是哭,然后是呜咽,再后来就睡着了;马尔库斯不断地去光顾售货机,带回来一听听的可乐、一块块“奇巧”巧克力以及一袋袋的妙脆角。他们谁都不大开口,只有马尔库斯偶尔嘟嘟囔囔地抱怨那些候诊的人。

“我恨这些家伙。他们都喝醉了,大部分。看看他们。他们一直都在打架。”

这倒是事实。待在候诊室里的每个人多多少少均属游手好闲之辈——要么是流浪汉,要么是醉汉或瘾君子,要么不过是发神经。只有极少数是因倒霉透顶才到的这儿(有个女人被狗咬了,等着打疫苗;有个妈妈带着个看起来可能因为摔了一跤就跌折了脚踝的小姑娘),他们看起来都焦虑万分,脸色苍白而且筋疲力尽;今晚对他们来说确属反常。不过其余的只是把他们日常生活中的混乱随身带着换了个地方而已。对他们来说,是在街上冲着行人咆哮还是在医院的伤病门诊大骂护士根本没什么区别——都只不过是家常便饭而已。

“我妈妈跟这些人可不一样。”

“没人这么说,”苏兹说。

“但他们会这么想的。”

“他们不会这么想。”

“他们会的。她不也嗑了药吗?她进来的时候身上都是呕吐物,不是吗?他们怎么会知道其中的区别?”

“他们当然会明白其中的区别的。如果他们误解了,我们会告诉他们的。”

马尔库斯点了点头,威尔看得出来苏兹正说到点子上了:有他们这样的朋友谁还会相信菲奥娜是跟那帮社会的遗弃者为伍的?威尔一时想,马尔库斯这个问题没问到点子上。确切的问法应该是:这又有什么区别?因为如果把菲奥娜跟其余那帮家伙区别开来的只不过是苏兹令人安心的车钥匙跟威尔价值昂贵的休闲装,她毕竟还是一样有了麻烦。你不得不生活在你自己的气泡里。你没法硬挤到属于人家的气泡里,因为这么一来,气泡就不成其为气泡了。威尔为他自己而且只为他自己买衣服和CD,还有他的车他的“黑尔”牌的家具还有他嗑的药;如果菲奥娜负担不起这些东西,而且没有属于她自己的等值的气泡,那只是她自己的事,跟别人都不相干。

正在这时,一个女人走上前来——不是医生或是护士,而是官方的什么人。

“哈啰。你们是菲奥娜·布鲁尔的亲友吗?”

“是的。我是她的朋友苏兹,这位是威尔,这是菲奥娜的儿子马尔库斯。”

“好的。我们要留菲奥娜观察一夜,很明显你们没有必要也陪着熬夜。有马尔库斯可以去的地方吗?你家里还有什么人吗,马尔库斯?”

马尔库斯摇了摇头。

“他今晚到我家住好了,”苏兹说。

“很好,不过我必须征得他母亲的同意,”那个女人说。

“当然了。”

“我想跟苏兹一起住,”马尔库斯对那个正在往回撤的女人说。她转身微微一笑。“好像没人在意我的意见。”

“他们当然在意,”苏兹说。

“你这么想?”

几分钟后那个女人又回来了,又是微笑又是点头,仿佛菲奥娜刚生了个孩子而不单单只是同意马尔库斯在外面住一晚。

“没问题了。她说很感谢你。”

“太好了。那就走吧,马尔库斯。你可以帮我把沙发床打开。”

苏兹又把梅甘放回车座,他们一行就出了医院来到了停车场。

“那下次见,”威尔说。“我会给你打电话的。”

“我希望你把奈德跟保拉的事尽快处理好。”

脑袋里又是暂时性的一片空白:奈德跟保拉,奈德跟保拉……啊,对了,他的前妻跟儿子。

“哦,会好起来的。多谢。”他吻了吻苏兹的面颊,轻轻打了马尔库斯的胳膊一拳,又冲梅甘摆了摆手,出去叫出租车了。这一切都很有趣,不过他可不想每晚都这么过。

十一

它就在那儿，在餐桌上。他正按苏兹的吩咐往花瓶里插花的时候发现了它。昨晚所有的人都慌乱至极，竟然谁都没注意到有这么一封信。他把它拿起来读下去。

亲爱的马尔库斯：

我想无论我在这封信上说什么，你最终都会恨我的。也许说“最终”还太早了点：或许等你大一点了，除了恨你还能体会到别的感情。不过不管怎么说，在很长一段时间内你都会认为我做了一件错误、愚蠢、自私而又残忍的事。所以我想给自己一个解释的机会，即使这不会有任何益处。

听我说。我自身的很大部分都知道我正在做一件错误、愚蠢、自私而又残忍的事。事实上，我自身的绝大部分都这么想。问题是这大部分的我再也不能控制我了。这就是这几个月来我一直在犯的可怕的病症——它再也不听从别的任何事任何人了。它一意孤行。我希望你永远都不明白这到底是怎么一回事。

所有这一切跟你一点关系都没有。我乐意做你的妈妈,一直都是,即使这对我来说一直不容易而且我有时发现其实很难。我也不知道为什么做了你的妈妈我还不知足,但事实如此。而且也不是我过得这么不开心所以我不想活下去了。并不是这样的感觉。感觉更像是我真的累了厌了,这场聚会拖得实在太长了,我想回家了。我感觉非常无力但又什么都指望不上,所以我宁肯自己结束这一切。我在有你的情况下怎么会有这种感觉?我也不知道。但我知道如果我只是因为你的缘故就这么拖下去,你也不会感激我的,而且我觉得一旦你过了这道坎儿,你会过得比以前更好的。真的。你可以去跟你爸爸住,要不然苏兹也一直说如果我有什么意外她会照顾你的。

如果有可能,将来我都会时刻关注着你。我想我会的。我想如果一个母亲发生不测的话,她会得到这个特权的,即使那原本是她的错。我不想就此搁笔,但我又想不出任何继续下去的理由了。

爱你的

妈妈

她跟苏兹和梅甘从医院里回来的时候他还在餐桌旁坐着。她一眼就看见他在干吗了。

“狗屁,马尔库斯。我已经忘了这码事了。”

“你忘了?你忘了自杀前写的遗书?”

“哦,我想我不必一定记着它的,不是吗?”她在嘲笑这件事。她真的笑了。他妈妈就这德性。她一旦不冲着早餐麦片淌眼抹泪就开始嘲笑自己的自杀行为。

"上帝啊,"苏兹说。"怎么竟会是这样？早知道,我去接你的时候就不把他留在这里了。我还以为如果他把家里收拾一下的话只有好呢。"

"苏兹,我真的不认为你有任何做得不对的地方。"

"我应该想到的。"

"也许马尔库斯跟我该私下里稍稍谈谈。"

"当然了。"

苏兹跟他妈妈相互拥抱了一下,然后苏兹又走上前来吻了吻他。

"她已经好了,"苏兹低声说,故意也让他妈妈听到。"别为她担心了。"

苏兹走了以后,菲奥娜把水壶烧上,然后跟他一起在桌子旁坐下来。

"你还在生我的气吗?"

"你觉得呢?"

"因为那封信?"

"因为那封信,因为你做过的事,因为一切。"

"我能理解。我现在没有上周末时的那种感觉了,这能让你安心一点吗?"

"怎么,这事就这么过去了,所有那一切?"

"不,但……现在我感觉好多了。"

"现在不现在的我不管。我看得出来你现在好多了。你刚才已经把水壶都烧上了。但等你喝完了茶以后你又会怎么样呢？等我上学去了你又会怎么样呢？我不能一天二十四小时蹲在这儿看着你。"

“当然不，这个我知道。但是我们必须相互照顾。不应该只是单方面的。”

马尔库斯点了点头，但他是在一个话语根本当不得真的地方。他已经读了她的信，而且对于她到底说了些什么他已经不太感兴趣了；她具体做了什么以及她打算做什么才真正算数。今天她什么都不打算干。等会儿她会喝喝茶，今晚他们会放个假一起看看电视，他们会感到这似乎正是一种不同的、更好的生活的开端。但原来的生活还是会翻出来，接着一切就又失控了。他一直是相信他妈妈的——或者不如说，他从没不相信过她。但对他而言，情况再也不会跟从前一样了。

两个人太少了，这就是麻烦所在。他原来一直觉得二是个好数字，他曾经痛恨生活在一个三口、四口或五口之家。但他现在看出人口多的好处来了：如果真有一位掉下了悬崖，也不会只剩下你孤零零一个。如果没人在你身边，你知道，帮你一道生活下去，那家还称得上什么家？他一定得找个解决的办法。

他们决定过一个安静、正常的晚上。他们订了一份咖喱菜，马尔库斯到报刊店去租录像带，但他实在委决不下：他看到的一切都似乎跟死亡沾亲带故，而他不想看任何关于死亡的东西。他不想让他妈妈看任何关于或令人想起死亡的东西，虽然他也不能确定到底为什么。如果他妈妈看到史蒂芬·席格拿着枪把一个人的脑袋轰掉，她认为又会如何呢？那不是他们竭力避免去想的那种死亡。他们竭力避免去想的是那种安静、悲惨、真正的死亡，不是闹哄哄、谁都不会当真的这种。（人们认为孩子们分辨不出其中的差别，实际上他们当然能。）最后，他挑了《土拨鼠日》这部片子，他很满意，因为这是一部录像带新片,而且据盒子后面说它很滑稽。

他们等叫的晚饭到了才开始看这部片子。菲奥娜把吃的摆好,马尔库斯让录像带快进,略过预告片和广告,以便他们咬第一口印度薄饼的时候正好赶上正片开始。录像带盒子背面说的没错:这确实是部有趣的片子。那个家伙总是陷在同一天里,一而再再而三地陷在同一天里不能自拔,虽然他们并没有真正解释清楚这到底是怎么发生的。也许这是根据一个真实的故事改编的,确实有一个家伙一而再再而三地陷在同一天里不能自拔,而且他本人也不知道这到底是怎么发生的。这想法令马尔库斯一惊。设想一下如果他明天早上醒来发现又是昨日重现,他又得经历一遍鸭子、医院跟所有这一切,那可如何是好?最好还是不要想了。

但接下来影片就变了,变得全都是有关自杀的了。那个家伙实在厌倦了数百年来总是深陷于同一天的状况,所以他决定把自己干掉。结果却毫无用处。无论他怎么做,他第二天早上总会再次醒来(准确说来不是第二天早上。是当天早上,他总是醒在同一天的那个早上)。

马尔库斯真正火大了。录像带的盒子上没有提一句自杀的话,可片子里却有一个想三百次杀死自己的笨蛋。没错,他是没有成功,但这一点都没让这件事好玩起来。他妈妈也没成功,但没人想就此拍部喜剧片。为什么一点提示都没有?肯定有好些人在自杀未遂以后想看部真正像样的喜剧片。要是他们都选了这一部可怎么办?

起先马尔库斯没作声,不但是不作声,他呼吸几乎都停了。他不想让他妈妈听到他的呼吸声,以免她以为他的呼吸比平常更刺耳,因为他很不安。但接下来他就再也忍不住了,他用遥控器把电视给关了。

"怎么了?"

"我只是想看这个了。"他朝电视屏幕做了个手势,屏幕上有个戴厨师帽操法语口音的人正在教一个角斗士模样的家伙怎么把一条鱼切开怎么把内脏取出来。这看起来可不像马尔库斯通常会看的节目,尤其因为他还痛恨烧菜。还有鱼。而且他还不怎么热衷《角斗士》①。

"这个? 你干吗要看这个?"

"我们学校里正在上烹饪课,他们说我们必须得看这个节目,当家庭作业。"

"Au revoir②,"那个戴大厨帽子的人说。"再见,"那个角斗士说。他们挥了挥手然后节目就结束了。

"你明天该有麻烦了,"他妈妈说。"你干吗不早告诉我你今晚必须看这个?"

"我忘了。"

"至少,我们现在可以把片子看完了。"

"你真想看?"

"是呀。很滑稽。你不觉得它滑稽吗?"

"好像不太真实,是不是?"

她笑了。"哦,马尔库斯! 你老让我看一个人从爆炸的直升飞机上跳到火车顶上的片子,而你还在抱怨真实不真实。"

"这没错,但你能看到他们干。你能真正亲眼看到他们干那些事。你却不能确定他是不是真的总在同一天醒过来,因为他们可以假装这样子,是不是?"

---

① Gladiators,一款很容易上手的快节奏电脑游戏。
② 法文:再见。

“你真是胡说八道。”

这可真了不起。他费心劳力地想不让他妈妈看一个男人一连几个小时不停地自杀，结果她却叫他白痴。

“妈妈，你肯定知道我把它关了的真正原因吧？”

“不知道。”

他简直不能相信。她肯定一直都在想着这件事的，就像他一样，难道不对吗？

“因为他正在想干的事。”

她看了看他。

“对不起，马尔库斯，我还是不明白你的意思。”

“那件……事。”

“马尔库斯，你一直是个善于表达的孩子。你能表达得比这个清楚的。”

她简直要把他给逼疯了。“最后五分钟内他一直想把自己给弄死。像你曾经做过的一样。我不想看这个，而且我也不想让你看这个。”

“啊。”她拿到遥控器把电视给关了。“对不起。我真是太迟钝了，对吧？”

“是的。”

“我根本就没联系到一块儿。真难以置信。上帝。”她摇了摇头。“我一定得把我的行为理理清楚了。”

马尔库斯开始弄不懂他妈妈了。直到最近他还一直以为她不过是……不够十全十美，因为他们有不同意见，她不让他干某些他想干的事，等等，但他从没有想过她是不是很蠢，或是疯了，或是错了。即使在他们有不同意见的时候，他也能看出她的表现如何：她说的话都是做妈妈的应该说的话。但此时此刻,他却完全搞不懂她了。他曾经搞不懂她干吗要哭,而现在,他料想她又会痛不欲生了,她却又完全正常了。他都开始要怀疑他自己了。难道想把自己弄死并不是真有什么大不了吗?自杀未遂之后难道不需要倾心长谈,不需要热泪和拥抱吗?显然不需要。你就坐在沙发上看着录像,就像什么事都没发生过似的。

“我该把片子放完吗?”他问她。这就像个测试。原来的妈妈会知道他说这话不是当真的。

“你不介意吧?”她说。“我很想看看是怎么结局的。”

十二

消磨时间对威尔来说从来不成问题。他或许不会因为一辈子一事无成而骄傲,却会为自己有本事一直浮在他拥有的无边的时间大海上而从没溺水而感到自豪;一个稍稍没他这么有创造性的人,他觉得,可能早就沉下去淹死了。

晚上总是没问题的;他有朋友。他也不知道他是怎么认识他们的,因为他从没有过同事,而且他从不跟已成为前女友的女友再有任何瓜葛。不过他有本事沿途顺手捡到朋友——曾在他常去的唱片店工作的店员,他一起踢过足球打过壁球的球友,在酒吧玩测试游戏时曾分在一队的队友,都是这种情况——他们也差不多。当然了,他们在类似情绪低落到想自杀这种不一般的情况,或是心碎肠断这种更不一般的情况下恐怕是指望不上的,不过一起打打撞球或者喝喝酒吃吃咖喱还是相当不错的。

不,晚上总是不错的;是白天在考验他的耐心和独创性,因为他所有那些朋友都在工作——除非他们在休陪产假,就像约翰,巴尼跟伊莫金的父亲，而威尔压根不想看见他们。他应付白天的办法是把时间分成数段，每段大约三十分钟，然后为每段时间想出该干的事。他发现整小时太长，一次性很难打发，他发现一天内可以做的大部分事花的时间差不多都是半小时。看报，洗澡，收拾房间，看《家居和出行》以及《花边新闻》，在厕所快速做一套填字游戏，吃早点和午饭，去附近的商店……这就占去一天二十个时间段中的九个了（晚上不算在内），这还都只是些必须要做的事。实际上，他还反过来怀疑他的朋友们是如何兼顾生活和工作的。生活的琐事已经占了这么多时间，一个人在同一天里怎么还能又工作，又，比如说，洗个澡？他怀疑他认识的几个人是在走不雅的捷径。

偶尔地，当他上来一阵风时，就会写信应征《卫报》信息栏上的工作广告。他喜欢信息栏，因为他觉得他能胜任几乎所有的工作空缺。编辑一份建筑工业的内部杂志，或是开一爿艺术工坊，或是写本假日指南能有多难？根本没什么难的，他自己想象，所以他就坚持不懈地写信给这些潜在的雇主，向他们解释为什么他就是他们正在寻找的最佳人选。他甚至附上一份履历，虽然那份履历撑死了也只有两页。不过，他非常聪明，他这么想，在这两页上标的页码是“1”和“3”，这样就表示第二页，包含他光辉事业的详细内容的一页不小心给弄丢了。他认为人家会对他的信印象深刻，会被他如此广泛的兴趣弄得眼花缭乱，他们肯定会请他进行面试，而一见面，他锐不可当的个人魅力定然会让他轻松过关。实际上，他从没收到任何面试的邀请，时不时收到的只不过是一封标准格式的回绝信。

实际上他并不在意。他是以当初志愿去施粥所的同样的热情来申请这些工作的，他还以同样的热情变成了奈德的爸爸：这些都是一种空想中的现实选择，根本不会触及到他真实的生活，不管那是什么。他根本不需要工作。他这样就很好。他书读得很多;他在下午看电影;他慢跑;他给自己和朋友们烧美味的饭菜;他还可以时不时地去罗马、纽约和巴塞罗那,当他感觉厌倦无聊的时候……他不能说他内心求变的需要燃烧得特别强烈。

不管怎么说,今天早上他还是被周末的意外事件弄得有点分心。不知为什么——也许因为在他一天二十个时间段,蹲在卫生间做做快速填字游戏的日常生活中极少真正碰上这种戏剧性的事件——他的思绪不断地被拖回到马尔库斯和菲奥娜身上,很想知道他们现在怎么样了。而且,因为《卫报》信息栏上暂时没有能真正吸引他的广告,他开始产生一种奇怪甚至有点不健康的冲动:想以某种方式介入他们的生活。也许马尔库斯和菲奥娜比苏兹更需要他。也许他真的能……为这两个人做点事。他可以对他们抱一种类似叔叔的兴趣,给他们的生活增加一点情趣和欢乐。他可以跟马尔库斯混在一起,时不时地带他出去玩玩——带他去看阿森纳的球赛,也许。而且也许菲奥娜会喜欢出去吃顿美餐,或是去剧院消磨一晚。

上午十点左右他打电话给苏兹。梅甘刚刚才睡着,她才坐下来给自己弄杯咖啡喝。

“我在想,也不知道他们现在怎么样了,”他说。

“还可以,我想。她还没去上班,不过马尔库斯今天已经去上学了。你怎么样?”

“很好,谢谢。”

“你听起来挺兴奋的。事情都解决了吗?”

如果他听起来很兴奋,那事情显然应该都圆满解决了。“哦,是的。一切都风平浪静了。”

“奈德也还好吧?”

“是的，他很好。是不是，奈德？”他干吗要这么做？这纯属画蛇添足。他为什么就不能不这么多此一举？

“很好。”

“你说，你觉得我能在什么方面帮帮马尔库斯跟菲奥娜吗？带马尔库斯出来玩玩还是怎么着？”

“你愿意这么做？”

“当然。他看起来好像……”什么？马尔库斯看起来好像什么，除了稍微有点古怪跟不自觉的恶意之外？“他看起来不错。我们处得还可以。也许我可以，你知道，哪一天增进跟他的交往。”

“你干吗不问问菲奥娜？”

“多谢。我也很期待尽快再见到你跟梅甘。”

“我还是太想见见奈德了。”

“我们会安排好的。”

这么看来，就是它了：一个庞大的，快乐的，扩大了的大家庭。当然，这个快乐的家庭里包括一个隐身的两岁男孩，一个怪兮兮的十二岁男孩跟他自杀过一次的妈妈；不过据墨菲定律宣称，如果你首先不喜欢家庭的话，这正是你命中注定要厮守一世的家庭式样。

威尔买了本《休闲》杂志，从封面一直读到封底，想找出件十二岁的男孩在星期六下午可能想干的事——或者不如说，由此可以让马尔库斯明白，跟他打交道的可不是那种一般概念中的完全落伍的三十六岁男人。他先从儿童部分看起，不过很快就意识到马尔库斯可不是那种模子里刻出来的标准小孩，他不是那种会喜欢木偶剧院的小孩，不如说他根本就不是个小孩；虽然才十二岁，他的童年已经结束了。威尔尽力回忆他在这个年龄时都喜欢什么来着，但什么都没想起来，倒是他痛恨什么记得很清楚。他当时痛恨的就是大人们让他做的那些事，虽然那些大人都是出于好意。也许他能为马尔库斯做的最酷的事就是干脆让他在星期六自己疯去——给他些钱，把他带到苏霍[1]自己就走人。当然他也不得不承认，虽然这在“酷度”测验中可以让他得分，但站在父母的角度[2]考虑起来却未免失职：如果马尔库斯从此当上了牛郎，而他妈妈从此不再见他，威尔可能会感到自己为此负有责任，也许还会感到懊悔。

电影？游戏机房？溜冰？博物馆？画廊？布伦特·克罗斯[3]？麦当劳？上帝，有谁不是在持续数年的昏昏沉睡中度过他的童年的？如果威尔被迫重过一遍他的童年，他会一等《蓝色彼得》[4]播完就上床睡觉，并要求等它再播的时候才把自己叫醒。也难怪现在的青少年都转向犯罪吸毒卖淫了。他们转向犯罪吸毒卖淫只是因为它们都在菜单上任由他们选择呢，令人兴奋、丰富多彩、色香味俱全的全新选择，威尔根本没有份。真正想问的问题是，为什么他们这代人这么无动于衷，这么没胆量地遵纪守法——尤其是，他们连青少年们的专用玩意儿也一样都没有享受到，没有澳大利亚肥皂剧，没有“小鸡下水”[5]，现代社会这些被当作青少年娱乐的东西他们都没赶上。

他正在琢磨“英国盖斯野生生物摄影师协会”的年展是不是会比它听起来还枯燥时，电话铃响了。

“嗨，威尔，我是马尔库斯。”

---

① 伦敦中部的一个区，在 17 世纪居住的主要是移民，现在因其饭店、剧院、酒吧和夜总会而闻名，是伦敦的夜生活中心。

② 原文为拉丁文“in loco parentis”。

③ Brent Cross，伦敦近郊发展最早也是最有名的大型综合性购物中心。

④ Blue Peter，英国一档著名的儿童电视节目。

⑤ “Chicken dippers”，为“海盗滑船俱乐部”（The Viking Rowing Club）为 11—14 岁的青少年提供的一项出色的滑船培训课程。课程开放时间为每年的 6 月中旬至 8 月。

“嗨，真够滑稽的，我刚在琢磨——”

“苏兹说你哪天想带我出去玩玩。”

“是的，不过，这只是——”

“如果我妈妈也能来的话我就来。”

“你说什么？”

“如果你也能带上我妈妈的话我就来。不过她很穷，我们要么就去个便宜的地方要么你就得请我们的客。”

“合理。嘿，说说你到底什么意思，马尔库斯。别跟我打转转。”

“我不知道还能怎么说。我们一文不名。你没有。所以你埋单。”

“没什么。我只是在开玩笑。”

“哦。我没能领会。”

“不，你听我说，我不是个危险人物，你也知道。我觉得如果只有你我的话可能会更好些。”

“为什么？”

“让你妈妈一个人清净清净？”

“是嘛，好呀。”

他突然意识到了，不过话已出口。他们上个周末就想让马尔库斯的妈妈清净清净来着；她利用那段清净时间把一瓶子的药都倒进了喉咙里然后还洗了一次胃。

“对不起，马尔库斯。我真是个笨蛋。”

“是的。”

“你妈妈当然能来了。那太好了。”

“而且我们也没有车。你得开你的车来。”

“没问题。”

“你要是高兴也可以带上你的小儿子。”

他笑了。“多谢。”

“没什么，”马尔库斯慷慨大度地说。“只不过一碗水端平。”威尔开始发现，语带讥讽简直是一种马尔库斯根本不能理会的语言，至少跟威尔有关的几次都绝对如此。

“他星期六又得跟他妈妈一起。”

“那好。那你就十二点半左右来吧。还记得我们住哪儿吗？克雷斯菲尔德路31号二层，伊斯灵顿，伦敦N1 2SF。”

“英国，世界，宇宙。”

“是的，”马尔库斯平板地说——像个呆子。

“好吧。到时候见。”

下午的时候威尔到母婴商店去买一个婴儿专用的车座。他不想让他的整个家都充满小床、尿壶跟高脚椅，不过如果他就要开始在周末开车载着人到处逛的话，他觉得他至少应该做出点表示奈德确实存在的让步。

“这是性别歧视，你知道，”他自鸣得意地跟店员说。

“您说什么？”

“母婴商店。那父亲们呢？”

她礼貌性地微微一笑。

“还应该有父婴，”他加了一句，只是防止她没明白他的要点。

“您是第一个这么说的顾客。”

“真的？”

“不。”她哈哈大笑。他自我感觉像是马尔库斯。

“没关系。我能帮您点什么忙？”

“我在找个婴儿车座。”

“当然了。”它们就在车座柜台。“您要买什么样的?”

“不知道。随便吧。最便宜的。”他友好地一笑。“大部分人都买什么样的?”

“喔。不是最便宜的。他们通常最关心安全性。”

“啊。是了。”他不笑了。安全性可是桩严肃的大事。“省几镑是小事,要是他从挡风玻璃那儿爬了出来问题可就大了,对不对?”

最后——真可算是对他先前铁石心肠的矫枉过正——他买了店里最贵的车座,一个庞大的加了衬垫的亮蓝色装置,看起来仿佛能用到奈德自己当上父亲为止。

“他会喜欢的,”他一边递上信用卡一边对店员说。

“车座现在看起来很不错,不过他很快就会用他的饼干啦妙脆角啦或是这一类的东西把它弄得一团糟的。”

威尔原来可没想到过他的饼干妙脆角或是这类的东西,所以他在回家的路上又停下来买了些碎巧克力曲奇和几袋吉士洋葱片,把所有这些东西都挤碎,然后慷慨地把碎片遍撒在崭新的婴儿车座上。

十三

跟他告诉威尔的相反，马尔库斯并不真的担心留下他妈妈一个人。他知道，如果她真的想再次尝试干点什么的话，那也不是这几天之内的事，因为现在她仍然处在那种奇怪的平静情绪中。跟威尔说他希望他妈妈也跟着是一种撮合她跟威尔的方式，这之后，他想，事情就好办了。他妈妈挺漂亮的，而威尔看起来相当有钱，他们会去跟威尔和他的儿子住在一起，那他们就有四个人了，四可比二要好两倍。而且，如果他们愿意，也许还会有个孩子。他妈妈还不太老。她才三十八岁。你在三十八岁的时候是可以再要个孩子的。这么一来他们就有五个人了，他们其中任何一个人死了都不会有太大问题了。喔，还是会有问题，当然会有问题，不过至少不会只剩下某人，他或者他妈妈或者威尔或者他的小儿子，孤零零一个了。马尔库斯甚至都不能确定他是不是喜欢威尔，不过他也不想费心去确定了；他看得出来他不是个坏人，也不是酒鬼或者暴徒，所以他一定得这么做。

也不能说马尔库斯对威尔的事一无所知，因为他确实知道一些：

他曾经侦察过他。一天下午在放学回家的路上他见到过威尔出来购物，而且他像个私人侦探似的一直跟踪他到家里。他并没有发现威尔很多的个人情况，除了他住哪儿他进了什么商店购物。不过他看起来好像过的是单身生活——没有女朋友，没有妻子，甚至没有小男孩。除非他的小男孩正跟他的女朋友一起在家里待着。不过如果他真有个女朋友的话，那他干吗还老想跟苏兹搭讪呢？

"那家伙什么时候到？"他妈妈问他。他们正在打扫房间，一边在听鲍伯·马利唱的《出埃及》。

"十分钟后。你要换换衣服的，对不对？"

"为什么？"

"因为你看起来很落魄，而他要带我们去'行星好莱坞'吃午饭。"威尔对此一无所知，因为马尔库斯压根就没跟他提过，但马尔库斯并不在意。

她看了看他。"你干吗为我穿什么衣服操心？"

"是去'行星好莱坞'啊。"

"那是个什么地方？"

"在那儿你是不会想穿得跟个旧布袋似的。因为某个人可能会看到你。"

"什么人可能会看到我？"

"布鲁斯·威利斯或者他们这类明星。"

"马尔库斯，他们不可能到那儿去的，你明明知道。"

"他们老在那儿。除非他们在工作。即使他们在工作他们也会争取在伦敦拍片以便于他们能去那儿吃午饭。"

菲奥娜哈哈大笑。"谁跟你说的？"

是他以前的学校一个叫萨姆·洛威尔的家伙告诉他的。马尔库斯斯现在想来，萨姆也曾跟他说过后来证明并非事实的很多事：比如迈克尔·杰克逊跟珍妮·杰克逊是同一个人以及教法文的哈里逊先生曾是“披头士”的成员①等等。

“总归是个很有名的地方。”

“如果你在那儿看不到任何明星的话你还想去那儿吃饭吗？”

那他就不想了，不过他不想让她知道。

“是的。当然了。”

他妈妈耸了耸肩，然后换衣服去了。

*

威尔在他们出去之前就到了。他自我介绍了一番，马尔库斯却觉得这是多此一举，因为每个人都知道另外的每个人是谁。

“嗨。我是威尔，”他说。“我们曾……喔。我是说……”但他很明显想不出一种礼貌的说法来表述上个礼拜他曾见过她昏死在沙发上，身边还有一堆呕吐物，所以他就此打住只是微笑着。

“我是菲奥娜。”他妈妈看起来不赖，马尔库斯暗想。她穿着她最好的紧身裤和一件宽松、毛绒绒的套头衫，而且自打出院以来她还头一次化了妆，戴了一副很像样的摇摇晃晃的耳环，是从津巴布韦来的某位朋友送给她的。“多谢你上个周末所做的一切。我真是感激不尽。”

“那是我的荣幸。我希望你现在感觉……我希望你已经……”

“我的胃已经没问题了。不过我猜我肯定还有点迟钝。那种事不会这么快就完全过去的，对吧？”

威尔看起来很震惊，她却只是在笑。马尔库斯痛恨她跟并不是

① “披头士”中的那个成员叫乔治·哈里逊(George Harrison)。

很了解她的人开这种玩笑。

“那么,你决定好了要去哪儿了吗,小马尔库斯?”

“‘行星好莱坞’。”

“哦,上帝啊。当真?”

“是的。据说很棒的。”

“是吗?很显然我们读的不是同一份餐饮评论。”

“不是餐饮记者说的。是我原来学校的萨姆·洛威尔说的。”

“哦,很好,既然如此……我们这就动身?”

威尔打开房门示意菲奥娜先走。马尔库斯自己也搞不清楚他到底期望什么,不过他觉得开始有门了。

他们没开车去,因为威尔说“行星好莱坞”在莱斯特广场,那儿不能泊车,他们只得去乘公共汽车。在去公共汽车站的路上威尔把他的汽车指给他们看。

“这辆是我的。后面有婴儿座的这辆。看看,真是一团糟。”

“天哪,”菲奥娜说。

“对了,”马尔库斯说。

他们想不出别的更多的话来说,于是就继续往前走。

在“行星好莱坞”外头有好多人在等位子,而且还下起了雨。在整个队伍里面惟有他们仨是讲英语的。

“你肯定这就是你想来的地方吗,马尔库斯?”他妈妈问他。

“是的。还能有什么地方,除了这儿?”要是有人能另给个稍微像样点的建议,他都会接受的。他不想跟一帮子法国和意大利人站在一起。这不对。

“街拐角有个比萨快递店,”威尔说。

“不了,多谢。”

“你不是一直想出去吃比萨的吗?”他妈妈说。

“没有,我没有。”他当然有,不过比萨太便宜了,他认为。

他们又沉默地回到队伍里。根本不会有任何人会在这种状况下跟任何人结婚的。太湿、太可怕了。

“跟我说说你想来‘行星好莱坞’的理由,我看能不能想出别的符合条件的地方,”威尔说。

“我也不知道。因为它很有名。而且它还有我喜欢吃的东西。炸薯条什么的。”

“那么如果我想出另一家以炸薯条著名的餐馆,我们可以去吗?”

“可以。不过它必须得是我那种类型的著名,不是你那种类型的。”

“这话怎么讲?”

“它得是孩子们知道的那种著名。你不能只是跟我说它很著名,因为如果我听都没听说过,它就不是著名的。”

“这么说来,如果我跟你说,‘二十八餐厅’怎么样,你不会想去的?”

“是的。它没名气。从没听说过。”

“但名人都去那儿的。”

“比如说谁?”

“演员们什么的。”

“哪些演员?”

“我该说他们要么去年要么昨天都去过那儿的。不过他们可不会事先跟你说的。这就要看你的运气了。我们现在去就可能会撞上汤姆·克鲁斯和妮克尔·基德曼。也可能什么人都见不到。不过他们的炸薯条确实很棒。现在的情况是,我们在这儿等上一个小时,等我们进去了也没有任何值得看的人在场。”

“那好吧。”

“此话当真?”

“当真。”

“好小子。”

从没有名人来过这家“二十八餐厅”。你一眼就看得出来。餐厅很像样,炸薯条也确实不错,不过也就正常水准;墙上什么都没有,比如克林特·伊斯特伍德的夹克啦,或迈克尔·基顿在《蝙蝠侠》里戴的面具啦什么的。甚至连签名照片都没有一张。他们家附近那家送外卖的印度餐馆一点名气都没有,可连他们都有一张多年前曾为“兵工厂”乐队伴奏过的人的签名照。不过他也并不怎么介意。重要的是他们都身上干干地落了座,威尔跟他妈妈可以开始交谈了。

一开始他们需要点帮助;在侍者来取菜单之前大家一般什么都不说的。

“蘑菇煎蛋卷加炸薯条。还有可乐,”马尔库斯说。

“我要一份旗鱼,”威尔说。“不要蔬菜,只要一份配菜色拉。”

菲奥娜却举棋不定。

“你干吗不也要一份旗鱼?”马尔库斯说。

“呣……”

他想让对面坐着的妈妈注意到他同时又不引起威尔的注意。他先是用力地点头,然后咳嗽了一声。

“你没事吧,亲爱的?”

他只是觉得如果他妈妈跟威尔点同样的菜会有所助益。他也不知道为什么。并不是说你能就旗鱼或者此类的事有什么特别好谈的,不过或许可以让他们以为他们有些共同点,或者让他们以为有时候他们的想法是一致的。虽然事实可能正好相反。

“我们是素食主义者,”马尔库斯说。“不过我们吃鱼的。”

“所以我们并非真正的素食主义者。”

“我们也不经常吃鱼。有时候吃点鱼跟油炸土豆片。我们从不在家里烧鱼的,是吧?”

“是的,不经常。”

“从不烧的。”

“哦,别老拆穿我。”

他不明白为什么说她从不烧鱼就是拆穿她——难道男人喜欢烧鱼的女人?为什么?——不过他最不想做的就是拆穿她。

“好吧,”他说。“并不是从不烧。有时候也烧的。”

“我过几分钟再过来?”侍者说。马尔库斯已经忘了他还在旁边等着呢。

“呣……”

“点旗鱼。”马尔库斯说。

“我要笔尖式通心粉加香蒜沙司,”他妈妈说。“外加一份什锦色拉。”

威尔要了一份啤酒,他妈妈要了一杯白葡萄酒。再就没有人说什么了。

马尔库斯没有交过女朋友,连女朋友的边都没沾上过,除非你算上霍丽·加列特,他根本不承认。但他知道这一点:如果一个女孩跟一个男孩碰上了,而他们又都没有男朋友或是女朋友,他们看起来都还不错,而且他们又都互相不讨厌,那么他们就有可能交往起来。当下还缺哪一条?威尔没有女朋友,除非你把苏兹算上,他根本不承认,他妈妈也没有男朋友,所以……对他们都是大好机会。他想得越多,事情看起来就越像那么回事。

并不是他需要什么人来取代他爸爸。多年前他就跟他妈妈谈过这件事了。他们当时正在看一档有关家庭问题的电视节目,有个愚蠢的保守党肥婆说每个人都应该父母双全,他妈妈先是很生气,过后又很沮丧。在他妈妈给拉到医院这件事之前,他一直认为那个保守党肥婆愚蠢之极,他也是这么告诉他妈妈的,不过当时他还没得出“二”是个危险数字的结论。现在他已经得出这个结论来了,他对那个保守党肥婆观点的态度也未见得因此有了多大的变化;他并不介意他理想的家庭中是否都是男人或者都是女人甚至都是孩子。他只是想要更多的人。

“别只是干坐在那儿,”他突然说。

威尔跟他妈妈都看了他一眼。

“你们都听到了呀。别只是干坐着。互相说说话。”

“我确信过一会儿我们就会这么做的,”他妈妈说。

“还没等你们俩想到什么交谈的题目饭就吃完了,”马尔库斯嘟囔了一句。

“你想让我们谈什么?”威尔问。

“什么都行。政治。电影。谋杀案。我才不管呢。”

“我不能肯定谈话就是这么开始的,”他妈妈说。

“也许你们自己早该弄弄清楚了。你们年纪都不小了。”

“马尔库斯!”

威尔还是笑了。

“他说得没错。我们已经,我不知道你多大了,菲奥娜,不过我们加起来至少已经有六十年的交谈经验了,或许我们应该能找到点可谈的东西。”

“那好吧。”

“那……”

“随你。”

他们都笑了,不过谁都没再开口。

“威尔,”马尔库斯说。

“什么事,马尔库斯,”威尔说。

“你对约翰·梅杰[①]有什么看法?”

“没什么看法。”

“那你呢,妈妈?”

“你知道我对他有什么看法。”

“跟威尔说说。”

“没什么看法。”

根本就是徒劳。

“为什么?”

“哦,马尔库斯,饶了我们吧。你真是越帮越忙。你反而让我们更难开口了。我们马上就会开始交谈的。”

“什么时候?”

“住嘴。”

“你结过婚吗,威尔?”

“马尔库斯,你再这么说我可真要生气了。”

“没关系,菲奥娜。不,我没结过婚。你呢?”

“没有,当然没有。我还不够年龄呢。”

“哦。”

---

① 英国保守党议员,继撒切尔夫人之后出任保守党领袖、英国首相。

“现在问问我妈。”

“菲奥娜,你结过婚吗?”

“没结过。”

马尔库斯开始一愣;当他是个真正的孩子,一个小不点的时候,他曾认为你必须得先结了婚然后才能成为父亲或是母亲,就像你想开车先得有驾照一样。他现在知道了这可不一定,而且他也知道了他爸妈就没结过婚,不过你打小一直坚信的观念却很难一下子就抖落掉。

“你曾想过要结婚的吗,妈妈?”

“也没真正想过。并没觉得结婚特别重要。”

“那为什么别的人都特别看重呢?”

“哦,各种原因吧。安全感啦。来自家庭的压力啦。来自罗曼司的误导啦等等。”

说到这儿,威尔笑了。“犬儒主义者,”他说。

马尔库斯不明白什么意思,但这很好:他妈妈跟威尔不用经他发起已经有话可说了。

“现在你还见马尔库斯的爸爸吗?”

“有时吧。不很经常。马尔库斯经常见他。你呢?你还见你的前妻吗?”

“呣……喔,是的。总难避免。她今天早上又把奈德给接走了。”他说这话的时候显得很滑稽,马尔库斯想。差不多就像他已经忘了然后才想起来的一样。

“没事吧?”

“哦,没关系。我们有我们相处的时间。”

“结果怎么会是由你来照顾奈德的?我是说,我确信你是个好爸爸,什么都很好,但这跟通常的结果不太一样,对吧?"

"对。她当时正处于类似《克莱默夫妇》表现的那种阶段。你知道,那种'我想弄明白我到底是谁'之类的大话。"

"她后来弄明白她是谁了?"

"也没真正弄明白。我不知道是否有人当真弄明白过。"

点的菜上齐了,但那两个大人几乎都没注意到;马尔库斯开心地埋头大嚼他的煎蛋卷跟炸薯条。他们将来是搬到威尔家住呢,还是另买个新的公寓?

十四

威尔知道菲奥娜不是他喜欢的类型。首先，她的外形就不是他喜欢的那一类——事实上，他都怀疑她压根就不在乎自己的外形。仅这一点他就受不了。人们，无论女人还是男人，都有责任在意这一点，他感觉，即使他们欠缺必不可少的原材料——除非他们压根就对人生中性的方面不感兴趣，如果真是这样，倒也扯平。你就可以做你想做的任何事情了。比如说，爱因斯坦……威尔对爱因斯坦的私生活一无所知，不过从照片看来他像是个脑子完全放在别的事上的家伙。但菲奥娜可不是爱因斯坦。就他对她的了解，她或许跟爱因斯坦一样有头脑；但她很明显对人际关系很感兴趣的，从他们吃午饭过程中的交谈就能看得出来，既然如此，她为什么就不能更用心一点？她为什么就不能做个更得体些的发型，整天就顶着一头卷毛到处跑？为什么她就不能再稍稍在意一点身上的衣着？对此他一头雾水。

而且她也有点太嬉皮了。现在他明白马尔库斯为什么会如此怪异了。她信仰另类的东西，比如芳香疗法、素食主义、环境问题等等，坦白说来，这些对他来说都毫无意义。如果他们开始交往的话，他们会打得不可开交，他知道肯定会这样，这样就会搞得她心烦意乱，而此时此刻他最不愿做的事就是惹得她心烦。

他不得不承认，他觉得她身上最有吸引力的一点就是她曾试图自杀。现在看起来有趣极了——几乎具有一种病态的性感。但你又怎么能期望跟一个随时可能把自己弄死的女人正经约会？此前，他觉得跟一位母亲约会挺了不起的；他可还没了不起到要跟一位老想自杀的母亲约会呢。不过他也没想让这桩事情就此了结。他仍然有那种感觉，即菲奥娜跟马尔库斯可能会取代施粥所跟《卫报》信息版，或许会一劳永逸地取代后两者。毕竟，他根本不必太过费心——偶尔吃几次旗鱼，看几场他总归难以避免的蹩脚电影。这能有多费事？总比试图强行喂那些个流浪汉轻省得多。善举！帮助他人！这就是他眼前应当致力的事业。他曾以跟安吉睡觉的方式帮助过她（诚然，他本人也多多少少乐在其中），而现在，他正在探索是否有可能不跟某人睡觉而又帮上忙。相信定有此种可能吧？别的人已经在做了，比如特丽莎修女，弗洛伦斯·南丁格尔等等，尽管他也怀疑，轮到他献身慈善事业的时候风格可能终究会有所不同。

午饭后，他们没有更进一步的安排。他们离开餐厅后，在科文特花园溜了一圈，然后就搭地铁回到伦敦北部，他回到家的时候刚好赶上《体育报道》。不过他也知道他们刚刚开头的事还没完呢。

但是不出几天，他就完全改主意了。他对善举没有兴趣。他对马尔库斯跟菲奥娜没有兴趣。他能肯定，以后每次他想到他们的时候他就会尴尬得大冒冷汗。他再也不想见到他们；事实上，他都怀疑他以后还敢不敢再到哈洛威去，只是为了避免撞到他们。他知道他是有点反应过激了，不过也没过多少。歌唱！你怎么能跟强迫你放声歌唱的人有任何关系！他也知道他们俩都有点怪异，但也不能……

开始的时候还挺正常的，他们请他去吃晚饭，虽然他不喜欢他们不得不吃的那些东西——那些素食主义者吃的鹰嘴豆、米饭跟罐头西红柿什么的——他还是相当满意席间的谈话的。菲奥娜跟他讲了她作为一位音乐治疗师的工作，马尔库斯告诉菲奥娜威尔一分钟就能挣数百万英镑，就因为他爸爸曾写过一首歌。威尔帮着洗好杯盘，菲奥娜给他们沏了杯茶，然后她就在钢琴前坐下来开始弹奏。

她弹得相当不赖。她钢琴弹得比她的嗓音要好，而且她的嗓音也不糟，完全可以胜任，虽说有点单薄，也绝对可以入调。不，并非音质令他难堪，是态度的真诚。他此前也曾跟捡得起吉他弹得了钢琴的人混过（虽然时日不长），但他们总是以某种戏谑的态度为之：他们要么选些很蠢的歌曲演奏，要么故意以一种愚蠢的方式唱出来，再或者故意装模作样，不管怎么说，总归以此显示他们并没拿这个当真。

菲奥娜却是当真的。她唱《敲响天堂的大门》时是当真的，然后唱《火与雨》时是当真的，再然后唱《Both Sides Now》[①]时仍然是当真的。她跟歌曲完全融为了一体；她全身心地倾注在歌曲之中。她在唱歌的时候甚至把眼睛都闭上了。

“你想过来一边看着歌词吗？”唱完《Both Sides Now》之后，她问

---

① 乔尼·米切尔的著名歌曲名。

他。他一直坐在餐桌旁紧紧地盯着马尔库斯看，直到马尔库斯也唱起来为止，此后他就把注意力转移到了墙上。

"呣……接下来是什么？"

"想听什么？"

他想让她弹首她不会为之闭上眼睛的歌，比如说《把桶滚出来》或是《起身吧，布朗修女》等等，不过整个情感氛围已经确立，不容动摇了。

"什么都好。"

她选了《轻歌销魂》。他再别无选择，只好紧挨着她站好，磕磕巴巴地吐出一两个不完整的音节。"微笑……当……男孩……零零……"他知道，他当然知道，这首歌不会永远持续下去，这个夜晚也不会永远持续下去，他马上就能回到家中躺到床上掖好被角，他明知钢琴旁的歌声外加那个丧气鬼嬉皮跟她的怪异儿子不会要了他的命。所有这些他都知道，但他却感觉不到希望。他终究还是不能跟这样的人有任何瓜葛，他现在算是看明白了。他还一直傻呵呵地以为这儿会有他的一席之地呢。

等他终于回到家后，他放了一张"宠物店男孩"的CD，把音响关掉看《囚犯：H区的单人牢房》。他想听听那些并不当真的歌声，他想看看那些他可以嘲笑的人。而且他还喝醉了；他装了一满杯的冰块，然后一杯接一杯地给自己倒苏格兰威士忌。当威士忌开始起作用的时候，他琢磨过来，那些当真的人远比不当真的人更容易自杀：他想不起来他本人曾起过哪怕是最微弱的自杀念头，而且他还发现他很难想象他往后会有产生此类念头的可能。说到底，他还是不够投入。你必须得是个投入的素食主义者；你必须得投入地闭上眼睛唱《Both Sides Now》；最终，你还得是个投入的妈妈。任何事的任一方面他都不会太过操心，他很清楚，这种态度会保证他活得长长久久轻轻松松。认为行善是他面临的一条出路可真是个天大的错误。压根不是这么回事。它们只会把你逼疯：她脆弱敏感，乱七八糟，不合时宜。威尔活到如今已经有了一套自足的方式方法，而且这套方式方法将会毫不费力地飕飕飕一直送他进墓地。他可不想现在就把它搞砸。

*

菲奥娜又给他打过一次电话，就在那次受罪的晚饭之后不久；她给他在答录机上留了言，他没回电话。苏兹也给他打过电话，尽管他很想见她，却疑心她是代菲奥娜打电话来的，因此他表现得含含糊糊，不置可否。他觉得这套单亲妈妈的勾当他也就到此为止，他已经准备重新回到遇到安吉以前的生活中去了。也许这样最好。

他去逛唱片店，去买衣服，打点网球，去酒吧，看电视，跟朋友一起去看电影看乐队演出。时间毫不费力地打发掉了。他甚至恢复了下午看书的习惯；一个星期四的下午，一本詹姆斯·艾尔罗伊的惊险小说读到一半，正是《倒计时》节目和新闻之间那段可怕的无聊空当时间，就在这时，门铃响了。

他以为是上门推销抹布刷子之类的，因此乍一开门他竟谁也没看见，因为他这位访客远比一般的小商小贩矮得多了。

“我来看你了，”马尔库斯说。

“哦。当然，进来吧。”尽管他话音热情，自己也觉得出来，不知为什么却感到一种无名的恐慌在弥漫上来。

马尔库斯大步跨进起居室，坐在沙发上，盯住目所能及的一切使劲看。

“你没有小孩，对不对？”

毫无疑问,这正是他那无名恐慌的来由之一。

“呃,”威尔说,仿佛故事庞杂漫长,他打算细说从头,却一时被种种枝节给绊住了。

马尔库斯站起身来在公寓里走了一遭。

“你的厕所在哪儿?我都快憋死了。”

“就在厅那头。”

马尔库斯走开了以后,威尔努力想编个故事来解释为什么奈德从头至尾都不见踪影,却什么也想不出来。他可以告诉马尔库斯他当然有个孩子,而孩子和孩子用的零碎物品一应全无只是因为……因为,理由他迟些才能想出来;或者他也可以失声痛哭,把自己说成是个可怜的幻想狂。他决定把后一种方式否决掉。

“你只有一个卧室,”马尔库斯回来的时候说。

“你在侦察我的家?”

“是的。你只有一个卧室,浴室里没有孩子玩的玩具,这儿也没有……你甚至没有他的任何一张照片。”

“这关你什么事?”

“不关我什么事。除了你一直在对我对我妈妈以及我妈妈的朋友撒谎。”

“谁告诉你我住这儿的?”

“我跟踪过你一次。”

“从哪儿开始跟的?”

“我看见你在闲逛就跟着你了。”

这倒有可能。他经常出去闲逛逛,而且,他也从没告诉过苏兹或菲奥娜或“单亲父母联盟”的任何女人他住哪,所以除此以外没别的解释了。

“为什么?”

“不知道。找点事做。”

“你干吗不现在就回家去,马尔库斯?”

“好吧。不过我要告诉我妈妈。”

“哦,哦。我吓得要死呢。”

威尔感觉自己就像一跤从山上摔下来,径直朝令他惊恐万状的罪行摔去,这种感觉他自从离开学校后就再没温习过,而他因此把他曾经惯用的对答脱口而出也就显得很自然了。他没有别的解释可以给马尔库斯,只有事实——他发明出一个孩子以方便他钓女人——而这个事实听起来远比它实际的目的更加不堪。

“那就告诉去吧,去你的吧。”

“我跟你做个交易。如果你能跟我妈妈约会的话我就什么都不告诉她。”

“你为什么想让你妈妈跟我这样的人交往?”

“我觉得你还不太坏。我是说,你虽然撒谎,不过除此以外你看起来还不错。而她又心情不好,我想她会喜欢交个男朋友的。”

“马尔库斯,不能因为你想让我跟谁约会我就真的跟谁约会去。我也得喜欢那个人才行。”

“她有什么不好?”

“她没什么不好,不过——”

“你想跟苏兹约会,对吧?”

“我不想跟你讨论这个。”

“不出我所料。”

“我什么也没说。我只是说……听着,我真的不想再跟你谈这个了。回家吧。”

“好吧。不过我还会来的。”他终于走了。

威尔当初构思出这一奇情异想,加入“单亲父母联盟”的时候,他想象中的是些甜蜜的孩子,可不是会跟踪闯进他家门的孩子。他设想的是进入他们的世界,但未曾料到他们也会深入他的世界。他是生活的访客;他可不愿反过来被拜访。

十五

马尔库斯并不傻。当然，没错，他有时显得很傻，比如他不由自主唱起歌来的时候，但他并不是那种蠢人的傻，只是偶尔冒点傻气。他立刻就意识到他了解到的威尔的那些事，比如他根本就没孩子也没前妻，实在太妙了，马上全部放弃未免可惜；它们是另有价值的。如果他在第一次拜访威尔之后就径直回家把一切都告诉他妈妈跟苏兹，那整桩事情也就到此为止了。他就再也不能跟威尔搭话了，他并不想要这样的结果。

他也不能确定他为什么不想要这样的结果。他只知道他不想把情报就这么轻易出手，就像他不想把生日得到的钱立刻花掉一样：他想把钱留在自己的口袋里四处闲看，衡量衡量它们到底值多少。他知道如果他不煞费苦心的话是不能令威尔跟他妈妈约会的，但他也许可以派他干点别的事，他还没想好别的什么事，所以他开始频繁造访威尔的家，差不多每天放学都去，以便得到进一步的概念。

他第一次回访的时候，威尔并不太高兴见他。他只是站在门口，手搭在门锁上。

“干吗?”威尔说。

“不干吗。顺道拜访吧。”这话把威尔逗笑了,虽然马尔库斯不明白为什么。“你在干吗?”

“我在干吗?”

“是呀。”

“看电视。”

“看什么?”

“‘倒计时’。”

“是档什么节目?”马尔库斯知道这是档什么节目。每个放学后回家的孩子都知道这是档什么节目:电视史上最无聊的一档节目。

“一档智力竞赛节目。猜单词跟数字。”

“哦。我会喜欢吗?”他当然不会喜欢。没人喜欢,只有他爸爸的女朋友的妈妈喜欢。

“我才不管呢。”

“我可以跟你一起看,如果你愿意。”

“你可真是太好了,马尔库斯,不过我通常都是一个人看的。”

“我很擅长字谜的。还有数学。我会真正帮上你忙的,如果你当真想把它做好的话。”

“这么看来你是知道‘倒计时’这档节目的。”

“是的。我现在想起来了。我真的很喜欢看。它完了我就走。”

威尔望着他,摇了摇头。“哦,天哪。进来吧。”

马尔库斯可算得宾至如归了。他在威尔长长的米色沙发上坐下来,把鞋踢掉,大喇喇地躺倒。“倒计时”确实跟他记忆中的一样无聊,不过他并没有抱怨或是要求换个频道。(威尔装了有线,马尔库斯留意了一下决定留待将来再利用。)他只是耐心地躺着。节目进行中威尔什么都不干:他既不冲着屏幕嚷出答案,也不嘘那些弄错答案的人。他只是在抽烟。

“要想做对你得拿支笔和纸记下来,”马尔库斯最后评论道。

“对,是呀。”

“你以前做过吗?”

“有时候。”

“干吗今天不做了?”

“我不知道。上帝啊。”

“你可以做的。我不会介意的。”

“你真了不起。”

他用遥控器把电视给关了,他们俩就沉默地坐着。

“你想干吗,马尔库斯?你没有家庭作业要做吗?”

“有。你想帮我做?”

“我不是这个意思。我的意思是,你干吗不回家做去呢?”

“我晚饭后才做。你不该抽烟的,你知道。”

“是的,我知道。多谢你提醒我。你妈妈什么时候到家?”

“大约就现在吧。”

“那?”

马尔库斯没理他的话,开始在屋子里闲荡。上次他只顾注意到没有奈德,结果漏掉了好多东西:闪闪发光的高保真音响,成百的 CD 跟成千的唱片和磁带,墙上萨克斯风乐手的黑白照片跟电影海报,木质地板,地毯。整套公寓不大,这倒让马尔库斯感到意外。如果威尔挣的数目跟马尔库斯想象的相符,他会负担得起大得多的房子的。虽然整套房子都很酷。如果马尔库斯有套自己的公寓,他就会布置得跟这个一模一样的，虽然他可能会选择不同的电影海报。威尔有的海报都是他从没听说过的老片子——《双保险》、《长睡不醒》。马尔库斯肯定会选《亲爱的，我把孩子缩小了》，还有《自由的威利》，还有……尽管他不会选《地狱 III》或是《锅炉头》。现在不选。打死鸭子的那一天真的让他厌恶了这样的内容。

“很好的公寓。”

“多谢。”

“虽然挺小的。”

“对我来说够大的了。”

“不过要是你愿意的话你可以弄个更大的。”

“我在这儿过得挺好的。”

“你有好多 CD。比我认识的任何人都多。”马尔库斯走上前去看了看，不过他并不真知道他想找什么。“伊基·波普[①]，”他念道，嘲笑了一下这个滑稽名字，不过威尔只是不做声地看着他。

“墙上贴的这些人都是谁？那几个吹萨克斯风和小号的？”

“萨克斯风手跟小号手。”

“但他们到底是谁？你为什么把他们贴在墙上？”

“那是查里·帕克，那是切特·贝克。我把他们贴在墙上是因为他们很酷。”

“他们怎么就酷了？”

威尔叹了口气。“我不知道。也许因为他们嗑药，因为他们都死了吧。”

马尔库斯望了他一眼，看他是不是在说笑，但看起来不像。马尔

---

① Iggy Pop，朋克摇滚的旗手之一。

库斯可不想把嗑药跟死人的照片贴在自家的墙上。他巴不得忘了所有类似的事,才不想在他生命中的每一天都看到他们呢。

“想来点什么吗? 茶,可乐或别的什么?”

“是的,好的。”

马尔库斯跟他进了厨房。这可不像他们家的厨房。要小得多也白得多,有多得多的小玩意,而所有的玩意看起来都像从来没用过。他们家只有榨汁机跟微波炉,而且两者都遍布污迹,都快变成黑的了。

“这是什么?”

“蒸汽咖啡机。”

“这个呢?”

“冰淇淋机。想来点什么?”

“我要个冰淇淋,如果你现在要做的话。”

“我现在不做。要花好几个钟头呢。”

“那还不如去店里买一个呢。”

“可乐?”

“好的。”

威尔递给他一罐可乐,他砰的一声打开了。

“你整天都看电视?”

“不,当然不。”

“那你还做些什么?”

“读书。购物。看朋友。”

“美好生活。你小的时候也去上学吗?”

“是的,当然了。”

“为什么? 我是说,你并不是真的需要去的,是不是?”

“为什么这么说？你认为上学是为了干吗？”

“找个工作。”

“那读跟写呢？”

“好多年前我就会读写了，而我现在仍然得去上学。因为我得找个工作。你可以在六岁或七岁的时候就离开学校。不必跟我争论了吧，你去购物或是读书的时候并不真的需要历史，对不对？”

“要看了，如果你想读历史方面的书呢？”

“你读的是这方面的书吗？”

“不经常读，不是。”

“那就是了，那你干吗还要去上学？”

“闭嘴，马尔库斯。”

“如果我知道我不需要找个工作的话，我才不会费这些劲呢。”

“你不喜欢学校？”威尔在给自己弄一杯茶。等他加好了奶之后他们又回到起居室，在沙发上坐了下来。

“不喜欢。我痛恨学校。”

“为什么？”

“它不适合我。我不是那种适应学校的类型。我的人格类型不对。”前不久，他们刚搬到伦敦来的时候他妈妈跟他讲过人格类型的事。他们俩都属内向型，她说，这会使得很多事对他们来说都更难，比如交到新朋友，适应新学校和新的工作环境等等。她说这话的时候仿佛这就能让他感觉好些似的，当然了，结果一点帮助都没有，而且他搞不懂她说这些到底要达到什么目的：就他所能体会到的，生就内向型的性格只能意味着即使努力也是白搭。

“他们都找你的麻烦吗？”

马尔库斯看了看他。他怎么知道的？情况一定比他想象的还要糟,否则人家怎么还没等你开口就看出来了。

“也不太多了。只有一两个家伙。”

“他们干吗要找你的麻烦?”

“也没什么了。只不过,你知道,我的头发跟眼镜。还有唱歌之类的事。”

“唱歌是怎么回事?”

“哦,只不过……有时我会不由自主地唱出声来。”

威尔笑了。

“这没什么可笑的。”

“对不起。”

“我没法控制的。”

“你可以改变一下你的头发。”

“比如说怎么改?”

“去剪一下。”

“剪成谁那样的?”

“剪成谁那样的!想剪什么样就剪什么样的。”

“现在就是我想要的样子。”

“那你就只能容忍别的同学了。你为什么喜欢你现在的样子?”

“因为它就是这么长的,而且我痛恨去理发店。”

“这我看得出来。你多久去一次?”

“我从来不去。我妈妈给我剪的。”

“你妈妈?上帝啊。你今年多大了?十二?我原以为你已经大到可以自己去理发店了。”

马尔库斯对那种“大到怎样怎样”的说法很感兴趣。他可不经常听到人家这么跟他说。“你这么想?”

“当然。十二？你四年之内都能结婚了。到那时你也让你妈妈给你剪头发？”

马尔库斯并不认为他四年之内就会结婚，但他能了解威尔话里的含义。

“她不会喜欢的，对吧？”他说。

“谁？”

“我妻子呀。如果我到时候有了一个妻子的话，不过我觉得不会的。起码四年之内不会。”

“我也不这么想。我是觉得如果你妈妈老是这个样子围着你给你干这干那，你可能会觉得自己有点太老土了。给你理发啦，给你剪脚趾甲啦，给你搓背啦——”

“哦，没错。是的，我明白你的意思。”

没错，他明白威尔的意思了，而且没错，威尔是对的。在那种环境里他会觉得自己太老土的。不过看待这个问题也有另外的角度：如果他妈妈四年后还赶过来给他理发的话，那也就意味着在此期间并没有发生任何可怕的事件。此刻他的感受是，他宁肯为此每一两个月做一回土鳖。

那年秋天，马尔库斯没少到威尔这儿来，等到了第三第四回的时候他觉得威尔都已经习惯于他的出现了。不过第二回时他们争执得挺厉害——威尔不想再放他进去，马尔库斯不得不坚持到底，不过最终他们之间发展到这样的阶段：马尔库斯按了门铃威尔就把门打开，都懒得费心看看是谁了；他只需踱回起居室即可，马尔库斯自会跟进来。有那么一两次他不在家，但马尔库斯不知道他是不是故意外出的，他也不想知道，所以他也没问他。

起先他们不大交谈的，不过最后，当拜访成了常规之后，威尔似乎觉得他们应该有合适的谈话才好。但他又并不太擅长聊天。这事第一次发生在他们谈论总是在“倒计时”节目中获胜的一个肥仔时，当时威尔问了一句，“家里的情况怎么样了？”马尔库斯一点都不明白他怎么突然问起这个来了。

“你是说我妈妈？”

“我想是。”

这个问题是这么不合时宜，以至于威尔宁肯再回头谈那个“倒计时”中的胖子，不愿追问此前又有什么事发生。有一瞬，马尔库斯突然有些窝火，因为他可没有威尔这样的选择自由。如果真由他选择的话，他会把所有时间都花在琢磨那个“倒计时”里的肥仔上，但他又不能，因为他要操心的事可太多了。不过他也没心烦多长时间。那不是威尔的错，至少他在尝试，即便如此，对他而言仍是挺难的。

“她很好，多谢，”马尔库斯说，采用的语气表示她一直就很好。

“不是，你知道——”

“是的，我知道。不了，再没那样了。”

“你仍然挺烦心的？”

自从那天晚上那件事发生以来他就从没谈起过，即使那天晚上他也没明白说出自己的感受。他所感到的，每时每刻，从早到晚，都是可怕的担心。事实上，他放学后老往威尔这儿跑的主要原因就是由此可以迟些再回自己家；他每次爬上自家的楼梯时都不由得看着自己的脚，想起他打死鸭子的那一天。等他到了门前，不得不掏钥匙开门的时候，他的心脏就在胸口处怦怦直跳，胳膊跟腿也都打起哆嗦，直到看见他妈妈正在看新闻或是做饭或在餐桌上进行准备工作了才算作罢，也就不过忍住不哭，不晕而已。

“有点。当我想起来的时候。”

“你多长时间会想起来一次?”

“我不知道。”无时无刻,无时无刻,无时无刻。他能这么跟威尔说吗? 他不知道。他不能跟他妈妈说,他不能跟他爸爸说,他不能跟苏兹说;他们都会大惊小怪,结果弄得一团糟。他妈妈会烦躁不安,苏兹会想好好谈谈,他爸爸会希望他搬回剑桥去住……这些都不是他需要的。所以干吗跟任何人说起呢? 有什么用? 他只想着能从某人那儿得到个保证,什么人都成,保证这事再不会发生,永远不会,但没人能这么做。

“操他妈的,”威尔说。“对不起,我不该在你面前说脏话的,对吧?”

“没关系。学校里大家都这么说。”

这就是了。这就是威尔所能说的全部。“操他妈的。”马尔库斯不知道威尔为什么这样骂人,不过马尔库斯喜欢他这样;这使他感觉好了些。这是认真的,同时又不过分,使他看到他这么担惊受怕还不算太悲惨。

“你可以一直待到《芳邻》播完再走,”威尔说。“要不然你就会错过开始部分了。”马尔库斯从没看过《芳邻》,他也不知道为什么威尔会以为他看这档节目,不过他还是留下了。他觉得他应该这么做。他们沉默地看着电视,当主题音乐响起来的时候,马尔库斯彬彬有礼地道了声谢就回家去了。

十六

威尔发觉自己已经将马尔库斯的来访纳入了自己正常的生活节奏。这也不难，因为他的日常生活本来就马马虎虎，充塞着各种大块的空白可供调停，可是即便如此，他也可以用别的事情来填塞这些空白的，更轻松的事情，比如再去逛逛街，多看几场下午场的电影；若说马尔库斯跟一部史蒂夫·马丁的烂片以及一袋甘草什锦糖果相当，想必没人能反对。并非说他来的时候举止无礼，相反他举止得体。马尔库斯的麻烦在于他经常给人这么一种印象，仿佛他只是在往别处去的路上随便在这星球上落个脚，仿佛别处于他更加相宜。他会时时出现完全空白的片刻，仿佛迷失在自己的内心世界里，而后又似乎想努力做出补偿，设法填补这些空白，问题一个接着一个。

有一两次威尔下定决心不再面对这种情形，出去逛街或是看电影，但大多数四点十五分的时候他都在家里等着门铃响——有时他是懒得出去，有时他是觉得仿佛欠了马尔库斯些什么。到底欠了马尔库斯什么，为什么欠他的，他也不清楚，但他知道在这个时刻，他在这孩子的生命中起到了某种效用。他从来不曾在其他任何人生命中起到任何效用,也决不会因为耗费太多的同情心而导致生命危险。可是有个孩子每天下午都来骚扰你,这事仍让他觉得是种牵绊。若是马尔库斯能在别处找到什么生活的意义,威尔会觉得如释重负的。

马尔库斯第三四回来访的时候,他问起菲奥娜的情况,结果还不如不问,因为很明显这孩子正为这事烦心呢。威尔既不能责备他,也想不出任何一句有丝毫安慰或是价值的话语,结果他只能满怀同情地赌咒骂人,照马尔库斯的年龄来说,这是不大相宜的。威尔决定不再犯这种错误了。如果马尔库斯愿意谈谈他那老想自杀的妈妈,他可以去跟苏兹谈,或者找心理咨询师什么的,起码人家不会只知道赌咒骂人,亵渎神灵。

关键是,威尔一辈子都在逃避生活中的真正问题。他毕竟是他父亲的儿子和传人,而他父亲正是《圣诞老人的超级雪橇》的作者。大多数成年人都颇有理由怀疑圣诞老人存在的真实性,而他所有的一切,他吃的穿的喝的,以及坐的沙发住的房子,哪一样不是圣诞老人埋单?绝对有理由认为,“真实”并非他的遗传基因。他乐于在《伦敦东区人》跟《议案》中看真实的问题,他乐于听乔·斯特拉默、科蒂斯·梅菲尔德跟科特·柯本唱真实的问题,但此前却从没有一个真实的问题在他面前的沙发上落座。也难怪他在给他弄了杯茶,递了块饼干之后就真的不知道该如何对付他为好了。

有时他们设法绕开马尔库斯的学校跟家庭这两大灾区来聊聊他的生活。

“我爸爸已经停止喝咖啡了,”有天晚上马尔库斯突然冒了一句,那是在威尔抱怨咖啡因中毒(他猜,这是那些没有职业的家伙的职业病)之后。

威尔从未真正想到过马尔库斯的父亲。马尔库斯看起来活脱脱是他妈妈的样品,以至于他还有个父亲的想法都显得很不合适。

“他是干吗的,你爸爸?”

“他在剑桥公益协会工作。”

这就是了,威尔想。所有这些人都来自另一个国家,其间所有东西威尔都一无所知,他在其中也一无用处,就像是音乐治疗师、房管员、带告示牌的健康食品商店、芳香治疗油、颜色鲜艳的针织衫、难懂的欧洲小说以及种种情感。马尔库斯正是他们的产物。

“他具体干什么?”

“不知道。可他赚的钱不多。”

“你经常见他吗?”

“挺经常的。周末,期中假什么的。他有个女朋友叫林塞。挺不错的。”

“哦。”

“想让我多说些他的事吗?”马尔库斯仿佛热心帮忙似的。“你要想听我就说。”

“你想多说些他的事吗?”

“唔。我们在家不大常提他。”

“你想说些什么呢?”

“不知道。我能告诉你他有辆什么车,抽不抽烟。”

“那么他抽不抽烟呢?”威尔已经不再为马尔库斯这种有点怪异的谈话模式而困扰了。

“不。他戒了,”马尔库斯仿佛占了上风,好像他把威尔引入了一个陷阱似的。

“啊。”

“尽管很难，可他戒了。”

“一定很难。你想你爸爸吗？”

“你什么意思？”

“呃，你知道。你……我不知道……你想念他吗？你知道是什么意思。”

“我经常见他。怎么还能想念他？”

“你希望自己能更经常见到他吗？”

“不。”

“哦。那也很好。”

“我能再来罐可乐吗？”

威尔起先没能理解马尔库斯干吗把他父亲的话题引进来，不过很明显，谈谈某种不会让他想起包围着他的可怕的混乱的话题本身就很值得。确切说来，关于尼古丁上瘾这个话题的胜利算不上马尔库斯的胜利，但此时此刻，在一个根本就不会有真正胜利的人生中，这也就算是最接近胜利的那么一小会儿了。

威尔看得出这有多悲哀，但他也看得出这不是他的问题。没有任何问题是他的问题。只有极少数人有条件说他们没有任何问题，不过说到底，这也不是他的问题。威尔并没把这个当作一种羞耻，而是将其视为值得狂欢庆祝的由头；到了如今这把年纪了他还没碰上任何称得上是真正困难的事，无论如何都算是幸事，值得继续保持下去，而且虽然他并不介意再给马尔库斯一罐可乐，他却并不打算卷入马尔库斯那可怜的小狗的晚餐一样的生活。他干吗要那么做？

下周，威尔跟“倒计时”的约会突然被一阵听起来像是沙子打在起居室窗户上的声音所打断，紧接着就是持续不断、听起来十万火急的恼人的门铃声。威尔知道麻烦来了——他想，你不可能被沙石打到窗户、门铃揿得疯响而没有麻烦上门——他的第一本能是想把电视的音量开到最大装没听见。不过最后他的自尊还是把这个懦弱的本能给击退了，他强迫自己从沙发上站起来朝大门走去。

马尔库斯站在台阶上，正遭受糖果的轰击，这种小石头形状、小石头一样坚硬的糖果会造成跟小石头一样的破坏效果。威尔知道这一点是因为他自己身上也挨了几下。他把马尔库斯带进房中，设法弄清楚轰击的来向，是两个形容猥琐留着平头的十几岁男孩。

“你们以为自己在干吗？”

“你是谁？”

“别管我是谁。你们他妈的是谁？”威尔都记不得上次跟人对阵是什么时候的事了，不过他觉得现在确实是在跟这两个小子干架。“滚你妈的。”

“哦—呃，”其中一个含混地说了句什么。威尔假定那是表示他们并不怕他，不过他们的勇敢气概却被他们立马飞快的逃窜给打了折扣。这既是个意外又是种安慰。威尔再过一百万年都不会被自己这样的人给吓跑的（或者不如说，如果真碰上那种绝对不可能发生的事件：威尔在一个黑暗的陋巷里碰到了自己，那结果肯定是两个威尔都以同样飞快的速度分别朝相反的方向逃逸）。不过他现在是个大人了，虽然现在的孩子们一点顾忌尊重都不讲了，但是就拿当初服兵役这样的事来说吧，只有那些极坏或是武装到牙齿的家伙才敢冒险跟比自己个头高年龄大的对手叫阵。威尔回到房间的时候觉得自己个头更高年龄更大了，他对自己决非毫不满意。

马尔库斯已经给自己拿了块饼干，正坐在沙发上看电视。他看起来跟平常的样子决无二致，专心地看电视，手里的饼干在到达嘴巴的半道中就停在那儿了;脸上一点难过的迹象都不见。如果说这个孩子,这个正坐在沙发上看“倒计时”的孩子确曾被人欺负过,那也一定是多年前了,他也早就把这档子事全都忘了。

“他们是谁?”

“谁?”

“谁? 那两个想把糖块打到你脑袋里去的孩子?”

“哦,他们呀,”马尔库斯说,眼睛仍然盯在电视上。“我不知道他们叫什么。他们是九年级的。”

“你连他们叫什么都不知道?”

“不知道。他们才开始放学后跟着我。所以我想最好先别回家,那他们就发现不了我住哪儿了。我觉得该先到这儿来。”

“真是多谢。”

“他们不会朝你扔糖块的。他们是在跟踪我。”

“这种事常发生吗?”

“他们以前从来不朝我扔糖块的。这办法是今天想出来的。就刚才。”

“我说的不是糖块。我说的是……高年级的孩子想杀了你。”

马尔库斯看了看他。

“是的。我告诉过你的。”

“你说的时候可是轻描淡写的。”

“这是什么意思?”

“你当时只是说有几个孩子找你的麻烦。你可没说你甚至都不认识的人会跟踪你而且拿东西打你。”

“当时他们还没这么做呢,”马尔库斯耐心地说。“这是他们刚刚发明出来的。”

威尔开始失去耐心了;要是他手里有糖块的话,他自己就会开始拿它们打马尔库斯。“马尔库斯,看在基督的分上,我说的可不是什么该死的糖块。你他妈的总是这么死抠字眼吗?我听明白了,他们以前是从没这么做过。但他们一直都在找你的麻烦是不是?”

“哦是的。不是那两个……”

“不是,很好,很好,不是那两个。但是别的像他们那样的人。”

“是的。好多。”

“这就对了。这才是我刚才一直要问的。”

“你直接问不就行了。”

威尔走进厨房,把水壶烧上,要是能随便他怎么做又不必承担什么法律责任就好了,不过他还是不能就此不管。

“那么你打算怎么办?”

“你这话什么意思?”

“在以后若干年内,你打算就这样任其发展?”

“你就像是学校里的老师。”

“他们是怎么说的?”

“哦,你知道的。‘躲他们远点。’我又不是自己找上他们的。”

“但这肯定弄得你很不开心。”

“我想是吧。我只是不去想它们就是了。就像以前我爬攀缘架把手腕给扭了一样。”

“我没听明白。”

“我努力不去想它们。它们发生了但我希望它们根本没发生过,但这就是生活,不是吗?”

有时候马尔库斯的话听起来就像他已经有一百岁了,这让威尔很难过。

“生活也不一定非得这样,不是吗?”

“我不知道。你来告诉我。我什么事都没做。我只不过转学到了一个新的学校,然后就碰到所有这一切。我不知道这是为什么。”

“你原来的学校怎么样?”

“原来的跟现在的可不一样。并不是所有的孩子都一个样。有聪明的也有笨的,有时髦的也有怪异的。我在那儿没觉得自己跟别人很不一样。但在这儿我觉得跟他们太不一样了。”

“这儿的孩子不可能跟你原来学校的不一样。孩子总归是孩子。”

“那所有那些有点怪异的孩子都哪儿去了?”

“也许他们一开始行事有些怪,后来他们就跟周围的环境融为一体了。他们仍然不一样,只不过你看不出来罢了。但麻烦的是,这些孩子都能看到你。你搞得自己太暴露了。”

“这么说来我得把自己隐身起来喽?”马尔库斯对这一任务的艰巨性嗤之以鼻。“我怎么才做得到?你厨房里的那堆玩意里有隐身机吗?”

“你没有必要把自己隐身起来。你只要伪装一下就行。”

“什么,戴个假胡子之类的?”

“是的,对,就戴上个假胡子。没人会注意到一个长胡子的十二岁男孩的,对不对?”

马尔库斯看了看他。“你开玩笑吧。谁都会注意到的。我就成了整个学校里独一个了。”

威尔已经把讽刺之类的都撇到一边去了。“那好,那就别戴什么假胡子了。真是个坏主意。但如果你跟所有的人都穿一样的衣服理同样的发型戴一样的眼镜呢?你在自己心里面可以爱怎么怪异都行。只要在外形上做点改变就行。”

他们决定从他的脚开始。马尔库斯穿的鞋子是威尔都以为早就不再生产了的那种,最朴素的黑色一脚登便鞋,唯一明显的好处就是能使鞋主在进出学校的走廊时不会引起副校长的注意。

“你喜欢这种鞋子吗?”威尔问他。他们正沿着哈洛威路去看运动鞋。马尔库斯借着傍晚暗淡的日光低头望着自己的脚,正撞上一位抱着几个塞得鼓鼓囊囊的廉价购物袋的大块头女人。

“你什么意思?”

“我的意思是,你喜欢它们吗?”

“它们是我上学穿的。我并不一定要喜欢它们。”

“如果你肯费心的话,你可以喜欢你身上穿的每样东西。”

“你喜欢你身上穿的每样东西吗?”

“我从不穿我讨厌的衣服。”

“那你拿那些你讨厌的衣服怎么办?”

“我不买它们不就行了?”

“对,因为你没有个妈妈。这么说话请你原谅,不过你是没有。”

“没关系。我已经习惯失去妈妈的生活了。”

运动鞋店又大又挤,店里的灯光使每个顾客都看起来都像是生了病;每个人都被染上了点绿色,不管他们原来什么颜色。威尔在一面镜子里看了一眼他们俩,很震惊地发现他们俩很容易被看作父子俩;他原本把自己想象成马尔库斯的大哥哥什么的,但镜子里的映像把上了年纪跟正当少年衬得尤其鲜明——威尔的胡子茬跟眼角的皱纹对马尔库斯光滑的面颊跟雪白发亮的牙齿。还有头发……威尔一直为自己连一点点斑秃都没有而自傲,但他头顶上的毛还是比马尔库斯要少，简直就像生命流逝的同时也把其中一些毛发磨掉了一样。

“你喜欢什么样的?”

“我不知道。”

“肯定是阿迪达斯，我想。”

“为什么?”

“因为所有的人都穿阿迪达斯。”

店里的鞋子是按生产商的不同而排列的，而阿迪达斯专柜吸引到的顾客比别的柜台都要多。

“羊群，”他们往前凑的时候马尔库斯说。“咩——”

“你从哪儿学来的?”

“我妈妈认为大家都没有自己的主见时就这么说。”

威尔突然想起他以前读书时一个同学的妈妈跟菲奥娜很像——并不是惟妙惟肖，因为在威尔看来，菲奥娜是个非常特别的当代社会的产物，她拥有七十年代的唱片，八十年代的政治观跟九十年代的足部护理液，但他那个同学的妈妈绝对是个六十年代版的菲奥娜。斯蒂芬·弗里克的妈妈对电视有一种看法，认为它会把人都变成机器人，所以他们家就没有电视。“你看了那部……”威尔每个周一早上都会这么问他，然后就想起怎么回事，脸涨得通红，电视就仿佛是他刚死了的爹妈似的得避讳着。而这对斯蒂芬·弗里克又有什么好处呢？就威尔感觉到的，他当不成意象派的诗人，也成不了原始派画家；他现在可能也就待在某个外省的法律事务所里，就跟从学校毕业的所有人一模一样。他白白忍受了好多年大家对他的同情。

“我们这次远征的最终目的，马尔库斯，就是要你学着变成一只羊。”

“是吗?”

“当然了。你不想让任何人注意你。你不想看起来跟别人不一样。咩——”

威尔挑了一双阿迪达斯的篮球鞋，看起来很酷相对来说又不过分挑眼。

“这双你觉得怎么样？”

“要六十镑呢。”

“别管它标价多少。你觉得它们怎么样？”

“是的，很好。”

威尔抓住一个店员让他拿马尔库斯穿的号来，马尔库斯上上下下跺了好一阵子脚。他在镜子里望着自己并努力展现出一丝微笑。

“你不觉得自己看起来很酷吗？”威尔说。

“是的。只是……只是现在我其余的部分看起来都不对了。”

“所以等下次我们要使你其余的部分也看起来很像样。”

马尔库斯接下来就直接回家去了，他原来的鞋子塞到了书包里；威尔一路往回走一路为自己的慷慨大度而沾沾自喜。这就是人们所说的“无酒自醺”吧！他记不起以前什么时候有过这样的感觉了，自己觉得如此平和澄静，对自我的价值如此充满信心。而且，简直令人难以置信，这只花了他六十镑！如果换了买醉嗑药他得花多少？（也可能只花二十五镑，可你想想，那种靠药物酒精达到的迷醉毫无疑问是次于这种“自然”感觉的。）他使一个不快乐的孩子暂时高兴了起来，而其间他一点自私的打算都没有。他甚至不想跟这个孩子的妈妈上床。

第二天马尔库斯又出现在威尔门前，眼泪汪汪，在原本应该是阿迪达斯篮球鞋的部位只剩下一双浸透了水的黑短袜；那帮家伙把阿迪达斯给偷了，当然了。

十七

如果妈妈问起，他会告诉她这双运动鞋是怎么来的，但她没问因为她根本就没注意到他穿了双新运动鞋。没关系，他妈妈并非这个世界上观察力最敏锐的人，但这双运动鞋显得这么大这么白这么特别这么引人注目，马尔库斯都觉得他根本就不像是穿了一双鞋，而是某种活物——一对兔子，也许。

但她却注意到它不在了。真够典型的。她没注意到以前从没在脚上出现过的那对兔子，却一眼就看到了本该套在脚上的袜子。

"你的鞋哪儿去了？"他进屋的时候她尖声喊道。（威尔开车送他回来的，但已经11月了，而且很湿，迈过人行道走上楼梯来到家门前的短短几步路已经把他的袜子给浸透了。）他看着自己的脚，有那么一会儿什么都没说：他在琢磨是否可以装作大吃一惊跟她说他也不知道，不过他马上就意识到她是不会相信他的。

"被偷了，"他终于说。

"被偷了？怎么会有人偷你的鞋子？"

“因为……”他不得不告诉她真相了,但问题是这个真相会导致一连串问不完的问题。“因为鞋子很好。”

“只不过是双普通的一脚登便鞋。”

“不,不是一脚登的便鞋。是全新的阿迪达斯运动鞋。”

“你从哪儿弄到全新的阿迪达斯运动鞋的?”

“威尔给我买的。”

“哪个威尔? 那个带我们出去吃午饭的威尔?”

“是的,威尔。那个‘单亲父母联盟’的家伙。他已经差不多成为我的朋友了。”

“他已经差不多成为你的朋友了?”

马尔库斯没想错。她还有一整车的问题等着要问,只是她提问的方式未免太过乏味:她只是在重复他说的最后一件事,后面加上个问号而且是嚷出来的。

“我放学后去他家。”

“**你放学后去他家**?”

或者:

“呃,你看,他根本就没有个小孩。”

“**他根本就没有个小孩**?”

如此等等。总之,等问题终于问完了他也就有一大串麻烦了,不过可能还没有威尔麻烦大。

马尔库斯又把他的旧鞋换上,然后他跟他妈妈就直奔威尔家。威尔刚刚开门请他们进去,菲奥娜就开始大发雷霆。起先,当她质问他关于“单亲父母联盟”以及他那个想象出来的儿子的时候,他看起来很尴尬很抱歉——对她的质问他一概都没有回答,他只是站在那儿盯着地板。不过随着质问的进一步深入他也被激怒了。

“好吧，”菲奥娜说。“现在请你解释一下这些放学后的小茶会都是用来干吗的？”

“请再说一遍？”

“为什么一个成年人想跟一个十二岁的男孩日复一日地约会？”

威尔吃惊地望着她。“你是在暗示我认为你在暗示的事吗？”

“我什么都没暗示。”

“我想你不会当真这个意思吧？你在暗示我一直在……玩弄你儿子。”

马尔库斯也望着菲奥娜。她当真是这个意思？玩弄？

“我只是问你为什么在你家款待那些十二岁的孩子。”

威尔勃然大怒。他脸涨得通红开始大声吼叫。“我他妈的有别的选择吗？令郎每天晚上都他妈的不请自来。还时不时地被一群群野人追赶。我完全可以让他在外头自生自灭，但我还是为了他自己的安全放他进来了。下次我他妈的才不会再自找这个麻烦了呢。这可真是有其母必有其子。你说完了没有，如果完了，可以请便了。”

“还没完。你为什么要给他买一双昂贵的运动鞋？”

“因为……因为你自己看看他。”他们都看了看他。连马尔库斯都看了看自己。

“他有什么问题？”

威尔看着她。“你还一点都不明白，是不是？你真的一点都不明白。”

“明白什么？”

“马尔库斯在学校里都快被生吃了，你知道吗。每一星期的每一天他们都恨不得把他给零撕了，而你却在操心他的运动鞋是打哪儿来的以及我是不是在骚扰他。”

马尔库斯骤然间感觉心灰意冷了。在威尔开始大叫之前,他都一直没能确切地认识到他的情况到底有多糟,但这又是真的,他确实是在每一星期的每一天都给撕得粉碎。直到现在为止,他从没把一星期里的每一天这样联系到一起看:每天都糟糕透顶,但他自己欺骗自己,认为每一天都是独立的,跟前一天没什么关系,这样他才幸存下来。现在他明白了这有多蠢,而且一切都是多么可耻,他现在只想上床睡觉,一觉睡到周末才起。

“马尔库斯过得挺好的,”他妈妈说。起先他都不能相信她说了这句话,尔后等他真正听到这话在他耳朵里回响时,他又琢磨是不是她这话有别的意思。也许还有另一个马尔库斯?也许某些别的方面他是过得挺好的,某些他记不得的方面?可是当然没有另一个马尔库斯,而且他哪方面来说都过得不好;他妈妈纯粹就是瞎子蠢人不开窍。

“你开玩笑吧,”威尔说。

“我知道他需要一段时间适应新学校的环境,不过——”

威尔哈哈大笑。“是啊。给他几个星期的工夫他就好了,对吧?一旦他们不再偷他的鞋,不再跟踪他放学回家就一切都好了。”

不是这么回事。他们都疯了。“我想不行,”马尔库斯说。“几个星期完不了事。”

“没问题的,我知道,”威尔说,“我是开玩笑的。”

马尔库斯可不觉得这种谈话中适合穿插什么玩笑,可至少这证明有人能明白这到底是怎么回事。但这人怎么会是他才认识不过两分钟的威尔,而不是他一辈子都认识的妈妈?

“我觉得你有点太夸大其辞了,像情节剧似的,”菲奥娜说。“也许你从前没怎么接触过孩子。”

马尔库斯不知道这“情节剧”是什么意思，但这话让威尔更恼火了。

“我自己他妈的就做过孩子，”威尔说。他现在经常赌咒骂人。“我他妈的也上过学。我分得出孩子是来不及适应环境还是纯粹活受罪，所以你他妈的别跟我说什么情节剧。你竟然跟我说这种话，就凭你——”

“哎呀！”马尔库斯大叫一声。“喀砰恰[①]！”

他们俩都瞪着他，他也回瞪着他们俩。他无从解释自己怎么突然蹦出这个来；这是他最先能做出的反应，因为他看得出威尔马上就要说到医院那天的事了，而他不想让他提那事。这不公平。不能只因为他妈妈一时糊涂，威尔就有权利拿这事来攻击她。他觉得医院那些事远比什么糖果啦运动鞋之类的事情更严重，不能把它们混为一谈。

“你什么毛病？”威尔问。

马尔库斯耸耸肩膀。“没什么。不过……我不知道。就想喊一声。”

威尔摇头。“天呐，”他说。“瞧这一家子。”

马尔库斯没觉得那天下午的争吵有趣，可等他们吵完了他就看出其中的意义来了。他妈妈知道了威尔没有孩子，可能这是件好事，而且她知道了马尔库斯总是一放学就来找威尔，可能这也是件好事，因为最近他老得跟她撒谎，他都觉得挺难过的了。而且，最重要的

---

① Cowabunga，最早为冲浪滑水等运动中高难度动作完成后的欢呼声，流行的美国卡通系列片《辛普森一家》(The Simpsons)中人物经常拿这个当口头禅。

是，她知道了学校里发生的事，因为威尔把事情挑明了。之前马尔库斯没办法把事情挑明，因为他自己无法看清整个事态，可实际上是谁干的并不重要，重要的是菲奥娜明白了。

"你不能再去那儿了，"她在回家的路上说。

马尔库斯知道她就会这么说，他也知道自己不会理会她的话，可他忍不住要争论一番。

"为什么？"

"要是你有什么话要说，说给我听好了。要是你想要新衣服，我给你买。"

"可你不知道我需要的是什么。"

"所以你得告诉我。"

"我也不知道自己需要什么。只有威尔才知道我需要的是什么。"

"无稽之谈。"

"是真的。他知道小孩该穿什么。"

"小孩有什么穿什么。"

"你明白我的意思。"

"你意思是他觉得自己时髦，甭管鬼才知道他多大年纪，可他知道流行什么样的运动鞋，尽管别的事情他一无所知。"

他正是这个意思。威尔就是擅长这个，马尔库斯觉得能找到威尔是自己运气。

"我们不需要这样的人。我们自己的方式挺好。"

马尔库斯望着公共汽车窗外，寻思这话是否当真，而后决定这话不对，他们俩都过得不好，不管从哪方面看。

"你要是有麻烦，跟你穿什么鞋一点儿不相干，我绝对可以肯定地告诉你。”

“这我知道,但是——”

“马尔库斯,相信我,好吗?我当你妈妈已经有十二年了。我干得还不算太坏。我确实有我的打算。我知道我在干什么。”

马尔库斯以前从没从这个角度忖度过他妈妈,即她竟然知道她自己在干吗,他当然也没觉得她完全糊涂,但她对待他的方式一点都不像。他一直都把当妈妈这回事看作某种直截了当的事,比如说驾驶:大部分人都会干这个,你也有可能把这事搞得糟糕透顶,就像开着你的车撞上了一辆公共汽车,或者没告诉你的孩子要说“请”、“谢谢”以及“对不起”(他认为学校里有那么多孩子偷东西、满嘴脏话,他们的父母应该负很大的责任)。如果你这么看问题的话,那当父母也就难不到哪儿去。但他妈妈却似乎是在说事情可决非这么简单。她在告诉他她早有打算。

如果她真的早有打算,那他也就得作出选择了。他可以信任她,当她说她知道自己在干吗的时候相信她;那就意味着他得继续容忍学校里的一切,因为一切最后都会走上正轨,而且她能洞见他弄不明白的事情;要不然他就得决定事实上是她脑子有问题,就像那些嗑药过量之后就会忘得一干二净的家伙。不管哪种选择都很可怕。他不想再像先前那样忍受下去了,但另一种选择就意味着他得做自己的妈妈,一切自己拿主意,但当你只有十二岁的时候你怎么可能做自己的妈妈?他能告诉自己什么时候该说“对不起”、“请”跟“谢谢”,这很容易,但除此之外他就不知从哪儿开始了。他甚至都不知道除此之外的都是些什么事。在今天之前他甚至都不知道除此之外还有别的事。

每次当他琢磨这件事的时候,结果都归结为一个问题:他们家只有他们俩,但至少——至少——有一个不开窍。

在接下来的几天里,他开始更多地注意菲奥娜跟他说话的方式,确实也有更多值得注意的地方。她说的每一件他可以以及应该看的、听的、读的、吃的东西他都格外好奇:这是她那所谓计划的一部分吗,还是就跟平常一样只是在胡编乱造?但他从没想到直接问问她,一直到那天她让他去为晚餐买几个鸡蛋:他突然意识到他之所以是个素食主义者只是因为她是。

“你一直就知道我会成为素食主义者吗?”

她笑了。“我当然知道。这可不是因为我们没有香肠了我就一时冲动决定的。”

“你认为这公平吗?”

“这话什么意思?”

“我难道不该被允许自己拿主意吗?”

“等你再大些的时候你可以再自己决定。”

“为什么我现在还不够大?”

“因为你不是自己做饭给自己吃。我不想烧肉,所以你不得不吃我吃的东西。”

“但你也不让我去吃麦当劳。”

“这是早熟青少年的反叛吗?我又不能拦着不让你去麦当劳。”

“真的吗?”

“我怎么能?如果你真这么做我只能感到失望罢了。”

感到失望。失望。她就是这么做到的。她就是靠这个做到那么多事的。

“为什么?”

“我原以为你是因为相信素食主义才成为素食主义者的。”

“我是。”

“那好，你就不能再去麦当劳了，不是吗？”

她又把他给打败了。她总是说他可以照他想的那样做，接下来就跟他辩论，直到他想的变成她想的为止。这开始让他生气了。

“这不公平。”

她笑了。“有时候就是这样，马尔库斯。你必须决定你相信什么，然后你就必须坚持你的信仰。这很难，不过却算不上不公平。至少很容易理解。”

这里面有点不对头，但他不知道到底是什么不对头。他知道的不过是并非每个人都这么想问题。当他们在课堂上讨论类似吸烟的问题时，所有的人都同意吸烟是不好的，但下课后还是有一帮一帮的孩子在抽烟；当他们谈论暴力影片的时候，每个人都说他们不赞成这样的影片，但他们仍旧看得津津有味。他们想的是一回事，干的是另一回事。但在马尔库斯家却不一样。他们决定了什么是坏的之后就真的不再去碰它或是做它。他明白其中的推理并不错：他认为偷窃跟杀人是错的，所以他既不偷东西也不会去杀人。所以一切都是这么简单明了吗？他不能确定。

但他看得出来，在所有使他显得怪异的事情中，这一点起的作用最大。这就是他为什么会穿别的孩子都要笑话的衣服的原因——因为他们已经就此讨论过时尚问题了，而且他们都同意时尚是愚蠢的——那为什么他要听老式的或别人听都没听说过的音乐呢——因为他们已经就此讨论过现代音乐了，而且他们都同意现代音乐只是唱片公司赚钱的一种工具。这也就是为什么他不被允许玩暴力电脑游戏，或吃汉堡包或做这个或做那个或做别的什么。他已经在所有这些事上都跟她达成了一致，除非他不是认真的；他只是在辩论中败北了而已。

“你干吗不干脆告诉我该做什么？你干吗总是跟我讨论个没完？”

“因为我想教你学会自己考虑问题。”

“这就是你的计划？”

“什么计划？”

“那天当你说起你知道你都在干吗的时候提到的。”

“关于什么的？”

“关于如何做一位妈妈。”

“我说过吗？”

“是的。”

“哦。是的。很好，我当然希望你能自己考虑问题。所有父母都这么希望。”

“但结果都是我们辩论一番你最后得胜，我只得做你希望我做的。我们本来可以省好多事的。只管告诉我什么是不允许做的，就此打住。”

“那你这个结论是怎么得出来的？”

“我一直在自己考虑问题的结果。”

“这对你很好。”

“我一直都在自己考虑问题，我决定了，我想放学后去威尔家。”

“你已经输了那场辩论了。”

“除了你以外我需要见到别的人。”

“苏兹不行吗？”

“她就像你一样。威尔不像你。”

“是不像。他是个骗子，而且他无所事事，而且他——”

“他给我买了那双运动鞋。”

“没错。他是个无所事事的有钱的骗子。”

“他知道学校是怎么回事。他很有见识。”

“他很有见识！马尔库斯，他都不知道他已经生下来了。”

“你现在知道我是什么意思了？”他现在真的感觉灰心绝望了。“我在自己考虑问题而你却……反正一点都不管用。最后总归是你赢。”

“那是因为你的论据不足。仅仅跟我说你自己在考虑问题是不够的。你还得让我真正看到才行。”

“怎么才能让你看到？”

“给我个充足的理由。”

他可以给她个理由。但这个理由不太确切，而且他也说不大出口，他相当肯定这马上就会搞得她淌眼抹泪的。但这确实是个好理由，可以马上让她闭嘴，如果你不得不在这场辩论中胜出的话，就得用这个理由。

“因为我需要个父亲。”

这确实让她闭了嘴，而且她确实哭了。确实管用。

十八

十一月十九号。倒霉的十一月十九号。这绝对是个新纪录,威尔心情极差地想。去年是倒霉的十一月二十六号。他已经有好多年没熬到过十二月了;他看得出来,等到他五十或是六十岁的时候他在七月或八月份就能听到《圣诞老人的超级雪橇》的本年度首次演唱。今年是安吉尔车站自动扶梯底下的一个街头艺人唱的,一位兴高采烈模样动人的年轻女士,抱着把吉他,很显然是想为她的音乐奖学金赚点贴补。威尔聚集起他所有的仇恨对她怒目而视,以此显示他不但不会给她一个铜板,而且他真想把她的吉他摔个粉碎然后再把她的脑袋戳到自动扶梯上。

威尔痛恨圣诞节,起因非常明显:大家来敲他的门,唱着那首他在这个世界上最为痛恨的歌,还期望他给钱。当他还是个孩子时情况还要糟,因为他爸爸也痛恨圣诞节,理由同样明显(虽然威尔直到很久以后才意识到这个明摆着的原因——而在当时,他只以为他爸爸跟所有的人都一样讨厌这首歌):这是个可怕的伤疤,提醒他爸爸他的一生有多么失败。经常还有人想就《圣诞老人的超级雪橇》采访他爸爸，而且他们总是会问他还写了些别的什么歌，而他会告诉他们，有时甚至会直接给他们演奏几曲，要不然就给他们看他别的歌曲唱片。那些家伙则会表情尴尬，满怀同情地啧啧叹息，并告诉他对那些只因一事成名的人来说情况有多可怕，自古以来即是如此，而且会问他这首歌是否毁了他的一生，或者让他觉得当初还不如没写过它。他爸爸会非常生气，会告诉他们别这么愚蠢地故意摆出一副施恩于人的架势，等他们走了，他则会悲苦地抱怨这首歌真的毁了他的一生，他真的希望当初根本就没写过它。有一位电台的记者甚至完全因为受到对查尔斯·弗里曼采访的启发，制作了一个系列节目叫作"一鸣惊人，终生默默"，讲的都是关于那些只写过一本伟大的书，只在一部影片中露面，或只写过一首著名歌曲的人的故事；而且那位记者竟然还有脸再次请他接受一次采访，结果或许可以理解，威尔的父亲拒绝了采访。

所以，圣诞节是个愤怒、痛苦、遗憾跟出丑的节日，是个痛饮狂欢、疯疯癫癫的节日，这个节日本身就是个可笑的畸形产业（有一年的圣诞，他父亲写了一部完全、绝对毫无用处的音乐剧，为的是借此证明他的才华尚存）。这也是个从烟囱里往下掉礼物的日子，但在威尔只有九岁的时候，他就宁肯拿他的呼吸运动记录器跟玩具汽车换一小会儿和平跟善意。

但情况改变了。他父亲死了，然后是他母亲，而且他跟他的同母异父的哥哥姐姐都失去了联系，他们又老又枯燥，不联系也罢，圣诞节通常都是跟朋友们或是女朋友们的家人一起过的，最后剩下来的就只有那首《圣诞老人的超级雪橇》跟越过雪原送到他手里的支票。但他还是受不了。威尔曾有段时间老在琢磨这个世界上是否还有另一首愚蠢透顶的歌包含着（是深含在其中的）如此多的痛苦、绝望跟遗憾。他表示怀疑。鲍伯·狄伦的前妻恐怕不会经常听那首《音轨上的血迹》，但《音轨上的血迹》可不一样——它是关于痛苦跟毁灭的。《圣诞老人的超级雪橇》却完全是另外一回事，但实际情况是，在十二月二十五号之前的几个星期里，每当他在商场的电梯或是超市的扩音器里听到这首歌时，他仍然觉得他需要大醉一场，或是接受心理辅导，要不然干脆大哭一场。也许别的什么地方也有跟他情况相同的人；也许他该成立一个"成功新奇歌曲后援会"，那帮富有、痛苦的男人女人们可以在昂贵的饭店里团团围坐，谈谈狗狗鸟鸟比基尼送奶工以及可怕的舞步之类的话题。

他对圣诞节还一点打算都没有。没有女朋友，也就不存在女朋友的父母了，尽管他还有些可以去骚扰的朋友，他也并不真想这么干。到时候他会坐在家里看上几百万部影片而且喝得酩酊大醉飘飘欲仙。为什么不？他跟任何人一样都有权利休息一下，虽然他根本就没有工作上的操劳。

如果说当他在地铁车站听到那个街头艺人唱歌时想到的第一个人是他父亲，那个怎么都无法驱散的圣诞幽灵，他第二个想到的竟然是马尔库斯。他不知道为什么会这样。自从运动鞋事件之后他就再没怎么想到他，而且自从上礼拜菲奥娜把他从他的公寓里拖走之后他就再没跟他有过任何接触。也许是因为马尔库斯是他唯一一个真正认识的孩子，但威尔又认为自己并没蠢到一口吞下圣诞节就是孩子们的节日的愚蠢成见；更有点道理的解释是他已经在马尔库斯的童年跟他自己的童年之间建立起了某种联系。这并不是说威尔也曾是个穿错运动鞋的呆子；恰恰相反，他一直都穿正确的鞋子正确的袜子正确的裤子跟正确的衬衫，而且他去的是正确的理发店留的是正确的发型。这就是所谓流行跟时尚的要点，威尔关心的也就止于此了；这就意味着你站在了最酷最有力量的一方，这就是威尔喜欢待的地方，与你相对的就是那些边缘、弱势的一方，而且他成功地通过猛烈热心地欺负别人避免了受别人欺负。

菲奥娜家的情形竟然与弗里曼家族颇有几分相像：在那儿你能感觉到同样的绝望、失败、困惑跟直截了当的精神失常。当然了，威尔是钱陪着长大的而马尔库斯很穷，但你不需要一定有钱才能导致官能障碍。如果说查尔斯·弗里曼是用昂贵的麦芽威士忌把自己害死的，菲奥娜不也曾试图用属于国民医疗服务制度范围内的镇静剂把自己结果掉吗？他们俩如果在聚会上碰到，可有的谈的呢。

威尔一点都不喜欢他建立起的这种联系，因为这就意味着如果他还有一点点绅士风度的话，他就得把马尔库斯置于自己的羽翼之下，用他自己如何在一位古怪父亲的阴影下成长起来的经验去指导这个孩子通过险地最终到达安全地带。他可一点都不想这么干。这个工作太艰巨了，而且会导致他不得不跟很多他既不理解又不喜欢的人打交道，他当然宁肯照他自己的习惯看“倒计时”。

但他忘了在跟马尔库斯与菲奥娜的关系中他似乎从来都不是主控的一方。在倒霉的十一月二十号，倒霉的十一月十九号的下一天，当他已经多少决定马尔库斯得在没有他的帮助的情况下自力更生的时候，菲奥娜打来了电话，开始在电话里疯话连篇。

“马尔库斯不需要个父亲，尤其不需要像你这样的父亲，”她说。他们甚至还没开始，威尔就已经给搞迷糊了。此时他才刚刚来得及说了一句“喂，你好吗？”在这场谈话中他采取了一种绝对戒备同时又完全息事宁人的态度。

“你说什么?”

“马尔库斯似乎认为他需要一个成年男性的陪伴。一个父亲的形象。莫名其妙的,你的名字出现了。”

“喔,我可以告诉你,菲奥娜,我可没逼他这么做。我不需要年幼男性的陪伴,而且我绝对不需要一个儿子的形象。所以,很好。你跟我现在达成了完全的一致。”

“这么说来即使他想见你你也不会见他的喽?”

“他干吗不把他父亲当作一个父亲形象? 这难道不是最简单的解决方式吗,还是我有所不知?”

“他父亲住在剑桥。”

“什么,难道是澳大利亚的剑桥? 还是加利福尼亚的剑桥? 难道我们谈的不是 M11 线直接通到的剑桥?”

“马尔库斯还不能驾车走 M11 线。他才十二岁。”

“请别挂断,千万别挂。你打电话告诉我离马尔库斯远一点。我告诉你我压根就没想挡他的道。现在你又在跟我说……你到底什么意思? 我有点被你搞糊涂了。”

“你倒似乎很乐于把他给甩掉嘛。”

“这么说来,你并不是在告诉我离他远一点。你是在告诉我要我申请监护权喽?”

“你不阴阳怪气地就不能谈话是不是?”

“请你简单明了地给我解释一下,别再在半路上就又改了主意,你到底想要我干什么。”

她叹了口气。“有些事可不是一句话两句话就能说清楚的,威尔。”

“这就是你特意打电话来要告诉我的? 就因为我一时拿反了手

杖,我想,我就成了最不配活在这个世界上的人了?”

“你可真不是好对付的。”

“那就离我远点!”他差不多就嚷出来了。他真生气了。他们谈了才不过三分钟,但他已经开始觉得这个电话似乎要打一辈子了;每隔几小时他可以放下听筒去吃饭睡觉上厕所,但剩下的时间菲奥娜会先是告诉他一件事然后又把这事倒个个儿,如此继续下去以至永远。“把电话放下吧! 挂了我的电话! 别再继续烦我了,我是认真的!”

“我觉得我们该好好谈谈,你不觉得吗?”

“谈什么? 我们该好好谈谈什么?”

“整件事。”

“根本就没有什么整件事。连半件事都没有!”

“你明晚有空出来喝一杯吗? 也许我们面对面谈会好一些。我们在电话里什么都谈不成。”

跟她斗一点用都没有。甚至不跟她斗都没有一点用。他们约好一起喝一杯,这简直是威尔受挫跟精神混乱的新纪录,只要能就时间跟地点达成一致他就已经觉得是彻底的胜利了。

威尔从没单独跟菲奥娜一起待过;之前马尔库斯一直都跟着的,告诉他们什么时候开始交谈,谈些什么——只除了运动鞋事件的那一天,虽然他当时什么都没说,可无形之中仍然是他在告诉他们该谈些什么。不过当威尔要了酒——他们去了利物浦路上的一家酒吧,他们知道他们在那儿可以找到个座位而且不用提高声音以压过自动唱片点唱机、某个垃圾乐队爆发出来的音乐或是什么滑稽演员的插科打诨——在菲奥娜对面坐下时,他再次确信,甚至都不是故意要作出评判,他真是发现不了她一丝一毫的魅力,由此他同时也意识到了别的什么:他在酒吧已经喝了有近二十年的酒了,迄今为止他还没有一次跟一个他对其没有任何性兴趣的女人一块喝过酒。他又想了想。这有可能吗?对了,他跟杰西卡,他的前女友,掰了之后还继续在酒吧喝过酒,她总是坚持认为他错失了良机。但他毕竟曾经对她有过性兴趣,而且他知道如果杰西卡当真宣布想找点小心谨慎的婚外情的话,他肯定会报名应征的。

是的,这次对他来说的确是开天辟地头一遭,他一点都不知道在这种情况下是否得换一种应战策略。很显然,握着她的手直视着她的眼睛是既不合适又不明智的,更不用说不露痕迹地将话题转移到性上以便于他能将一种更富挑逗性的色彩添加进来了。而且,如果他根本没有跟菲奥娜睡觉的欲望,那当然也就没有必要假装认为她说的每件事都很有趣了。但一件奇怪的事发生了:他大部分时间竟然都很感兴趣。并不是那种"哦,我竟从来都不知道"的方式,因为即使菲奥娜可能确实知道威尔不知道的很多事,他也几乎能肯定所有那些事都将会很乏味……他只是被谈话内容吸引住了。他听她讲着,他思索着,他回答着。他想不起来上次是什么时候有过这样的情形了,那为什么现在发生了这样的事?这只不过是"傻瓜定律"的体现——如果你对她不着迷,她反倒肯定会散发出无穷的魅力——还是发生了他该认真琢磨琢磨的什么事?

她今天跟平常不一样。她没想告诉他他是个毫无用处的家伙,也没想谴责他骚扰她儿子;几乎就像是她已经决定了这是一种命定的摆脱不了的关系。威尔可不喜欢这种意味。

"我对昨天的事感到很抱歉,"她说。

"没关系。"

威尔点了根烟，菲奥娜一皱眉，挥手把烟从面前赶走。威尔最恨有人这么干，他们在酒吧根本没权利这么干的。他才不会在酒吧里因为抽烟而道歉呢；实际上，他真想独力一人就造出一堵烟墙，他们谁都看不见谁才好。

“我打电话的时候很烦躁。当马尔库斯说他认为他需要一个男性加入时，我真觉得像是迎面被扇了一巴掌。”

“我能够想象。”

他一点都不明白她在说什么。怎么会有人对马尔库斯的话总往最偏最错处想？

“你知道，一旦你跟自己儿子的父亲分开，你考虑的第一件事就是，他身边会需要有个男人之类的等等。然后女权主义者良好的常识又占了上风。自从马尔库斯懂事以来，我们每次谈到这个话题，他都安慰我说这没什么要紧。可是昨天这事却又一下子从天而降……他一向知道我对此事非常担心。”

威尔一点也不想卷到这些事情中去。他才不关心马尔库斯的生活中是否需要个男人呢。为什么他要费这份心思？这又不关他的事，尽管这回是问题掉到他头上了。又不是他哭着喊着要干的，而且，说到底，如果马尔库斯确实需要一个男人，那也不会是他这样的。不过一边听着菲奥娜絮叨，他不禁意识到至少在某些方面他比她更了解马尔库斯——也许，他不情愿地承认，因为他是个男人而菲奥娜不是，也许因为马尔库斯本人是个乖僻的人，当然现在尚处于初级阶段而且表现方式也不一般。威尔最能理解那些乖僻的人了。

“你这算说到点子上了，”他语气平淡地说。

“我哪儿说到点子上了？”

"他就是为了这个才说这话的。因为他知道这能顶用。"

"顶什么用?"

"顶他当时想派的任何用场。我猜他一直留着这一手呢。这是他的杀手锏。当时你们在争什么呢?"

"我刚刚重申了反对他跟你的关系的立场。"

"哦。"那可是个很坏的消息。如果马尔库斯愿意为了他的缘故使出杀手锏,那他陷得可比他担心的要深得多。

"我没错会了你的意思吧?你是说他攻击我最薄弱部位的目的只是为了赢一场口舌之争?"

"是的。是这么回事。"

"马尔库斯不会这么做的。"

威尔鼻子里哼了一声。"随便你怎么想吧。"

"你当真这么认为?"

"他可不蠢。"

"我不是担心他的智力程度。我担心的是他的……情感诚实度。"

威尔鼻子里又哼了一声。他原打算在整个谈话过程中都保留自己想法的,但它们却不断地从他的鼻孔里泄露出来。这个女人到底生活在一个什么星球上?她是如此不切实际,在他看来她都不太可能会染上自杀性的抑郁症,虽然她是闭起眼睛来唱歌的:那些整天离地几千里的家伙总有些防身秘诀的吧?不过当然了,这也是问题的一部分。他们现在坐在这儿是因为一个十二岁男孩的狡诈使她哗啦一下摔到了地上,而且如果马尔库斯能够做到这一点,那她的任何一位男朋友或者老板、房东——任何一个不爱她的成年人——也就都能做到。一点防卫措施都没有。这些人干吗都跟自己过不去?生活本来很轻松的,小菜一碟,不过是一种简单的算术:爱别人,同时允许自己被别人爱,这就是人生中唯一值得冒的风险,如果优势在你这一方的话,不幸的只是它们很明显不在你这边。全世界有七十九亿人,如果你相当走运的话,总共可能会被其中的十五到二十个人所爱。那你得多么聪明才能算计出这根本就不值得你去冒险?没错,菲奥娜生下这个孩子就已经犯了个错误了,但这还没到世界末日呢。如果自己处在她的位置,威尔才不会让这么一点点小痛痒就把自己拖垮呢。

菲奥娜正在瞧着他。"为什么我说什么都导致你那样呢?"

"哪样?"

"鼻子里发出那么不屑的声音?"

"对不起。那只是因为……我也不知道是怎么回事,不过你知道吧,那不过是马尔库斯处在的某种发展阶段,孩子们总归会这样的。不过我确实知道的是,你现在不该信任任何一个男人所表白的他的感受。"

菲奥娜沮丧地望着她的吉尼斯黑啤酒。

"那这个阶段什么时候结束呢,以你专家的观点?"最后两个词身上生了粗糙的锯齿,不过威尔假装没感觉到。

"到他七老八十的时候,那时候他就能在最出其不意的时刻用事实把人都震晕的。"

"那时候我早死了。"

"没错。"

她又去吧台给他要了一杯酒,然后沉重地坐回自己的座位。"但为什么是你?"

"我刚刚告诉你了。他并不是真的需要什么男人的影响。他只是说他要按自己的想法行事。”

“我知道，我知道。这个我理解。但他为什么那么想见你？他本来可以求助于我的。”

“这我不知道。”

“你是真的不知道？”

“真的。”

“也许他见不到你是最好的解决办法。”

威尔没做声。至少他已经从前一天的谈话中接受了点教训。

“你怎么想的？”

“我没。”

“没什么？”

“我没怎么想。我什么都没想。你是他妈妈。你来做决定好了。”

“但你现在也卷进来了呀。他不断地到你那儿去。你还带他去买了双鞋子。他现在的整个生活方式我都没法控制了，这就意味着你必须得帮忙控制了。”

“我什么都不想控制。”

“既然如此，他最好不要再见你。”

“我们已经说到过了。如果他来按门铃的话你期望我怎么做？”

“别让他进去。”

“很好。”

“我是说，如果你不准备考虑怎么来帮我的话，你最好退出。”

“对极了。”

“上帝啊，你真是个自私的混蛋。”

“但我一直都是一个人生活。那儿只有我一个。并不是我先把自己摆进去的,是因为里面根本就没别的人。"

"那好,他现在也在里面了。你不可能把生活关在门外的,你知道。"

她大错特错了,他几乎能肯定这一点。你可以把生活关在门外的。如果你不去应门,它又怎么能自己闯进来呢?

十九

马尔库斯不想让他妈妈去跟威尔谈什么话。换了不久前他会为此大为兴奋的，但他现在已经不再设想他会跟他妈妈跟威尔跟奈德以及另外一个婴儿一起住到威尔的公寓里了。首先，奈德根本就不存在，再首先，如果可以有两个首先的话，菲奥娜跟威尔相互并不是很对眼，而且威尔的公寓实在太小了，怎么都盛不下他们所有的人，当然实际上也并没有他原来设想的那么多人。

但现在每个人都知道得太多了，而且有太多事情他不想让他们俩在他不在场的情况下谈及。他不希望威尔跟他妈妈谈到医院的事，以免搞得她又犯病；他也不希望威尔跟她谈到他曾如何想勒索威尔以便他答应跟她约会；他同时也不希望他妈妈提到他实际上被允许看那么多的电视，以免他再去威尔家时他会把电视关掉……就他预见的结果，每一个可能的话题都会招致某种麻烦。

她只需在吃过茶点之后去一两个小时，所以他们不必再找个照看孩子的临时保姆了；他把大门的链条挂上，做完了作业，看了一会儿电视，在电脑上玩了一会儿，一边等她。九点过五分的时候，她按约定的方式按响了门铃。他放她进来，然后盯着她的脸，想看出她有多么生气或沮丧，但她看起来还好。

“你们谈得好吗？”

“还好。”

“还好是什么意思？”

“他可不是个很好的人，对吧？”

“我觉得他是个很好的人。他给我买了那双运动鞋呢。”

“好吧，你以后不能再到他那儿去了。”

“你阻止不了我。”

“我是阻止不了你，不过他不会再应门了，所以你就是去也是浪费时间。”

“你怎么知道他不会再应门了？”

“因为他亲口告诉我他不会再应门了。”

即使马尔库斯亲耳听到威尔这么说，他也不会太担心的。他知道门铃在屋里面听起来有多响，而且他有的是时间不停地按个没完按个没完。

因为运动鞋被偷的事马尔库斯不得不去见校长。他妈妈找到了学校，虽然马尔库斯告诉过她，恳求过她不要去找。就这件事他们吵了不知多长时间，结果他还是得在鞋已经被偷了好几天之后去见校长。现在他就不得不做出选择了：要么他对校长说谎，跟她说他不知道谁偷了他的鞋，而且装出一副蠢样来；要不然他就据实以告，这么一来，他不但会继续丢掉他的鞋子、夹克、衬衣、裤子、内衣，还有可能在回家的路上丢掉一只眼睛一只耳朵什么的。他没料到这事竟搞得他夜不能寐地担心到底该怎么做。

他午餐时间一到就去了,这是他的级任老师跟他说的时间,但莫里森夫人还没准备好见他;他透过门都能听见她训斥某人的声音。起先他是一个人在等,然后艾丽·迈克格里,那个自己剪头发、涂黑色唇膏、穿得破破烂烂的十年级女生气呼呼在办公室外面那把长椅的最边上坐了下来。艾丽很有名。她总身陷在这个或那个麻烦里,而且通常情况都很严重。

他们在沉默中坐了一会儿,然后马尔库斯觉得他该试着跟她说说话;他妈妈总是鼓励他要跟学校里的同学主动交谈。

"哈啰,艾丽,"他说。她看了他一眼,从鼻孔里笑了一声,狠狠地甩了甩头然后就把脸背过去了。马尔库斯并不介意。实际上,他都差点笑出声来。他希望自己有个摄像机就好了。他很想让他妈妈看看如果你在学校里想跟另一个孩子攀谈的话会有什么结果,特别是跟一个更大点的孩子,尤其是个女孩。他不会费心再试一次的。

"怎么每一个该死的拖鼻涕的小混蛋都知道我的名字?"

马尔库斯不能相信她是在跟他说话,等他又看了她一眼时他更觉得自己的怀疑是对的,因为她仍然眼睛盯着别处。他决定不理她的话。

"喂,我在跟你说话呢。别他妈的这么没礼貌。"

"对不起。我刚才还以为你不是在跟我说话呢。"

"我没见还有别的该死的拖着鼻涕的小混蛋在场,你见到了?"

"没,"马尔库斯老实承认。

"那就是了。你是怎么知道我的名字的?我他妈的就一点都不知道你是谁。"

"你有名呀。"话一出口他就知道说错了话。

“我怎么有名的?”

“不知道。”

“你当然知道。我是因为老有麻烦著名的。”

“是的。”

“操他妈的。”

他们又在那儿坐了一会儿。马尔库斯一点都不想打破沉默了;如果说句“哈啰,艾丽”就惹出这么多麻烦来,他可不敢再问她周末过得是不是愉快了。

“我总是有麻烦,可我什么事都没做错。”她最后说。

“是的。”

“你怎么知道是的?”

“因为你才这么说的。”马尔库斯觉得这是个很好的回答。如果艾丽·迈克格里说她没做错任何事,那她就当真没做错任何事。

“你再这么厚脸皮,我就扇你一巴掌。”

马尔库斯希望莫里森夫人动作快一点。即使他愿意相信艾丽真的从没做错任何事,他也看得出来为什么有人会这么想了。

“你知道这次我做错了什么事吗?”

“什么都没做错,”马尔库斯坚定地说。

“好了,你知道他们认为我做错了什么事吗?”

“什么都没做错。”这就是他的阵地,他一定要坚守。

“好吧,他们肯定认为我做错了什么事,否则我就不会坐在这里了,不是吗?”

“没有。”

“是这件T恤衫。他们不想让我穿,而我却不想把它脱下来。所以肯定就会吵起来。”

他看了看她的T恤。都要求大家穿有学校标志的T恤衫，但艾丽的T恤上是个头发凌乱胡子拉碴的家伙。他有一双大眼睛，看起来有点像耶稣，不过样子更现代，而且头发是漂白过的。

“那是谁？”他彬彬有礼地问。

“你肯定知道。”

“嗯……哦，是的。”

“那他是谁？”

“嗯……我忘了。”

“你根本就不知道。”

“是不知道。”

“真让人难以置信。这就跟不知道首相的名字一样。”

“是的。”马尔库斯笑了一小下，以向她表示虽然他别的什么都不知道，起码他还知道自己有多蠢。“那，他到底是谁？”

“科克・奥本。”

“哦，是的。”

他从没听说过科克・奥本，不过他谁的名字都没听说过。

“他是干吗的？”

“他是曼彻斯特联队的。”

马尔库斯又朝T恤上的照片看了一眼，尽管这也就意味着是在看艾丽的乳头。他希望她能理解他并非对她的乳头，而只是对那张照片感兴趣。

“真的吗？”他看起来更像个歌手而不是踢足球的。通常来说，足球运动员看起来并不忧郁，但这个人看起来很忧郁。他也没想到艾丽会喜欢足球之类的东西。

“没错。上个星期六他踢进了五个球。”

“哇哦，”马尔库斯说。

莫里森夫人办公室的门开了，两个脸色苍白的七年级生走了出来。“进来，马尔库斯，”莫里森夫人说。

“再见，艾丽，”马尔库斯说。艾丽又照常把脑袋一晃，仍然因她的名声在外而满怀痛苦。马尔库斯并不想见莫里森夫人，但如果另外的选择就是跟艾丽一起坐在外面的走廊里，他倒宁肯随时拜访校长的办公室。

他在莫里森夫人面前勃然大怒。真是糟透了，他事后想到，在你新转来学校的校长面前大发脾气，但他就是忍不住。她太荒唐了，最后他不得不大喊大叫。他们一开始时还算不错：不，他以前没跟偷鞋的人有什么过节儿，不，他不知道是谁偷的，是的，他在学校里过得不开心（里面只有一句是假话）。但然后她就开始谈论她所谓的“幸存策略”，他就是在这时候给惹火了的。

“我是说，我知道你已经考虑到这些了，不过你就不能想办法躲他们远一点吗？”

难道他们都以为他是傻子吗？难道他们都以为他每天早上一起床就在那儿想，我必须找到那些叫我名字找我麻烦偷我鞋子的家伙，以便他们再变本加厉地折磨我吗？

“我努力过了。”这就是当时他能说的一切。他太灰心了，别的什么都说不出来了。

“也许你努力得还不够。”

就是这句话惹的祸。她这么说并不是真正想帮忙，她这么说只因为她不喜欢他。这个学校里没有一个人喜欢他，他也不知道这到底是为什么。他已经受够了，他站起来就要走。

“坐下，马尔库斯。我还没跟你谈完呢。”

"但我跟你已经谈完了。"

他没料到他会说这个，话一出口他自己都大吃一惊。此前他从没对任何一位老师不礼貌过，主要是因为没这个必要。现在他看得出来他可是有点出师不利。如果你自己打算惹点麻烦的话，也许最好的办法是慢慢来，先练习练习。他可是一开始就到了顶，这可能是个错误。

"坐下。"

但他没坐下。他转头原路返回，而且一直不停地走下去。

一离开莫里森夫人的办公室，他就感觉截然不同了，好多了，仿佛他被发射出来，正在从空中跌落。那可真是一种兴奋的感觉，真的，感觉比他以前沉迷过的任何东西都强得多了。换了一分钟前他真的都不知道何种感觉才是"沉迷"，但"沉迷"就是这么回事。他一直都在假装一切正常——很难，没错，但很正常——现在他豁出去了，他这才发现原来的一切一点都不正常。你的鞋子不会正常地被偷。你的英语老师不会正常地把你认作疯子。你也不会正常地脑袋被人扔糖块。而这就是学校里的勾当。

而现在他逃学了。他正顺着哈洛威路往前走，这时候学校里别的人都在……实际上他们都在吃午饭，但他不会回去了。不久后，在别人上历史课时他仍然会在哈洛威路上溜达（喔，也许不是哈洛威路了，因为他已经快走到头了，午餐时间还要持续半小时），到那时他就是个货真价实的逃学者了。他很想知道是不是所有的逃学者都是这么起的头，是不是都有类似莫里森夫人的那么一瞬让他们大发雷霆然后离开学校。他觉得肯定是这么回事。他以前一直认为那些逃学的是完全不同的一类人，跟他一点相似之处都没有，比如他们生来就是逃学的等等，但显然他错了。五月，他们搬到伦敦前，他还在原来的学校过他最后一个学期的时候，他怎么说都离着逃学有十万八千里。他每天都去上学，老实听话，按时完成作业，什么都有份。但六个月后他已经一点一点地完全变了样。

那些流浪汉可能也是这么开始的，他意识到。有天晚上他们从自己家走出来，想，今晚我要在这家商店的门口睡，而一旦你这么干了一次，你内心就有某种东西发生了变化，你就变成了个流浪汉，而不单单只是一个没有地方睡一晚的人了。罪犯也是一样！还有瘾君子！还有……他决定不能再想下去了。如果他继续下去，走出莫里森夫人办公室的这一刻可能就会成为他整个一生的转折点，他还没把握是不是已经做好了准备。他还不想就此变成个逃学者或是流浪汉或是杀人犯或是瘾君子。他只是受够了莫里森夫人。必须划清界线。

二十

威尔喜欢开车在伦敦兜风。他喜欢游车河,这使他可以自认是个行色匆匆的忙人,而且可以供给他少有的受挫跟恼火的机会(别人都千方百计把情绪发泄出来,而威尔则不得不千方百计把情绪聚集起来);他喜欢熟知周围道路的感觉;他喜欢被飞速的城市生活一口吞掉。你不需要一定有个工作或家庭才能开车在伦敦兜风;你只需要一辆汽车,而威尔有一辆汽车。有时候他只是一时兴起就把它开出来,有时候他开车出来只为了享受把音响开到最大的乐趣,要是在家就有可能被狂怒的敲门敲墙以及敲天花板的声音扫了兴。

今天他说服自己他不得不开车到沃特罗斯去,不过要是诚实一点的话,这次旅行的真正原因是他想以他最大的嗓门吼一路《别介意》,而在家里是不可能这么做的。他喜欢"涅槃",但在他这个年龄这已经成了某种自觉有罪的乐趣了。所有那些愤怒、痛苦以及自我仇恨！威尔有时候已经有点……有点够了,不过也就仅此而已,他不能假装比这个更强烈了。所以他现在用大音量的愤怒摇滚作为他真实感觉的替代，不再是一种真实感情的表达了，对此他也并不是很介意。说到底，真正的感觉又有什么好的？

他看到马尔库斯沿着上街溜达时，磁带正在自动转到另一面。自从运动鞋事件发生的那一天起他就再没见过他，实际上他也并不特别想见他，但此刻他突然对他感到一阵轻微的怜爱之情。马尔库斯看起来是如此受困于自身，对所有的人所有的事都如此茫然，对他，怜爱之情似乎是唯一可能的反应：不知怎么的，这个孩子似乎对什么都一无所求而同时又在吁求一切。

不过威尔感到的怜爱尚不足以令他把车停下，甚至连鸣笛致意都谈不到：他已经发现，如果你只是把脚步放缓，不管是真正放缓还是比喻意义上的，都会更容易维持对马尔库斯的好意。但这又有点滑稽，眼看着他在大太阳底下毫无目的地溜达……显然他心里有事。但为什么会显得滑稽？因为威尔以前从没真正在光天化日之下看到过马尔库斯的样子。他只在一个冬日下午暗淡的日光下观察过他一次。而为什么他只在一个冬日下午暗淡的日光下观察过他一次呢？因为马尔库斯只在放学后才到他那儿去。而现在才两点钟。马尔库斯应该在学校的。真是一团糟。

威尔在跟他的良心摔跤，把它摔到地上再整个身子坐上去，直到听不到它发出来的任何声音。他为什么要关心马尔库斯上不上学？好了，就算问错了。他很清楚他为什么该关心马尔库斯上不上学。试试另一种问法：他到底有多么关心马尔库斯上不上学？回答是：不太多。那好多了。他开车回家去了。

准四点一刻，“倒计时”正进行到一半，门铃响了。要是威尔下午没看见马尔库斯逃学，他也就不会注意到他是如此准时了，不过现在看来就太明显了:马尔库斯肯定觉得四点一刻之前到的话会引起威尔的怀疑,所以他才把时间精确到秒的。但这都不重要了;他根本就不打算去应门。

马尔库斯又按了一次;威尔还是没理。门铃第三次响起的时候他把"倒计时"给关了,开始放《在子宫内》,希望"涅槃"能比卡罗尔·沃德曼更有效地盖过门铃声。等他放到《薄荷茶》时,这已经是第八或是第九首歌了,他已经受够了科特·柯本跟马尔库斯:很显然,马尔库斯透过大门都能清楚地听到音乐,这正好为他演奏的门铃声提供了伴奏。威尔放弃了。

"你不该出现在这里的。"

"我来请你帮个忙。"从马尔库斯的脸色跟声音中丝毫都觉察不到他会因为按了半个多小时的门铃而有些微的尴尬或是厌烦。

他们玩了一回合腿部搏击:威尔挡在马尔库斯面前,而马尔库斯还是不顾一切地夺路闯了进去。

"哦,不,'倒计时'竟然已经完了。那个肥仔给踢出局了吗?"

"你想让我帮你什么忙?"

"我想让你带我跟一个朋友去看足球。"

"你妈妈可以带你去。"

"她不喜欢足球。"

"你也不喜欢。"

"我现在喜欢了。我喜欢曼彻斯特联队。"

"为什么?"

"我喜欢奥本。"

"奥本是谁?"

"他上个星期六为曼联进了五个球。"

“他们在利兹踢成了零比零。”

“那也许是大上个星期六。”

“马尔库斯,根本没有一个叫奥本的足球运动员。”

“也许是我弄错了。反正跟奥本听起来很像。他有一头漂白的头发,留着胡子,看起来像耶稣。能给我罐可乐吗?”

“没有。曼联中没有任何人头发漂白留着胡子而且看起来像耶稣。”

“跟我说几个他们的名字听听。”

“休斯? 坎特纳? 吉格斯? 夏普? 罗伯逊?”

“都不对。是奥本。”

“奥肯?”

马尔库斯眼睛一亮。“肯定是他!”

“二十五年前曾为诺丁汉森林队踢球。看起来既不像耶稣也没有漂白的头发。从没进过五个球。今天学校的情况怎么样?”

“还行。”

“下午呢?”

马尔库斯看了看他,想搞清楚他为什么这么问。

“还行。”

“你们上了什么课?”

“历史,然后是……唔……”

威尔原打算不提翘课的事的,就像马尔库斯也不再提奈德的事一样,但现在他终于把他给钓在钩子上了,他忍不住要把他放到桶里看他怎么在里面打转转。

“今天是星期三,对吧?”

“呃……是的。”

“星期三的下午你在上街来回逛荡是有什么麻烦吗？”

他眼见着马尔库斯开始逐渐惊慌起来。

“你什么意思？”

“今天下午我看到你了。”

“什么？在学校里？”

“喔，我不可能在学校里看到你的，马尔库斯，不是吗？因为你根本就不在那儿。”

“今天下午？”

“是的，今天下午。”

“哦，对了。我得赶着出去取点东西。”

“你得赶着出去？他们都是这么跑出去的，是吧？”

“你在哪儿看到我的？”

“我在上街开车从你身边经过。我得说，你看起来可不大像是急着去取东西。你看起来像是在翘课。”

“那都怪莫里森夫人。”

“都怪她你才得赶着去取东西的还是都怪她你才不得不翘课？”

“她又跟我说要我躲他们远一点。”

“你把我搞糊涂了，马尔库斯。谁是莫里森夫人？”

“学校的头儿。你知道我一有麻烦他们总是说我应该躲他们远一点吗？她说的是那些偷我鞋子的家伙。”他的声音提高了八度，而且说得越来越快。“他们跟着我！如果他们一直跟着我的话我怎么可能躲他们远一点？”

“好了，好了，镇静。你跟她这么说了吗？”

“当然说了。只是她根本不理会。”

“那好。那你回家去把这件事告诉你妈妈。告诉我一点用都没有。你还得告诉她你逃学了。”

“我才不会告诉她这个。没有我她的问题已经够多的了。”

“马尔库斯,你已经是个问题了。”

“你干吗不能去见见她?莫里森夫人?”

“你开玩笑。她凭什么要听我说?”

“她会的。她——”

“马尔库斯,你听着。我不是你父亲或是你叔叔或是你继父,我什么都不是。我跟你一点关系都没有。没有任何一位校长会在意我说了什么,所以她也不会例外。你不能再认为我知道一切问题的答案了,因为我并不知道。”

“但你知道好多事的。你知道运动鞋。”

“没错,而且战果多么辉煌。我是说,它们成了一连串倒霉事的根源,不是吗?如果我不给你买那双运动鞋,今天下午你就会好好地待在学校里了。”

“而且你知道科克·奥本。”

“谁?”

“科克·奥本。”

“踢足球的?”

“不过我觉得他不可能是踢足球的。艾丽是在开你常开的那种玩笑。”

“但他名叫科克?”

“我想是的。”

“是科特·柯本,你这个笨蛋。”

“谁是科特·柯本?”

“‘涅槃’乐队的主唱。”

“我原来就想他肯定是个歌手。漂白的头发？看起来有点像耶稣？”

“我想是吧。”

“我就说嘛，”马尔库斯得意洋洋地说。“你还知道他。”

“所有的人都知道他。”

“我就不知道。”

“你是不知道。但你跟别人不一样，马尔库斯。”

“我妈妈也不可能知道。”

“是的，她也不会知道。”

“你看，你知道好多事。你能帮助我的。”

直到那时，威尔才第一次意识到马尔库斯需要的是哪一种帮助。菲奥娜灌输给他的观念是马尔库斯在寻找一个父亲形象，某个能小心地引导他走向成人的人，实际上根本不是这么回事：马尔库斯需要人帮助他成为一个真正的小孩，而不是大人。而威尔恰恰就是能给他提供这种帮助的人，威尔对此并不感到高兴。他没办法告诉马尔库斯如何长大成人，或者怎么跟他老想自杀的妈妈相处，或任何类似的事，但他却绝对能告诉他科特·柯本不是为曼联踢球的，而且对于一个在1993年底第一次进入综合性中学的男孩子来说，这可能是最为重要的信息。

二十一

马尔库斯第二天早上照常上学。看起来没人注意到他昨天下午不在:他的级任老师知道他下午报到的时候得去见莫里森夫人,历史老师桑德福德先生甚至在他正常上课的时候都从没注意过他。班里别的孩子猜到他翘课了,但既然他们从来都不跟他说话,他们又怎么能肯定呢?

课间休息时他在自动售货机那儿意外碰上了艾丽。她还穿着科特·柯本T恤,正跟班上的一个朋友站在那儿。

"科特·柯本不是为曼彻斯特联队踢球的,"他告诉她。她班上的那个女孩爆发出一阵歇斯底里的狂笑。

"哦,不!"艾丽说,假装吓了一跳。"他们开除他了?"

马尔库斯迷惑了一会儿——也许艾丽真的以为他是个踢球的?不过接着他就意识到她是在跟他开那种以前从没有人跟他开过的玩笑。

"哈,哈,"他说,根本就没笑。这是你该有的反应,他感到一阵自己头一次做得恰到好处的兴奋。“不是，他是为‘涅槃’踢……唱歌的。”

“多谢奉告。”

“没什么。我的一个朋友有他的一张唱片。《别介意》。”

“每个人都有那张唱片。我敢打赌他没有新的那张。”

“他可能也有的。他有好多唱片。”

“他在几年级？我不认为这个学校里还有人喜欢‘涅槃’。”

“他已经离开学校了。他很老了。那就是‘垃圾摇滚’，对吧，‘涅槃’？我不知道怎么评价‘垃圾摇滚’。”他是不知道。威尔昨天晚上给他放了几首“涅槃”的歌，他以前从没听过这类音乐。起先他除了噪音跟尖叫之外什么都听不到，不过其中也有些安静的部分，最后他终于能理出一个调子来了。他并不觉得他会像喜欢乔尼、鲍伯或者莫扎特那样喜欢“涅槃”，不过他觉得自己能明白为什么像艾丽那样的人会喜欢它。

那两个女孩相互对视了一眼，笑得比第一次更响了。

“我是说，”马尔库斯说。“有点太吵了，不过它有很好的节奏，而且封面上的照片很有意思。”照片上是个在水底下跟在一张一美元纸币后面游泳的婴儿。威尔曾就这张照片说过些什么，但他不记得确切内容了。“我觉得这张封面是有含义的。有关社会什么的。”

那两个女孩望了望他，又相互对望了一眼再次大笑起来。

“你真滑稽，”艾丽的朋友说。“你是谁？”

“马尔库斯。”

“马尔库斯。很酷的名字。”

“你真这么想？”马尔库斯从没过多地想过他的名字，更没想过它酷不酷。

“不，”艾丽的朋友说，她们又笑了。“再见了，马尔库斯。”

“再见。”

这是几个星期以来他在学校里持续时间最长的一次谈话。

*

“这么说来我们已经得了一分，”马尔库斯告诉威尔关于艾丽跟她的朋友的事后，他说。“不过我对你并不抱太大幻想。”

有时候威尔说的话他一个字都听不懂，碰到这种时候马尔库斯就只当没听见。

“她们说我很滑稽。”

“你是很滑稽。你很有趣。不过我不知道是否能将整个关系都建立在这上头。”

“我能邀她来玩吗？”

“我不能确定她是不是肯来，马尔库斯。”

“为什么不能？”

“呃……我不能确定她……她多大了？”

“我不知道。十五？”

“我不能确定一个十五岁的女孩会不会跟一个十二岁的男孩约会。我敢打赌她男朋友已经二十五了，而且驾驶的是重型哈雷摩托，给某个乐队充当巡回演出的经理人。他会痛扁你一顿。他会像碾个臭虫一样把你碾碎的，老兄。”

马尔库斯根本没想这些。

“我不是想跟她约会。我知道她肯定不会找我这样的。不过我们可以来这儿一起听听你的‘涅槃’唱片，不行吗？”

“她可能早都听过了。”

马尔库斯被威尔搞得挺灰心。他为什么不希望他交几个朋友呢?

“好吧,那就算了。”

“对不起,马尔库斯。我很高兴你今天跟艾丽说话了,我真的很为你高兴。但是一次两分钟的谈话,而且人家还一直在取笑你……我看这不会持久的,你明白吗?”

马尔库斯并没真的听进去。艾丽跟她的朋友说过他很滑稽,如果他上次很滑稽,那他下次还可能滑稽。

第二天他又在自动售货机那儿看到了她们。她们俩正靠在售货机上,一边品评着竟然还有胆子凑上去往里塞硬币的家伙。马尔库斯在走过去之前先看了她们一会儿。

“哈啰,艾丽。”

“马尔库斯! 老伙计!”

马尔库斯不想深究这话到底什么意思,就全当没听见。

“艾丽,你男朋友多大了?”

他才只问了一个问题,那两个女孩就已经被他逗得大笑起来。他知道他做得到的。

“一百零二岁。”

“哈,哈。”他仍照上次的经验办理。

“九岁。”

“哈,哈。”

“你为什么想知道这个? 你怎么知道我有男朋友?”

“我的朋友威尔说他可能二十五岁左右,开一辆重型哈雷摩托,而且他会像碾死一只臭虫一样把我碾碎。”

“啊哈,马尔库斯,”艾丽紧紧搂住他的脖子抚弄他的头发。“我不会让他那么干的。”

“很好。谢谢你。我得承认我听他那么说的时候确实有点紧张。”

又是一阵哈哈大笑。艾丽的朋友目不转睛地盯着他看,就仿佛他是她遇到的最有趣的家伙。

“那你女朋友多大了？她可能也想把我干掉吧?”现在她们简直是在一刻不停地大笑。你都分辨不出她们曾在哪儿停过又是从哪儿重新开始的。

“不会,因为我还没有女朋友。”

“我简直不能相信。一个像你这么英俊的男生？那我们就得帮你找一个了。”

“不用了,多谢你。我现在并不真想交一个。我觉得我还没准备好。”

“很有说服力。”

莫里森夫人突然从他们身后冒了出来。

“现在到我办公室去一下,艾丽。”

“我不会把T恤换掉的。”

“我们到我办公室再谈。”

“根本没什么好谈的。”

“你想当着每个人的面吵架吗?”

艾丽耸了耸肩。“如果你不介意我也不介意。”

艾丽是真的不介意,马尔库斯看得出来。很多孩子是表面上什么都不怕,可一等到有位老师说句话他们就立马投降。而艾丽却能永远坚持下去,连莫里森夫人都毫无办法。但莫里森夫人对他却很有办法,而且艾丽的朋友看起来也不像是想跟她作对的。艾丽具有一种他们都没有的东西——或者他们有种艾丽没有的东西,他不知道那具体是什么。

“佐伊、马尔库斯,我想单独跟艾丽谈谈。还有,马尔库斯,你跟我还有些事未了,对吧?”

“是的,莫里森夫人。”艾丽直视着他的眼睛对他微微一笑,有那么一刻他真的感觉他们仨就是一个三人组。或者也许是个三角,艾丽处在顶上而他跟佐伊在底下。

“你们走吧。”

于是他们走了。

午饭时艾丽跟佐伊一起来找他。她们出现的时候他正坐在桌旁吃他的三明治,一边听弗兰基·波尔跟朱丽叶·劳伦斯谈论九年级的一个家伙。

“他在那儿呢,你看!”

“噢咿!马尔库斯!”

差不多所有的孩子都停下手头正在干的事而且都把脑袋转了过来。你能看得出来他们都在想什么:艾丽跟马尔库斯???????? 就连尼基跟马克都把目光从游戏机上抬了起来,他们俩已经有几个星期不跟他说话而且装出一副他们似乎压根就不认识他的样子;马尔库斯希望他们俩有一个已经在游戏中丢了一条命。他感觉棒极了。即使科特·柯本本人走进教室专程来找他,他的同学们的嘴巴也不可能张得更大了。

“你们看什么看?马尔库斯是我们的朋友,对吧,马尔库斯?”

“是的,”马尔库斯说。不管他跟艾丽和佐伊到底什么关系,在这种场合下说“是”绝对没错。

“那就来吧，咱们走。你不想把整个午饭时间都浪费在这儿，对吧？到我们的教室去吧。跟这帮家伙混简直是浪费时间。一帮乏味的混蛋。”

马尔库斯看到有些人已经开始脸红了，但没有一个人开口。他们开不了口，除非他们想跟艾丽过不去，很显然没有一个人想这么做。关键在什么地方？连莫里森夫人都争不过艾丽，那弗兰基·波尔以及其余的这批人还有什么机会？

“好的，”马尔库斯说。“稍等一会儿。”他的目的只是想让这一刻持续得更长些：他不知道艾丽跟佐伊下次还会不会来找他，即使她们还会来，他也怀疑她们还会不会当着全世界的面，或者全世界的一部分——这些在教室里吃三明治的家伙的面公开宣布他是她们的朋友而其余所有的人都是乏味的混蛋。那种要求实在太过分了。但他现在虽然已经请她们等一会儿了，却一点想不出来要她们等什么。

“我该……你希望我带点什么吗？”

“带什么？”佐伊说。“一个瓶子？”

“不是，但是，比如……”

“或者安全套？”艾丽说。“你是想说这个吗？咱们不能在我们的教室里性交，马尔库斯，虽然我也很愿意，当然了。但那儿人太多了。”佐伊纵声大笑，声音高得马尔库斯都以为她可能病了。她闭着眼睛气都快透不过来了。

“不是，我知道，我……”也许要她们等一会儿是个错误。他正把他胜利的时刻糟蹋成像有一年那么长的难熬的折磨。

“带上你这个小甜甜就行了，马尔库斯。不过快一点，呃？”

他知道他的脸涨得通红，安全套什么的实在太糟糕了。不过他仍然在所有人的注目之下从他的桌子走到了艾丽跟佐伊站的地方，他一到艾丽就吻了他一下。没错,她是在取笑他,不过一点关系都没有,他班上可没有多少会让艾丽费心朝他们吐唾沫的人,更何况是亲吻了。他爸爸曾说过一句话:“有人注意总归是好的。”那是好多年前,马尔库斯问他怎么会有某个演员让诺埃尔·艾德蒙兹[①]往自己头上浇水,现在他总算明白他爸爸的意思了。艾丽的行为就像是往他头上浇水,但这的的确确太值得了。

艾丽的教室在楼上,他们这一路走来使得这桩好事,这桩“操他妈的马尔库斯跟艾丽的好事”持续得更长了。甚至有位老师特意拦住他问他没事吧,仿佛任何跟艾丽沾上边的人都会被绑架或是洗脑似的。

“我们正在收养他,先生,”艾丽说。

“我没问你,艾丽。我是在问他。”

“她们正在收养我,先生,”马尔库斯说。他并没有当个笑话说——他只是认为艾丽怎么说他就怎么说是明智的——但她们又一阵哈哈大笑。

“你不可能期望还有更负责任的父母了,”那位老师说。

“哈,哈,”马尔库斯说,虽然他不太确定这时候是不是该这么说。

“我们权且当作恭维了,”艾丽说。“谢谢你。我们会照顾他的。要他午夜前一定要回家等等所有那一套。”

“说到做到哦,”老师说。“别把他给零拆了。”

艾丽让他先在她的教室外头等着,她进去宣布。他能听到她在里面大喊大叫。

“好了,大家都给我听好,我想让你们见见马尔库斯。这整个操

① Noel Edmonds,“上层”流行乐手,朋克音乐的攻击对象。

蛋学校里唯一的另一位科特·柯本歌迷。进来,马尔库斯。"

他走进了教室。教室里并没有太多人,但所有在场的一见到他都哈哈大笑。

"我没说我是这样的歌迷,"他说。"我只是觉得他们的节奏很好而且他们的封面很有深意。"

每个人再次哈哈大笑。艾丽跟佐伊骄傲地站在他旁边,就仿佛她们告诉所有的人他会变魔术但没一个人相信,结果他当场完成了这个魔术表演。她们没说错;他的确觉得自己被收养了。

二十二

威尔一直竭力不去想圣诞节，但随着它越来越近，他开始考虑放弃看几百部片子抽几千根大麻烟的计划了。这看起来太不像过节了，即使各种节庆都不可避免地跟那首歌联系在一起，他也仍然不想为此完全把它们忽略。他突然想到，你以何种方式度过圣诞正是向这个世界表明你身处生活的哪个部位，在某种程度上显示出你已经给自己挖了一个多么深的洞，因此形影相吊地度过三天也许只能说明你可能不想做出任何说明。

所以他应该在一个家庭的怀抱里度过圣诞节——不是他的家，因为他还没有家庭，但应该是某个家庭。不过有一个家庭是他不惜一切代价想避开的：他绝对不想圣诞节那天吃他妈的烤坚果，不想看电视还有闭上眼睛唱圣诞颂歌。既然如此，他就一定得小心点了，因为如果他只是由着自己随波逐流的话他有可能会正撞到网里；他必须得开始朝相反的方向快速地开游。

在以决不动摇的坚定态度决定了他决不跟菲奥娜和马尔库斯一

起庆祝十二月二十五号之后,他却发现自己在第二天下午就接受了马尔库斯的邀请去做他坚决不想做的事,这可真算得上是个意外了。

“你想到我们家跟我们一起过圣诞节吗?”马尔库斯还没迈进房间就问他。

“晦,”威尔说,“实在,啊,多谢了。”

“很好,”马尔库斯说。

“我只是说实在谢谢你,”威尔说。

“不过你会来的?”

“我不知道。”

“为什么?”

“因为——”

“你不想来吗?”

“不,我当然想去,不过……那你妈妈呢?”

“她也会在场的。”

“是的,我猜也是的。但她不会想让我去的。”

“我已经跟她提过这件事了。我说我想邀请一位朋友,她说没问题。”

“这么说你并没有告诉她是我?”

“没,不过我想她已经猜到了。”

“怎么会?”

“我只有你一个朋友,对吧?”

“她知道你仍然来我这儿吗?”

“应该吧。她已经不再问我了,所以我想她已经不再为这事操心了。”

“你当真不想邀请别的任何人吗?”

“不想，当然不想。即使真有的话，他们也不会被允许到我家去吃圣诞午餐的。他们要回自己家。除非他们住在自己的房子里，所以他们哪儿都不会去，是不是？”

威尔发现这次的对话有点沉闷。马尔库斯说的这一席话，含蓄艺术，拐弯抹角，意思不过是说他不想让威尔在圣诞那天孤零零一个人。

“我还没决定该干什么呢。”

“你有别的地方可去吗？”

“没地方去，不过……”

任何谈话中需要填补的空洞通常都是由马尔库斯负责填补的。他的注意力绝对集中，任何“嗨”、“呃”、“不过”都会被他看作完全改变话题的线索。但不知道为什么，他突然放弃了他惯用的技术而只是满怀期待地盯着威尔。

“你盯着我干吗？”威尔终于忍不住问他。

“我不是盯着你。我是在等着你回答问题。”

“我已经回答了呀。‘没地方去，’我说。”

“你说的是‘没地方去，不过……’我在等着你‘不过’下面的内容呢。”

“呃，没什么了。我圣诞节期间哪儿都不去。”

“这么说你能去我们家了。”

“是的，不过——”

“不过什么？”

“别老是问我‘不过什么？’。”

“为什么？”

“因为……这不礼貌。”

“为什么?”

“因为……我明显是有所保留,马尔库斯。那就是为什么我总是说‘不过’的原因。我显然不是百分百地肯定我想去你们家过圣诞节。”

“为什么不?”

“你真不懂假不懂?”

“真不懂。”

当然,这是真的:马尔库斯的滑稽从来就不是假装出来的。看一眼马尔库斯的脸就足够使威尔确信这个孩子是真的不知道,而且急于知道的好奇没有丝毫减退的迹象。这次谈话已经使威尔觉得不舒服了,而现在他则开始担心他最终将不得不明白地面对那个最残酷的事实:马尔库斯跟他妈妈一样,都是精神病;即使撇开心智健全与否不谈,他们也都是一对失败者;他再想不出一个更阴暗的圣诞节了;他真的,真的宁肯回到他原来的计划,把自己完全埋起来,一直不停地放“马克斯兄弟”①,也不想跟他们中的任何一个一起扯“如愿骨”;而且任何一个正常的人都会有同样的感觉的。如果这个孩子一点都不能领会他的意思,那他还有什么选择?除非……

“对不起,马尔库斯,我太无礼了。我很高兴跟你共度圣诞节。”

那就是另外的选择。那不是他自愿的选择,但那确实是个另外的选择。

进门后发现并非只有他们仨时,他真是长出了一口气。他本来做好了思想准备要忍受菲奥娜一次毫无逻辑的演讲的,实际上她只

---

① Marx Brothers,美国著名喜剧演员。

是看了他一眼；很明显她不想在别的客人面前显得不友善。客人有马尔库斯的爸爸克里夫、他的女朋友林塞以及他女朋友的妈妈，他们一共六个人，全部挤在可以拉开的餐桌旁。威尔不知道世界原来也可以这样的。作为六十年代二婚的产物，他一直想当然地认为在一个家庭分崩离析之后，原来的家庭成员相互之间就不再说话了，但这儿的结构却截然不同：菲奥娜跟她前夫似乎都把他们原来的关系看作是使他们走到一起的一件好事，而不是已经证明大错特错最终导致他们分手的坏事。似乎分享一个家一张床一起生个孩子就跟曾在同一个旅馆住隔壁，或是在学校里同一班是一回事——是一种令人愉快的巧合，由此使他们有机会发展出一段暂时的友谊。

这种情况不可能是普遍适用的，威尔想，要不然“单亲父母联盟”里就到处充满快乐但已经分手的夫妻了，不停地在这儿那儿在到处引见他们的前任夫妻现任夫妻以及他们的孩子们了；事实上情况恰恰相反——那儿充满了应得的、正义的愤怒，以及数不胜数的不开心。就他参加的那次聚会而言，他不认为今天有很多“单亲父母联盟”的家庭会为了一次绕口令游戏以及围着圣诞树一起唱颂歌而重聚的。

不过即使这事不常发生，但此时此地却正在发生着，以至于一开始威尔觉得很不正常：如果两个人已经没法住在一起了，他认为，他们至少也该倾向于相互憎恨的。但实际上，当这一天慢慢过去，威尔也喝了点酒之后，他也模糊地觉得一年就这么一次想努力找点快乐跟和谐也并非一种完全可鄙的野心。所有的人共处一室就是为了让马尔库斯快乐，即使威尔都暂时抛开他惯常的嘲讽态度，不求别的，只愿马尔库斯圣诞快乐。等到新年前夜时他可能会重拾他惯常的怀疑主义，不过在此之前他还是乐于入乡随俗，冲着所有的人微笑，即使他并不赞成他们的态度。冲着人家微笑并不意味着你就得终生跟他们友好,难道不是吗?而就在当天晚些时候,等常识重新抬头,每个人都开始争吵的时候,他才明白冲着别人微笑也并不意味着就得一整天友好。不过在这几个小时之内,他毕竟还是乐于相信这个倒转过来的宇宙的。

他已经为菲奥娜跟马尔库斯买好了礼物。他给马尔库斯的是一张《别介意》的唱片,因为他们还没有CD播放机,还有一件科特·柯本的T恤,这样他就能跟艾丽步调一致了;他给菲奥娜的是一个相当漂亮相当昂贵的无刻花玻璃花瓶,因为上次她从医院出来后曾抱怨过她不知道该拿那些花怎么办。马尔库斯送给他的礼物是一本关于填字游戏技巧的书,以帮助他做好"倒计时",而菲奥娜送了他一本《单亲父母手册》以示嘲讽。

"嘲讽什么?"林塞问他。

"没什么,"威尔马上说,而刚一出口他就意识到这等于没说。

"威尔假装他有个孩子以便他能加入单亲父母的组织,"马尔库斯说。

"哦,"林塞说。房间里的几个新人,林塞、她妈妈跟克里夫,都满怀兴味地看了看他,但他拒绝做进一步说明。他只是冲着他们微笑,仿佛这是处在他的环境下任谁都会做的一件事。而且,他也不高兴解释他身处的是种什么环境。

互换礼物部分并没有占据太长时间,大部分还是房间里这么复杂的人际关系下的日常琐事,尽够让人担心的。阴茎形状的巧克力当然很好,威尔暗想(实际上他根本不这么想,不过管它呢——他正在努力地自己活也让人家活),但阴茎形状的巧克力当真是送给你男朋友的如今尚无男朋友而且正过着禁欲生活的前女朋友的合适礼物吗？他是真的不知道，不过总归看起来有点趣味不高——是不是所有关于阴茎的主题在这种场合都最好不要涉及？——而且不管怎么说，在威尔看来菲奥娜都不像是那种阴茎形巧克力式的女人，不过她总归还是笑了笑。

当丢弃的包装纸越堆越高，威尔开始觉得在这种情境下无论什么礼物都注定会显得很不合适，要么就有不好的含义。菲奥娜送给林塞的是件真丝内衣，仿佛是说："嘿，不论你们俩晚上搞什么我都不会介意的。"她给克里夫的是一本新书，名叫《秘史》，含义则似乎大为不同。克里夫送给菲奥娜一盒尼克·德拉克①的磁带，虽然克里夫并不知道医院的事，但至少就威尔感觉到的，他将某种抑郁到可能导致自杀的音乐强加给一个抑郁到可能自杀的女人毕竟显得有点怪异。

克里夫送给马尔库斯的礼物本身看起来无可厚非，电脑游戏、T恤衫、一顶棒球帽还有"布罗比先生"的唱片之类的一大堆，但让它们显得似有所指的是它们与菲奥娜今天早些时候给马尔库斯的那一小堆毫无趣味的礼物所形成的鲜明对比：一件不会给他在学校里赢得丝毫优势的套头衫（松垮垮毛绒绒而且有点附庸风雅），几本书还有几首钢琴曲的乐谱——这是一种温柔而又无聊至极的母亲的提醒，提醒马尔库斯已经有段时间不练钢琴了。马尔库斯在给他看这悲惨的一堆时表现出来的骄傲和兴奋几乎令威尔心碎……"多棒的套头衫，这些书看起来真的很有趣，而这几首曲子，等我……等我有时间了一定要好好练练……"威尔从没觉得马尔库斯应该获好孩子的称誉——在此之前他只注意到他古怪麻烦的一面，也许是因为他身上

① Nick Drake，英年早逝的英伦民谣歌手，曲风忧郁飘渺、遗世独立。

确实没有更多值得注意的地方了。可他确实是个好孩子,威尔现在看得很清楚了。而且他不是好在听话,不抱怨;是好在有心:他看得出来那些礼物根本就是堆废物,但他认识到了那都是他妈妈精心选出秉着爱心送给他的,那就够了。他也不愿意看到杯子里只有一半水——事实上马尔库斯的杯子已经满到往外溢了,如果有人告诉他有些孩子会把毛绒绒的套头衫跟乐谱什么的扔回到父母脸上要求他们换一个任天堂①回来,他会大吃一惊,感到很不理解的。

威尔知道自己是不会在同样的事上表现这么好的。他怎么看都不会得出一件毛绒绒的套头衫怎会正好适合他的结论,还得成天都穿着它。他会认为给他买这件衣服的家伙一定是没安好心。他总是这样的:如果他看到某个已经二十五岁的家伙还脚蹬滚轴溜冰鞋,戴着广角太阳镜在街上横冲直撞,他只可能有三种看法:1) 真是个傻逼;要么 2) 你以为自己是谁? 以及 3) 你以为自己多大? 十四?

据他推测,英国所有的人都会有这样的反应。没有人看到一个脚蹬滚轴溜冰鞋戴着广角太阳镜的家伙会想,嘿,他看起来真酷,或是,哇哦,这看起来真是种锻炼的好方法。他们只会想:有病。但马尔库斯就不会。马尔库斯要么根本对这个家伙视而不见,要么他就会原地站住嘴巴大张,惊奇喜欢得忘乎所以。这不单单是他作为一个小孩子的表现,因为,正如马尔库斯惨痛的切身经历所示,他所有的同学都属"真是个傻逼"那种想法的;这只是身为马尔库斯,菲奥娜的儿子的一种表现。二十年后他也会闭上眼睛唱歌,或许也会吞下几瓶镇静剂,但至少他对自己的圣诞礼物表现得很高尚。但对于横亘在他面前的悠长岁月来说,这算不得多么够格的补偿。

① 日本著名的电子游戏机的商标名。

二十三

有一对不一块儿作出决定的爸妈真是件好事，马尔库斯想；这样的话你在圣诞节就能同时得到两边最好的礼物。你得到套头衫、乐谱之类你不能不要的东西，不过然后你就会得到电脑游戏跟别的好玩的礼物。而如果他妈妈跟爸爸仍然在一起，那今天的圣诞节会是什么样子，就只有他们仨？那可能会很无聊的。现在这个样子更像个聚会了，还有威尔跟林塞，当然了，他并不真理会林塞的妈妈，如果他老实承认的话，不过她毕竟帮着把房间填满了。

交换完礼物之后他们坐下来吃午餐，那是一大圈类似炸面圈的东西，不过实际上是糕饼而非炸面圈，中间的大洞里是好吃的奶油跟蘑菇沙司，然后他们吃了里面藏有五便士硬币的圣诞布丁（马尔库斯的那一份里吃出两个来），再然后他们就拖出噼啪作响的彩包爆竹并把圣诞小帽戴上，只有威尔戴了一会儿就摘下来了。他说那弄得他头痒。

在打开电视看到了女王之后（除了林塞的妈妈没人想看，但以马尔库斯的经验,无论老头老太太们想干什么,他们总能如愿以偿),克里夫卷了支大麻烟,这就引起了大麻烦。林塞因为她妈妈在场而很不满他这么干,而老太太直到大家都开始大吵大嚷了才明白克里夫到底在干吗;菲奥娜生气是因为马尔库斯的缘故,虽然马尔库斯此前看着他卷大麻烟已不下一亿次了。

"他已经有几百次眼看着我干这个了,"克里夫说。不过后来证明他这么说可是个大错误,所以马尔库斯很高兴这话不是他说出来的。

"真希望你没告诉我这个,"菲奥娜说。"我是眼不见心不烦。"

"什么,你以为我从我们分手那天起就戒了?我为什么要那么做?"

"马尔库斯当时还小。在你卷大麻烟的时候他还老躺在床上呢。"

"我从没抽过大麻烟,妈妈。爸爸不会让我抽的。"

"哦,那好啊。既然你没抽,我就不用反对你爸爸当着你的面过他的毒瘾了。"

"哈,哈,"马尔库斯说。屋里所有的人都看了他一眼,然后继续争吵。

"我不认为偶尔抽根大麻烟就是有毒瘾了,你这么想吗?"

"我当然这么想,因为我刚才已经明确说过了。"

"我们换个时间再讨论这个好不好?"林塞说。她妈妈到现在为止还一言未发,不过老太太很显然对眼前发生的事大感兴趣。

"为什么?就因为你妈妈在场?"马尔库斯以前从没见过菲奥娜跟林塞过过招,不过现在她就正在跟她过招呢。"可不幸的是,我不可能有机会在你母亲不在场的情况下跟马尔库斯的父亲进行任何谈话，原因是明摆着的，所以对此你只能自己学会适应了。"

"看，我已经把大麻烟收起来了，这可以了吧？我们都安静下来一起看看《国际天鹅绒》吧，忘了这件事吧。"

"《国际天鹅绒》不演了，"马尔库斯说。"演的是《夺宝奇兵》。"

"我说的重点不是这个，马尔库斯。"

马尔库斯什么都没说，不过心里很不服气：就算这不是唯一的重点，那也绝对是重点之一嘛。

"我知道他在吸毒，"林塞的妈妈突然说。"我可不傻。"

"我不是在……*吸毒*，"克里夫说。

"哦？那你把它叫什么？"林塞的妈妈说。

"这不是吸毒。这……只是种正常的爱好。吸毒可就不一样了。"

"你认为只是他一个人抽这个？"菲奥娜对林塞的妈妈说。"你认为你女儿只是坐在那儿看着他干这个？"

"你这话什么意思？"

"她什么意思都没有，妈妈。我觉得克里夫的主意很好。我们把这些都撇开玩点哑剧字谜什么的吧。"

"我可没说玩什么哑剧字谜。我是建议看《国际天鹅绒》。"

"不是《国际天鹅绒》——"马尔库斯插话说。

"闭嘴，马尔库斯，"所有的人都一起说，然后大家都笑了。

不管怎么说，这场争吵毕竟使气氛发生了改变。克里夫跟菲奥娜同意另找个时间好好谈谈嗑药的事，菲奥娜跟林塞相互之间都说了几句狠话，甚至威尔看起来都有点改变，尽管这场争论跟他一点关系都没有。马尔库斯猜想起码吵架前威尔还一直感觉很不错，但后来他似乎在冷眼旁观，而此前他已经像是这个家庭的一份子了。他就像在嘲笑他们吵架似的，原因马尔库斯却弄不明白。再后来，等他们吃完了晚饭（有为吃肉的人准备的冷肉，马尔库斯也吃了几块，只为了看看他妈妈会有什么反应），苏兹突然带着她的小女儿出现了，这可轮到他们笑话威尔了。

马尔库斯并不知道自从他妈妈跟苏兹讲了奈德跟“单亲父母联盟”以及所有的事情之后威尔就再没见过苏兹。谁都没再说什么，但这并不代表他们对此没有看法。马尔库斯原来总设想，等他上学或是上床后大人们就会开始干各种他们不会告诉他的事，不过现在他开始怀疑可能不是这么回事，他认识的这帮大人可能根本就没有什么秘密生活。很明显，苏兹进来的那一刻是个尴尬的时刻，特别是对威尔来说：他先是站了起来，然后他又坐下了，然后他又站了起来，然后他脸红了，然后他说他该走了，再然后菲奥娜告诉他别这么可怜兮兮的，因此他又坐下了。唯一的空椅子就在威尔旁边，所以苏兹不得不挨着他坐下。

“今天过得好吗，苏兹？”菲奥娜问她。

“是的，还好。我们这是刚从外婆家回来。”

“外婆还好吧？”威尔问。苏兹转过脸来看了看他，张开嘴巴刚要回答，却又改了主意，完全当他不存在一样。这可是马尔库斯在真实生活中见过的最令他兴奋的事，当然也是他在自己家的起居室见到的最让他兴奋的事（他打死鸭子的那天他妈妈跟一摊呕吐物躺在一起的事不算。那不是什么让人兴奋的事。只让人害怕）。苏兹在故意怠慢威尔，他猜。他听说过很多关于如何怠慢别人的事，但他从没亲眼看着别人这么做过。尽管有点怕人，不过太棒了。

威尔又站起来坐下去了一趟。如果他真的想走，马尔库斯想，没人能硬拦下他来的。或者不如说，他们*能*硬拦下他来——但得屋里的每个人都硬抓住他然后再坐到他身上去，那他就走不了了（马尔库斯想到林塞的妈妈一屁股坐到威尔的脑袋上的情景，忍不住笑了）。但他们不会去拦他的。既然如此他干吗不干脆站起来，不再坐下，然后开步走？他为什么老是不断地起来坐下地折腾？也许对怠慢别人这桩事马尔库斯还有所不知。也许怠慢自有怠慢的规则，你不得不坐在那儿忍受怠慢，即使你压根不想这么办。

梅甘从她妈妈腿上挣下地来，朝圣诞树跑去。

“树底下可能还有给你的一份礼物呢，梅甘，”菲奥娜说。

“哇哦，梅甘，有礼物唉，”苏兹说。菲奥娜走到树前，从最后两三个礼物包中拣了一个递给她。梅甘紧紧抓着它，然后朝屋里到处看。

“她在考虑该把它给谁，”苏兹说。“今天她可乐意把礼物给人了，比自己把礼物打开开心多了。”

“多甜蜜啊，”林塞的妈妈说。所有人都耐心看着梅甘等她下定决心；简直就仿佛这个小不点也明白了这场怠慢游戏于是想挑拨离间似的，因为她摇摇晃晃地朝威尔走去并把礼物朝他伸出去。

威尔没动弹。“哎，那就从她那儿把礼物接过来呀，你这个笨蛋，”苏兹说。

“那又不是我的礼物，”威尔说。干得好，马尔库斯想。自己也来点怠慢。唯一的问题是看起来威尔怠慢的是梅甘，而非苏兹，而马尔库斯认为他不该怠慢三岁以下的人。干吗要这么干？不过梅甘却似乎并不介意，因为她继续把手里的礼物往前送，直到他能够着。

“现在怎么办？”威尔执拗地说。

“跟她一起把礼物打开，”苏兹说。这次她稍微有了点耐心；威尔的恼火似乎已经平息了一部分她自己的恼火。即使她真想跟威尔吵一架，她也很明显不想就在这儿当着大家伙的面吵。

威尔跟梅甘一起把包装纸扯掉，露出某种会发出音乐的塑料玩具。梅甘看了看它，然后冲着威尔挥舞起来。

“现在怎么办?”威尔说。

“跟她一起玩，”苏兹说。“上帝，在这儿又碰到这位根本没孩子的家伙。”

“干脆告诉你，”威尔说。“你跟她玩去。”他把玩具扔给苏兹。“我一点头绪都没有。”

“也许你该学着找到点头绪，”苏兹说。

“干吗?”

“我原本还以为干你这一行的都该很知道怎么跟孩子们玩呢。”

“您是干哪行的?”林塞彬彬有礼地问道，仿佛这是正常人群中的正常谈话。

“他什么都不干，”马尔库斯说。“他爸爸写了那首《圣诞老人的超级雪橇》，他就靠这个一分钟挣一百万镑。”

“他假装他有个孩子以便于他能加入单亲父母的组织跟单身妈妈们套近乎，”苏兹说。

“是这么回事，但他干这个可没有报酬，”马尔库斯说。

威尔又一次站了起来，但这次他没有再坐下。

“多谢午餐以及所有的一切，”他说。“我得走了。”

“苏兹有权利表达她的愤怒，威尔，”菲奥娜说。

“是的，而且她已经表达完毕了，而现在我也有回家的权利。”他开始穿过重重的礼物、杯子跟人群朝大门走去。

“他是我的朋友，”马尔库斯突然说。“是我邀请他的。我应该有权告诉他什么时候回家。”

“我不能肯定好客是不是就该这么好的，”威尔说。

“但我不想让他走，”马尔库斯说。“这不公道。为什么林塞的妈妈还在这儿坐着，而且没人邀请过她，而我邀请的客人却因为所有的人都对他不好而不得不离开？”

“首先一点，”菲奥娜说，“我邀请了林塞的妈妈，而这也是我的家。其次，我们并没有对威尔不好。是苏兹对威尔很火，她也有权利火，而且她正在这么告诉他。”

马尔库斯感觉他就像是在一出戏里。他正站着，而威尔也正站着，然后菲奥娜又站了起来；但林塞跟她妈妈还有克里夫却坐在沙发上看着，坐成一排，大张着嘴巴。

“他的所作所为不过就是在几个星期里假装他有个孩子。上帝。那没什么。那又怎样？碍着谁了？学校里的孩子们每天干的事都比这个坏多了。”

“关键是，马尔库斯，威尔很久以前就离开学校了。他现在已经过了假装如何如何的年龄了。”

“是的，但他此后的行为就好多了呀，不是吗？”

“我可以走了吗？”威尔说，但谁都没理他。

“为什么这么说？他后来做了什么？”苏兹问。

“他从来就没想让我每天都去他家。我还是去了。而且他还给我买了那双运动鞋，而且当我告诉他我在学校里过得多么糟糕时他至少在认真倾听。而你却只是告诉我让我适应这一切。而且他还知道科克·奥本是谁。”

“科特·柯本，”威尔说。

“他跟你们这些从来不犯任何错误的人不一样，是不是？”马尔库斯说。“我是说……”他可得小心措辞了。他知道就好不好客的问题他不能说得太多，或者他压根什么都不该说的。“我是说，我最先又是怎么认识威尔的?”

“从根源上来说,是因为你拿一大块法棍面包打一只鸭子的头而且真的打死了它,”威尔说。

马尔库斯想不到威尔眼前竟然又把这事给抖露出来了。他原打算讲别人是如何如何都做错了的,而不是他是如何打死那只鸭子的。但这时苏兹跟菲奥娜都忍不住笑了起来,而且马尔库斯也看得出来威尔是知道他在干吗的。

“那是真的吗,马尔库斯?”他爸爸问。

“它本来就有毛病的,”马尔库斯说。“我觉得它总归马上就要死了。”

苏兹跟菲奥娜笑得更凶了。沙发上的观众看起来都惊骇万分。威尔又坐了下来。

二十四

威尔在新年前夜坠入了情网，而且这一情况的出现纯属意外。她叫蕾切尔，为儿童读物画插图，她看起来有点像《就会出现奇迹》封面上的劳拉·尼罗[①]——有点神经质，很迷人，有些波希米亚，很聪明，很浓密很长很不羁的黑色头发。

威尔从来不想坠入情网。当他的朋友们发生这种事的时候，他总觉得这是一种似乎令人相当不愉快的经验：所有那些失眠跟体重减轻，没有得到回应时的难过，以及终于水落石出之后那种可疑的疯疯傻傻的快乐。这些人从此变得无法控制自己或是保护自己，变得，即使只是暂时变得不再满足于他们原来的自己，一件新外衣，一袋大麻以及一下午的重温《罗克福德档案》[②]都再不能使他们感到满足。

当然，如果电脑能够制造出自己理想的终身伴侣，许多人都会兴奋不已地在这位完美爱人的身旁落座，可威尔他是个现实主义者，他一眼就能看出这一切的唯一结果就是恐慌。他几乎确信蕾切尔定会使他痛苦不堪，主要是因为他看不出自己有什么可能会引起她的注意。

如果说他为自己选择的这种没有工作，不用操心，没有难事琐事，没有内容没有结构的生活有什么缺陷的话，那就是，当他在除夕晚会上遇到一位聪明、修养好、有雄心、美丽机智并且单身的女性时，他终于发现，自己就像是个白痴，无足轻重，一辈子除了看“倒计时”和开着车乱转听“涅槃”的唱片之外就什么都不干。这只能是件坏事，他想。如果你爱上了个美丽聪明等等等等的尤物，那么自我感觉像个白痴就会成为一种缺陷。

他努力想从记忆中搜索出哪怕一丁点经历，能值得这位女性加以片刻青睐，却发现他尚好的相貌和尚好的口才正是他的毛病所在。这些会给人留下错误的印象。这些能让他进门参加舞会，门口有脖颈粗壮，文着刺青的莽汉把守，本该将他拦在外面的。他也许真的相貌不错，能说会道，可这只不过是造化，环境和教育弄人；从最核心里，他其实丑陋又拙嘴笨舌。也许他应该去做个手术，跟一般的美容手术相反——能把他的身材五官做得不那么匀称，让他的两只眼睛靠得更近或者分得更开些。或者也许他应该大大增肥，多冒出几层下巴，胖得随时冒汗。而且，自然，他应该开始像猿猴那样咕噜咕噜叫个不停。

因为，问题在于，当这位蕾切尔女士在晚宴上挨着他落座时，在还没来得及搞清楚他来历的头五分钟内，她对他还饶有兴趣，就在这五分钟内，他一眼瞥见，如果自己有一丁点有趣之处，生活将会是什么样子。话说回来，他想，他宁肯当初不看那一眼。说到底，那对他有什么好处呢？他不会跟蕾切尔睡觉。他不会跟她下馆子，或者去

---

① Laura Nyro，著名民谣女歌手。
② The Rockford Files，西方经典长篇侦探剧集。

她家看看她的客厅是个什么样，或者了解她父亲跟她母亲最好朋友的情事是如何影响了她对于孩子的观点。他憎恨那五分钟机会给他打开的那扇窗。最后他想，如果她只是转身看看他，勉强忍住不作呕，然后整个晚上都转身背对着他，他会比现在要开心得多。

他想念奈德。奈德赋予了他某种另外的东西，一点 il ne sait quoi[①] 的什么东西，像今晚这样的场合正好用得上。尽管他并不想再让这小家伙活过来，可怜的小东西。让他安息吧。

“你怎么认识罗伯特的？”蕾切尔问他。

“哦，是这样……”罗伯特是做电视节目的。他常跟演员、作家和导演混在一起。认识罗伯特的都是些艺术界的活跃分子，而且几乎注定了富有魅力。威尔想说罗伯特上部片子的音乐就是他写的，或者他给过他重大启发，或者他们午餐时曾经一起讨论过本届政府的艺术政策：简直一团糟。他想这么说，却说不出口。

“是这样……几年前我从他那儿买嗑的药。”很不幸，这是实情。罗伯特在当电视制片以前曾经是个卖毒品的。不是那种提着棒球棒领着比特猛犬的毒品贩子，只是自己稍微多买一点来卖给自己的哥们，当时威尔是他的哥们之一，因为威尔跟罗伯特的一个朋友是朋友……不管怎么说，八十年代中期那阵子他到底是为什么跟罗伯特搅在一起没什么要紧。要紧的是，满屋里就他一个跟艺术毫不相干，现在蕾切尔也知道了。

“哦，是这样，”她说。“可你们至今保持联系。”

也许他可以编造个何以他至今仍与罗伯特保持联系的离奇故事，这没准能给他增添些许魅力，让他看起来更神秘一点。

---

① 法语：他也不清楚。

“是啊。不知道为什么，真的。”那，很显然也就没什么故事了。就这么回事。实际上他也不知道为什么他们还保持着联系。他们处得还不错，不过罗伯特跟那帮人大部分都处得不错，而且威尔从来都不太确定为什么只有他在罗伯特改头换面之后没被刷掉。也许——这听起来有点偏执狂的意思，不过他肯定其中有真理的种子——他游手好闲的身份足以让罗伯特向这儿的人们显示他还在进入大众传媒业之前就另有根基，与此同时他拿得出来的样子又不会把他们全给吓跑。

他已经失去了蕾切尔，至少是现在。她已经跟坐在另一边的人说起话来。他怎么才能再让她转过头来？他肯定还有某种天分可以将其夸大或戏剧化的。烹饪？他能烧点菜，但谁又不能呢？也许他正在写一本他已经忘了的小说。他在学校的时候都擅长什么来着？拼写。“嘿，蕾切尔，在‘必要’这个单词里有几个‘c’？”她应该知道的。绝望。他生命中最有趣的东西，他意识到，就是马尔库斯。那是某种令他与众不同的东西。“抱歉插进来，蕾切尔，不过我跟一个十二岁的男孩有这么一种怪异的关系。你会感兴趣吗？”没错，这个素材还得加工一下，不过它确确实实在那儿摆着呢。只需加工加工。他发誓只要碰到第一个合适的机会就把马尔库斯亮出来。

蕾切尔已经注意到他没跟任何人交谈，于是转过身来以便也把他拉进关于太阳底下是否还有新鲜玩意的话题，特指当代流行音乐。蕾切尔说对她来说“涅槃”听起来跟赖德·齐柏林没什么区别。

“我认识的一个十二岁孩子会因为你这么说把你给杀了的，”威尔说。这当然不是真的。几个星期前，马尔库斯还以为“涅槃”的主唱是曼彻斯特联队踢足球的呢，所以也许他还没激烈到就因为别人说这个乐队缺乏原创性就把人家干掉的程度。

“我也有个孩子，说说看，”蕾切尔说。“也许他们该认识认识。你的叫什么？”

他可不是我的，他想。“马尔库斯，”他说。

“我的叫阿里。阿里斯泰尔。”

“太好了。”

“马尔库斯也着迷滑板、饶舌乐以及《辛普森一家》这类的东西吗？”

威尔眼睛朝天转了转，满怀深情地轻声笑了，这么一来误会可是铁板钉钉了。这不是他的错，这次交谈。他在这整个一分半钟的时间内没说过一句假话。是呀，他在说到马尔库斯会把她给杀了时是比一般性的表达更有所指。而且没错，他眼球的转动以及带着感情的轻笑也确实暗示了某种程度的父爱之情。但他并没有真的说马尔库斯就是他儿子。那百分之百都是她自己的理解。即使不是百分百也绝对超过百分之五十。总之，这绝对不同于“单亲父母联盟”的那一套，他当时可是整个晚上都空口白牙地假话连篇。

“马尔库斯的妈妈今天晚上也在这儿吗？”

“嗨……”威尔上上下下地看了看餐桌，仿佛一时走神不知道想起了什么。“不。”不是撒谎！绝对不是撒谎！马尔库斯的妈妈确实不在那儿！

“你不该跟她共度除夕夜吗？”蕾切尔眼观鼻鼻观心以示她知道这是个关键性的问题。

“不。我们，呃，我们不住在一起。”他现在真是深得这种“实事求是”的谈话之法了，他觉得。不说别的，他已经修炼到决不直接说谎，只是该说的说不该说的不说而已，因为他不但现在没跟菲奥娜住在一起，他压根就从没跟她住在一起过，而且也从没打算将来要跟她住在一起。

“我很抱歉。”

“没什么。阿里的爸爸呢?”

“不在这张桌子旁。不在这个城市。不在这个国家。每回搬家的时候他会给我新的电话号码。”

“这样啊。”

威尔此前一直在想办法至少往他们的交谈中增加点摩擦力。直到他亮出马尔库斯这张牌之前,他都是还没等上路就滑脱了。现在他觉得自己像是在爬一座山而非一座冰川了。他想象自己正站在悬崖的底下,四处打量着寻找落脚点。

“那他现在在哪个国家?”

“美国。加利福尼亚。我倒宁肯他在澳大利亚,管它呢。至少他在西海岸。”

威尔估计到目前为止他至少倾听过五十七次类似的谈话了,不过这毕竟给了他某种优势:他知道它是如何进行的,结果也确如他所料。在过去的这十五年里他也许什么都没干成,不过每当一个女人跟他讲述她的前夫是如何差劲时,他总能深表同情地啧啧叹息。啧啧叹息是他真正擅长的一桩本事。不过这确实管用——他认定,没人会因为耐心倾听别人的痛苦而自己掉块肉的。蕾切尔的故事,按“单亲父母联盟”的标准,只属于一般性的,最终的结果就成了恨她的前夫更多的是因为恨她前夫本人而非因为他对她做了什么。

“那你干吗还要跟这么个家伙生个孩子?”他喝醉了。今天是除夕夜。他脸皮也厚了。

她笑了。“问得好。但没有答案。你会改变对别人的看法的。马尔库斯的妈妈叫什么?”

"菲奥娜。"天地良心！

"你改变过对她的看法吗？"

"其实也没有。"

"那到底发生了什么事？"

"我不知道。"他耸耸肩，以期造成一种更有说服力的表情，表明这个男人至今都还困惑不解，甚至就像得了炮弹休克症。他的话语和姿势都产生自绝望；然后，非常反讽，他们终于心意相通了。

蕾切尔朝威尔一笑，顺手捡起她压根没用过的餐刀细细审视着。"最后，'我不知道'才是人们能给出的唯一诚实的答案，难道不是吗？因为我也不知道，而如果我假装并非如此的话，我会取笑我自己的，还有你。"

午夜十二点他们相互找到对方，接吻了，只是个嘴唇跟面颊之间的吻，既有些尴尬含糊又意味深长令人充满希望。十二点半，蕾切尔就要离开时，他们已经达成协议让他们的孩子见见面比较一下他们各自的滑板棒球帽跟圣诞版的《辛普森一家》。

二十五

艾丽去了苏兹的除夕派对。一开始,马尔库斯还以为那人只是有点像艾丽,而且穿了件跟艾丽一模一样的科特·柯本的T恤,但之后,那个像艾丽的人就看到了他并大喊:“马尔库斯!”然后走过来拥抱了他还吻了吻他的脑袋,他也就无须怀疑了。

“你在这儿干吗?”他问她。

“每年的新年夜我们都来这儿,”她说。“我妈妈跟苏兹要好得不得了。”

“我从没在这儿见过你。”

“你新年夜从没来过这儿,你这个笨蛋。”

这倒是真的。他来过苏兹家无数次了,但从没参加过她的派对。这是他头一年获准参加。为什么即使在跟艾丽最简单最直截了当的谈话中,他都能发明些蠢话?

“哪一位是你妈妈?”

“别问,”艾丽说。“现在别问。”

“为什么?”

“因为她正在跳舞呢。”

马尔库斯朝极少几个正在跳舞的人那儿望去,那原来是放电视机的角落。总共就四个人,三女一男,而且其中只有一位看起来很尽兴:她就像正在挥舞着拳头击打空气,而且拼命晃着头发。马尔库斯猜那肯定就是艾丽的妈妈——并不是因为她看起来像她(没有一个成年人看起来像艾丽,因为没有一个成年人用厨房的剪子自己剪头发以及涂黑色的唇膏,而你就只能看到艾丽这么多),而是因为艾丽明显地很尴尬,而那又是唯一一个能让任何人都觉得尴尬的舞者。另外那几个跳舞的自己也都很尴尬,这就是说他们肯定不会搞得别人尴尬;他们不过就是在动动脚,能让你知道他们在跳舞的唯一表现就是他们面对面却并不看着对方而且都不说话。

“我要是能那么跳舞就好了,”马尔库斯说。

艾丽做了个鬼脸。“谁都能那么跳。你只要没有脑子却有垃圾音乐就行。”

“我觉得她看起来棒极了。她很尽兴。”

“谁管她是不是尽兴?关键是她看起来像个彻头彻尾的白痴。”

“这么说来你不喜欢你妈妈喽?”

“她还行。”

“你爸爸呢?”

“他也还行。他们不住一起。”

“你介意吗?”

“不。有时吧。不想谈这个。那么,马尔库斯,你1993年过得好吗?”

马尔库斯想了一会儿他的1993年,这一会儿已经足够他认定

1993年他过得一点都不好。他只有十个或者说十一个认识的人拿来比较,其中又有三到四个他都记不太清了,不过就他的认识而言,不会有任何人喜欢他过的这十二个月的。转学,他妈妈住院的事,学校里别的孩子……整个都糟糕透顶。

"不好。"

"你需要喝点什么,"艾丽说。"想喝什么?我去给你弄一杯来。你可以把一切都跟我说说。不过我可能会听得不耐烦最后跑掉的。我就是这么个人。"

"好吧。"

"那,你喝什么?"

"可乐。"

"你得喝点像样的东西了。"

"不给我喝。"

"我给你喝。事实上,如果你今晚想跟我约会的话,我坚持你一定得喝点像样的东西。我给你往可乐里加一点,好不好?"

"好的。"

艾丽消失不见了,马尔库斯四周望望找他妈妈:她正跟一个他不认识的男人说话,而且谈笑风生。他满意了,因为他曾经很为今晚担心。威尔告诉过他在除夕那天要看好他妈妈,虽然他没解释为什么,马尔库斯也猜得到:好多不快乐的人都选在那天结束自己的生命。他在哪儿看到过这个结论,也许是在《急诊室》节目中,结果这天晚上就成了他的心病。他打算整晚都看住她,从她的眼睛或她的声音或她的话语中捕捉她又打算重蹈覆辙的蛛丝马迹,不过事实好像不是这么回事:她一直在喝酒在大笑,就跟别的任何人一样。曾经有人在尽情欢笑过后才几个小时又马上回头去自杀的吗?也许没有,他猜。

如果你现在谈笑风生，那离着悬崖还有好远呢，他现在确实是以距离的概念来考虑问题的。自从打死鸭子那天以来，他都把他妈妈的自杀想象成某种站在悬崖边上的形象：有时，在那些她看起来很难过很心烦意乱的日子里，他会觉得他们离悬崖有点太近了，任何安慰都不顶用了，而在别的日子里，比如圣诞节那天或者今天，他们看起来就离危险很远了，像在高速公路的中间车道上驾车缓行。而在他打死鸭子的那一天就曾经太近了，两个轮子已经在悬崖外面了，还有止不住的可怕的刹车声。

艾丽回来了，手里一个塑料的大口杯，里面盛的东西看起来像可乐但闻起来像甜酒。

"这是什么？"

"雪利酒。"

"这就是大家都喝的？可乐加雪利酒？"他小心地尝了一口。味道好极了，又甜又醇厚又暖乎乎的。

"现在说说吧，为什么你这一年过得这么糟糕？"艾丽问。"你可以跟我说。艾丽阿姨会理解的。"

"只是……我不知道。发生了好多可怕的事。"他并不真的想告诉艾丽那都是怎么回事，因为他不知道他们是不是真的算朋友。跟她说了之后可能有两个后果：有天早上他可能到她的教室去而她会把所有这一切都嚷给任何想听的人，要么她可能真的很同情理解。可不值得冒这个险。

"你妈妈曾经自杀过，对不对？"

马尔库斯看了看她，喝了一大口可乐加甜酒，结果差一点都吐到她脚上去。

"没，"一等他咳嗽过这一阵，勉强把要吐的东西全咽回去，他马上说。

“你肯定?”

“喔,”他说。“绝对没有。”他知道那听起来有多愚蠢,他开始脸红了,不过就在那时艾丽突然哈哈大笑。他都忘了他总能惹得艾丽哈哈大笑的,而且他对此心怀感激。

“对不起,马尔库斯。我知道这不是闹着玩,不过你太滑稽了。”

然后他也开始笑起来,忍不住地小声格格笑个不停,嘴里一阵阵呕吐物跟雪利酒的味道。

马尔库斯以前从没跟同龄人认真谈过话。他曾认真地跟他妈妈谈过,当然了,还有他爸爸,还有威尔,等等,但在你跟这些人认真谈话时,你得同时注意你的措辞。而跟艾丽则截然不同,容易多了,尽管 a) 她还是个女生,b) 她还比他大,以及 c) 她还挺吓人的。

其实这事她早就知道了:这事刚刚发生后苏兹跟她妈妈通电话时她全听到了,不过好长时间之后她才把这事跟马尔库斯联系起来。

“你知道我怎么想? 现在我觉得很可怕,不过我当时想,如果她真的想自杀,她为什么就不该实现她的愿望?”

“但她还有我呢。”

“那时候我还不认识你呢。”

“这倒是,不过我是说,如果你妈妈想自杀的话你会高兴吗?”

艾丽微微一笑。“我怎么高兴得起来? 我当然不会高兴。因为我喜欢我妈妈。不过,你知道,那是她的生命。”

马尔库斯想了一会儿。他不知道那是不是他妈妈一个人的生命。

“如果你有了孩子呢? 那就不再只是你一个人的生命了,对不对?”

“你爸爸不是还在吗？他会照顾你的。”

“是的，不过……”艾丽的话总归有点不对头。她仿佛是在谈论如果他妈妈染上了流感，那他爸爸就不得不带着他去游泳一样。

“比如说，如果自杀的是你爸爸，就没人会说，你们知道吗，哦，他还有个儿子没人照顾呢。可一旦女人这么干了，大家就都紧张得不行了。这不公道。”

“那是因为我跟妈妈住的缘故。如果我是跟爸爸的，我就会认为那也不单单是他的生命了。”

“但你并没有跟你爸爸住，对吧？我们又有多少跟爸爸住的呢？在我们学校，有大约一百万的孩子他们的父母已经分开。可他们没有一个是跟着爸爸的。”

“斯蒂芬·伍德就是。”

“哦，对了，斯蒂芬·伍德。你赢了。”

虽然他们谈论的都是些很悲惨的事，马尔库斯却很享受这次谈话。它似乎很大很大，就仿佛你能绕着它走一圈，能看到很多不同的东西似的，你平常跟别的同龄的孩子谈话时从来没有过这样的感觉。“昨晚你看‘流行音乐排行榜’了吗？”这其中就没什么值得想的东西，对吧？你说个“看过”或者“没”就完了。他现在明白为什么他妈妈要选择朋友，而不是跟碰巧撞上的或是支持同一支球队再么穿同样衣服的人交朋友了，在学校里大家可都是这么干的；他妈妈跟苏兹肯定就有过类似的谈话，这种谈话是动态的，对方说的每一件事都似乎能把你引向某个地方。

他想让这次谈话持续下去但又不知道该怎么办好，因为原本是艾丽起的头。他觉得这么一问一答下来他还能跟得不错，但他很怀疑自己有没有那么聪明，可以像艾丽引导他那样引导艾丽去思考一些问题，这让他稍稍有点恐慌：他但愿他们俩同样聪明，但实际上他们不是，而且可能永远不会同样聪明，因为艾丽一直都会比他大。也许等他三十二而她三十五岁的时候，问题就不大了，但他现在就觉得，除非他在接下来的几分钟之内马上说出某件真正聪明的事来，否则今晚剩余的时间就甭指望她还能留在他身边了，更别说往后的二十年。突然，他想起了在晚会上男孩子通常都会问女孩子的问题。他并不真想问，因为他知道那根本就毫无希望，但另一种可能性——就这么放艾丽走掉，去跟别的人说话去——实在太可怕了。

“你想跳舞吗，艾丽？”

艾丽目不转睛地盯着他，眼睛中充满着诧异。

“马尔库斯！”她又开始哈哈大笑，是真的哈哈大笑。“你太滑稽了。我当然不想跳舞！我想象不出更坏的事了！”

他知道要是他接着就能想出了另一个像样点的问题来就好了，因为现在艾丽已经躲到哪儿抽烟去了，而他则只得去找他妈妈了。但午夜十二点的时候她又跑回来找他，而且拥抱了他，这让他知道了即使他真的有点蠢，他也还没蠢到不可原谅的地步。

“新年快乐，亲爱的，”她说，而他脸红了。

“谢谢。新年快乐。”

“我希望1994年对我们所有人来说都比上一年要好。嘿，你想看点真正让人恶心的事吗？”

马尔库斯一点都不确定该怎么做，不过在这件事上他没有什么选择的余地。艾丽抓住他的胳膊拉着他穿过后门来到了花园。他想问问他们要去哪儿，但她冲他“嘘”了一声让他别问。

“看，”她轻声说。马尔库斯向黑暗中望过去。他只能辨认出两个在疯狂接吻的人的影子；男的把女的压在花园的小棚子上，手在她身上到处乱摸。

“那是谁啊？”马尔库斯问艾丽。

“我妈妈。我妈妈跟一个叫蒂姆·波特的家伙。她喝醉了。他们每年都干这个，我真搞不懂他们干吗费这个心。每年的新年她从床上爬起来就会说，‘我的上帝，我想我昨晚上又跟蒂姆·波特出去了。’惨啊。**真惨啊！**”她把最后几个字大喊出来，为的就是让人听到，马尔库斯看见艾丽的妈妈把那个男人推开朝他们这边望过来。

“艾丽？是你吗？”

“你说过今年你不会这么做了。”

“我干什么与你无关。回到屋里去。”

“不。”

“听话。”

“不。你真让人恶心。都四十三了还靠在花园的小棚子上乱搞。”

“整整一年里我只有一天像你在另外那三百六十四天里一样乱搞，而你还站在那儿要我难堪。走开。”

“我们走，马尔库斯。让那个**伤心的老淫妇**爱干吗干吗去吧。”

马尔库斯跟着艾丽回到了屋里。他从没见他妈妈干过类似的事，而且他也无法想象她会这么干，但他看得出来这事可能也会发生在别人的妈妈身上。

“你为此感到心烦吗？”他们回屋后他问她。

“不。这事没有任何意义，对吧？她只是在找点乐子。她也确实没多少乐趣。”

尽管这事看起来一点都没烦到艾丽，但却烦到了马尔库斯。太奇怪了，他都没法用言语描述。在剑桥可决不会发生这样的事，他是这么认为的，但他搞不明白剑桥跟伦敦不同是不是只因为它不是伦敦，还是因为那是他父母曾住在一起的地方，因此，那儿的生活更简单——不会有人当着自己孩子的面跟陌生人亲热，也没有孩子冲着自己的妈妈破口大骂。这儿没有规矩，他已经大到足够明白，当你到了一个没有规矩的地方或是时代时，一切的事情都必定会变得更加复杂。

二十六

“我不懂，”马尔库斯说。他跟威尔到天使游乐城去打游戏，这天游乐城灯光闪烁有如患了癫痫病，充满警笛，爆炸声，人来人往，正是一个噩梦般的场所，对威尔知道他们将要进行的这场艰难谈话而言倒也恰如其分。在某种程度上，这跟求婚好有一比，只不过方式怪异。他选了这么个场所，容易软化马尔库斯，容易让他答应，而他所要做的，只是把事情说出口。

“没什么要懂的，”威尔开开心心地说。当然这不是实情。在马尔库斯看来，有好多事要弄明白呢，威尔很明白为什么他搞不懂。

“可你为什么要对她说你是我爸爸？”

“我没这么跟她说。只是她有点搞错了我的意思。”

“那你干吗不告诉她，就说，‘对不起，你搞错了我的意思’？也许她根本不在乎。她干吗要在乎你是不是我爸爸？”

“你就没碰到过这种谈话吗？有人在什么节骨眼上接错了茬，然后就往下接往下接，最后想纠正已经太晚了。比如有人以为你的名字叫马克，而不是马尔库斯，每次他们见了你都叫，‘你好，马克，’你心里想，哦，不行，我现在没法告诉他，因为他会很不好意思的，结果一连半年他就一直管你叫马克。”

“半年！”

“甭管多久了。”

“他头一次叫错我就告诉他。”

“有时候你做不到。”

“不就是告诉人家你叫错我名字了吗，怎么会做不到呢？”

“因为……”威尔自己应验过，知道有时候是做不到。他对门的一个邻居，挺和气的一个驼背老头，养了只可怕的约克郡小猎犬，一直管他叫比尔，而且可能会一直这么叫下去直到他进棺材。这实在让威尔有些恼火，他觉得，不管如何想象，自己怎么都不像是个叫比尔的。叫比尔的人不会去抽大麻，听“涅槃”。那他为什么会容忍这种错误继续下去呢？为什么四年前他没有直截了当地说，“其实我的名字是威尔”？当然，马尔库斯说得对，可如果整个世界都是错的只有你一个人正确是起不了作用的。

“甭管怎么说，”威尔用一种“就此打住”的口气接着说。“关键是这位女士以为你是我儿子。”

“那就告诉她我不是。”

“不行。”

“为什么？”

“我们这是原地打转呢，马尔库斯。为什么你不能接受这种事实？”

“我可以告诉她，如果你愿意的话。我不介意。”

“谢谢你，马尔库斯，可这帮不上忙。”

“为什么?”

“哦,上帝啊!因为她得了一种稀有病症,如果她错把某事信以为真而你告诉她真相她就会脑浆沸腾而死。”

“你以为我几岁了?他妈的。你刚刚害我丢了一条命。”

威尔开始得出结论,自己并不像此前一直认为的那样,是个好骗子。他无疑是个热情高涨的骗子,可热情不等于效果,如今他经常发现自己陷入这么一种状况,每当他连续说谎几分钟、几天或是几星期后,他总是不得不把丢人的真相说出来。好骗子决不会这么做的。好骗子早在很久以前就已经想出成百上千条理由,来说服马尔库斯为什么他得装作是威尔的儿子,可威尔只能想出一个理由。

“听着,马尔库斯。我真的对这位女士很有意思,可我能想到的唯一能让她对我有点兴趣的,就是让她相信你是我儿子。所以我就这么做了。对不起。我很抱歉还没有直接告诉你。”

马尔库斯眼睛盯着游戏机屏幕——他刚刚在一个机器警察和哥斯拉怪物之间的岔道上被轰掉了——然后猛灌了一气可乐。

“我不懂,”他说着,卖弄似的打了个嗝。

“哦,算了吧,马尔库斯。这个我们谈过了。”

“你什么意思,你真的对她很有意思?她什么地方这么有意思?”

“我的意思是……”他发出一声绝望的呻吟。“给我留点体面吧,马尔库斯。我就这么点小小的要求,一丁点儿就行。”

马尔库斯看了他一眼,仿佛他刚刚说的是乌尔都语似的。

“体面不体面的,跟她有意思有什么关系?”

“好吧好吧。别管什么体面不体面的。我也不配。我迷上这位女士了,马尔库斯。我想约她出去。我想让她做我的女朋友。”

马尔库斯终于从屏幕前转开了视线，威尔看到他眼睛闪烁着饶有兴味的光芒。

“真的？”

“是真的。”真的，真的。自从除夕夜以来他就没想别的（他本来也没什么别的可想，除了蕾切尔三个字，模模糊糊好多黑头发，好多愚不可及的幻想，野餐啦婴儿啦，热泪盈眶任劳任怨的岳母啦，酒店的大床啦什么的），此时能够把蕾切尔摆到亮处，他如释重负，尽管只有马尔库斯能就着亮光看看她，尽管他觉得，他用以形容她的话还远远不够表达出她的好处。他想让蕾切尔做他的妻子，他的情人，他整个世界的中心；如果只是女朋友，他就只能时不时地见到她，而且除他之外她还会有某种独立的生活，他一点都不想这样。

“你怎么知道的？”

“我怎么知道的？”

“是呀。你怎么知道你想要她做你的女朋友？”

“我不知道。我只是五脏六腑都感觉到的。”他感觉的部位确实如他所言。他不是在心里，不是在脑袋里，甚至不是由腹股沟感觉到的；是他的五脏六腑，它们已经马上收得紧紧的，拒绝摄入任何比香烟的烟雾更有热量的东西。如果他继续只吸入香烟的话，他会失去不少体重的。

“你总共才碰到她一次？在除夕那天？”

“是的。”

“那就够了吗？你立马就想让她做你女朋友？能再给我五十便士吗？”

威尔心不在焉地给了他一个一镑的硬币。这确实是某种立刻就在他体内产生的感觉。不过把他推到这种持久的白日梦中的是几天后罗伯特顺便提到的一句话，当时是威尔打电话谢他晚会的事。“蕾切尔喜欢你，”他说，虽然还不能把整个未来都建筑在这上头，但威尔就需要这么句话。一点点的回报就能对想象产生巨大的刺激。

“那要怎么样？我认识她多久才应该有这种想法，照你的标准？”

“呃，我可没说自己是这方面的专家。”威尔对马尔库斯的话锋一转很觉好笑，他紧皱的眉头既是顺理成章又似乎大谬不然：任何一个谈论起约会的细节来显得如此专业的人都很明显是个十二岁的爱情专家。“但我第一次碰到艾丽的时候并没有马上就知道我想让她做我的女朋友。是过了一段时间才发展到这一步的。”

“呃，那表示你成熟了，我猜。”艾丽的事对威尔来说还是新闻，不过他马上意识到他们一开始就是朝这个主题奔下去的。“你想让艾丽做你的女朋友？”

“是的。当然了。”

“不仅仅是朋友？”

“呃。”他把一镑的硬币塞进投币孔，然后按了一下“单人玩”的按键。“我是想问问你这个的。这其间都有哪些主要的不同？”

“你太滑稽了，马尔库斯。”

“我知道。大家都这么说我。我根本不介意。我只想请你回答我的问题。”

“好吧。你想抚摸她吗？这是最先要弄明白的。”

马尔库斯继续猛轰了一阵屏幕上的怪物，显然把威尔的深奥问题给忘了。

“呃？”

“我不知道。我在考虑这个问题呢。继续吧。”

“这就是不同。”

“这就是不同？只有一个不同？”

“是的。马尔库斯。你听说过性的事吗？这可是至关重要的。”

“我知道，我又不傻。但我不能相信再就没有别的了。哦，糟糕。”马尔库斯已经又丢了一条命。“因为我还不能确定是不是想抚摸艾丽呢。不过我仍然知道我想让她做我的女朋友。”

“好吧，你希望有些什么不同呢？”

“我想更多地跟她在一起。我想每时每刻都跟她在一起，而不仅仅只是碰上的时候。我还想除去佐伊，虽然我也挺喜欢佐伊的，但我想让艾丽成为我一个人的。我还想把什么事都第一个跟她说，先于任何人，甚至包括你跟妈妈。我还不想她再有别的男朋友。如果这一切我都拥有了，我就不介意要不要抚摸她了。”

威尔摇了摇头，这个动作马尔库斯根本没看到，因为他的眼睛还盯在屏幕上呢。“我跟你说，马尔库斯，将来你会知道的。你不会永远这么想的。”

不过当天深夜，当他一个人回到家，听着他在这种情况下需要听的音乐，而音乐仿佛发现了他内在的核心，用力地叩击着它时，他想起了马尔库斯想弄清楚的要点。是的，他想抚摸蕾切尔（那些充满了酒店大床的幻想当然也包括了抚摸在内），不过现在，如果他有权选择，他能得到马尔库斯想要的那些就已经满足了。

游戏机房里的谈话至少使他们之间形成了一种共识：他们都坦白了他们想要的东西，而这些东西，就他们的描述来看，并非完全没有相似之处，虽然这些东西指向的对象明显没有丝毫相似之处。尽管从马尔库斯的描述中威尔对艾丽还无法形成非常清楚的印象——他对她的印象止于一个涂着黑唇膏不停滚动的球，一种无法想象的爱尔兰妖精跟北美走鹃①的混合物——不过就他了解的这些已经足够看出艾丽跟蕾切尔肯定是南辕北辙了。不过,这点共识已经足以让马尔库斯明白,如果他拒绝给威尔装一下午的儿子那就是不够哥们,而且会对他自己的图谋产生不良影响。所以威尔给蕾切尔打了个电话,胸如撞鹿,为他们俩骗取了一次星期六的午餐邀请。马尔库斯十二点一过就到了,上身穿菲奥娜圣诞节送他的那件毛绒绒的套头衫,下身配一条可怕的嫩黄色灯心绒裤子,那裤子四岁的孩子穿可能会显得很可爱。威尔穿着他最得意的保罗·史密斯衬衫,外套一件他私下里觉得会使他显得有点像《药房牛仔》里的马特·狄龙的黑皮夹克。威尔乐于把他们俩的鲜明对比想象成是马尔库斯对父亲的花哨形象的有意反叛,故意穿得这么清新可爱,因此他竭力要让自己以此为荣,强压下带他去买身像样点的衣服的冲动。

“你怎么跟你妈说的?”在去蕾切尔家的路上,威尔在车里问他。

“我告诉她你想让我见见你新交的女朋友。”

“她没说什么吗?”

“说了。她觉得你简直是发疯。”

“我一点不吃惊。我干吗要带你去见我的新女朋友呢?”

“你干吗要跟你的新女朋友说我是你儿子呢?下回要是嫌我说的不好,你可以自己想个理由出来解释。听着,我有几个问题。我出生时有多重?”

“不知道。你出生关我什么事?”

“没错,可你应该知道,不是吗?我是说,如果你是我爸爸的话。”

“即使我们真是父子,如今显然也早该过了谈论出生体重的时候

① roadrunner,一种生长在北美洲西南部能迅捷奔跑的鸟,长有冠和有褐色条纹的羽毛及长尾。

了，不是吗？要是你才十二个星期那么大还有可能，可你都十二岁了……”

“好吧，那我生日是哪天？”

“马尔库斯，她不会怀疑我们俩的父子关系的。她不是特意要揭穿我们的。”

“可若是正好碰上了呢。比如我说，你知道，爸爸答应过要在我生日那天送我个新的任天堂，她就会问你，他生日是哪天？”

“为什么她会问我？为什么她不直接问你？”

“只是比如。”

“好吧，你生日是哪天？”

“八月十九号。”

“我会记住的，我保证。八月十九号。”

“那我最喜欢吃什么呢？”

“直接告诉我吧，”威尔筋疲力尽地说。

“意大利面加蘑菇还有我妈妈做的番茄酱。”

“很好。”

“还有，我第一次出国去的是哪里？”

“我怎么知道。格勒诺布尔①。”

“哦，”马尔库斯轻蔑地说。“我干吗要去那儿？巴塞罗那。”

“好了。知道了。巴塞罗那。”

“还有，我妈妈是谁？”

“你说什么？”

“谁是我妈妈？”

---

① 法国东南部一城市，位于伊泽尔河上，在尚贝里西南偏南。格勒诺布尔是一座罗马时期就已建立的古城，现在是闻名的旅游和滑雪胜地。

这个问题是这么基本而且如此关键，威尔有一会儿完全僵住了。

“你妈妈是你妈妈呀。”

“这么说来，你是跟我妈妈结的婚后来又分手了。”

“是的。诸如此类。”

“这事影响到你吗？或者我？”

他们俩都突然意识到这个问题的荒谬性。马尔库斯格格笑了起来，那简直是一种声音尖锐的喵喵声，听起来一点都不像是他本人或任何人类发出来的，不过结果证明很有感染力。威尔也开始发出另一种风格的格格声。

“对我没什么影响。对你有影响吗？”他终于问道。

但马尔库斯没法回答。他还在喵喵尖叫。

*

就一句话，她说的第一句话，就把一切，他为他们两个精心创造出来的过去、现在跟未来掼在地上摔得粉碎。

“嗨。是威尔跟……马克，对吗？”

“马尔库斯，”马尔库斯说，意味深长地拿胳膊肘碰了碰威尔。

“进来，你们两位都请进。来见见阿里。”

威尔清楚地记得那第一个夜晚蕾切尔提供给他的每一点细枝末节。他知道她为之配了插图的每本书的名字，他只是不能完全肯定她的第一本是叫《通往树林的小路》还是《穿过树林的小路》——他该查一下的——知道她前夫的名字，知道他住在哪里，是干什么的，还有……他怎么都不可能把类似阿里的名字这样的大事给忘了的。那可是他首要的事实。那就像忘了英格兰哪年得的世界杯，或者天行者卢克真正的父亲是谁一样——根本不可能，就算你想做也做不到。可她却把马尔库斯的名字给忘了——马克，马尔库斯，对她来说都一样——很显然在过去的十天里她绝对不曾坐卧不宁，害热病似的不停想象，回忆，东想西想。他想完蛋了。他不如立刻放弃掉算了。他最怕的正是这种情绪，正因为如此他才会一口咬定恋爱是垃圾，结果，想不到，想不到啊，它还真是垃圾，而且……而且已经太晚了。

蕾切尔住在坎顿水闸上边那条路上的一幢又高又窄的房子里，家里堆满了书、旧家具以及黑乎乎的照片，照片上都是些很戏剧性很浪漫的东欧亲戚，威尔当下觉得很安慰，幸亏，照现在伦敦北部主要的地震学状况看来，他自己那套公寓跟她这套房子不可能见面。她的房子温暖热情，而他的却傲慢冷淡，他会为自己的房子感到羞愧的。

她朝楼上叫了一声："阿里！"没人答应。"阿里！"还是没人答应。她看了看威尔耸了耸肩。"他戴着耳机呢。我们上去好吗？"

"他不介意吗？"换成是十二岁的威尔他是会介意的，原因他不大乐意记起了。

阿里的卧室门跟其他卧室的门没什么区别；没有骷髅和交叉的骨头标志，没有"禁止入内"的字样，没有 Hip-hop 的信手涂鸦；可一旦进去，就能一眼看出这房间属于一个 1994 年初的男孩，这孩子正处于童年和青少年期两个同样尴尬的阶段之间。一切显而易见——有瑞恩·吉格斯[①]的海报，还有迈克尔·乔丹的海报，还有帕米拉·安德森的海报，还有超级马里奥贴图……未来的某位社会学家很可能可以将这房间的时代定位确切到二十四小时之内。威尔扫了马尔库斯一眼，他看起来很迷惑。把马尔库斯放在瑞恩·吉格斯和迈克

① Ryan Giggs，曼联著名前锋。

尔·乔丹的海报前简直就像是带一个普通男孩到国家肖像馆去看都铎王朝群像。阿里本人整个趴在电脑前面,戴着耳机,对访客毫不在意。他妈妈走过去拍了拍他的肩膀,他跳了起来。

"哦,嗨,对不起。"阿里站了起来。威尔立刻看出这招不灵。阿里很酷——篮球靴,宽松的滑板裤,"垃圾摇滚"风格的蓬乱发型,甚至还有个耳环——当他看到马尔库斯的嫩黄裤子跟毛绒绒的套头衫时,他的脸色似乎暗了下来。

"马尔库斯阿里,阿里马尔库斯,"蕾切尔说。马尔库斯伸出了手,阿里几乎带点嘲讽地握住。"阿里威尔,威尔阿里。"威尔朝阿里的方向抬了抬眉毛。他想阿里会明白他的含义的。

"你们要不要在这儿待一会儿?"蕾切尔问他们。

马尔库斯看了威尔一眼,威尔趁蕾切尔转身背朝他的时候点了一下头。

"好吧,"马尔库斯耸耸肩,这一刹那威尔简直爱他,真是爱他。

"好吧,"阿里说得还要冷淡。

蕾切尔跟威尔下楼去了;过了十分钟——这点时间足够让威尔梦想出一个完整的场景,他们四个在西班牙找所房子一起度暑假——他们听到门咣当一声响。蕾切尔上去查看,几秒钟后飞奔回客厅。

"恐怕马尔库斯已经回家了,"她说。

二十七

马尔库斯确确实实是打算努力来着。他知道跟蕾切尔一起吃的这顿午餐对威尔来说非比寻常,而且他也知道如果今天他表现良好,扮好了他的角色,威尔也就义不容辞得在艾丽的事上帮他一把了。但阿里这个孩子却一点机会都不给他。威尔跟蕾切尔一下楼,阿里径直盯了他有几秒钟时间,然后就开始找茬了。

“你他妈的根本别想,”这就是他的第一句话。

“别?”马尔库斯说,目的只是为了给自己争取点时间。看起来他明显已经错过了什么内容,虽然他不能肯定到底错过了什么。

“你给我听好,要是你爸爸想跟我妈妈约会你就死定了。不是吓唬你。死定了。”

“哦,他还好,”马尔库斯说。

阿里看了看他,就像他是个疯子。

“我才不管他是不是还好。我不想让他跟我妈妈约会。所以我不想看到他或是你下次再在这儿出现,明白吗?”

“呃，”马尔库斯说。“我不能确定这件事是不是真的取决于我。”

“你最好能确定。要不然你死定了。”

“我能玩玩你的电脑吗？你都有些什么游戏？”马尔库斯也明知仅仅改变话题是不会真的起作用的。有时候会起作用，不过在有人威胁要干掉你的时候恐怕就不会了。

“你在听我说话吗？”

“是的，不过……我恐怕现在帮不了多大的忙。我们是来吃午饭的，而且威尔……就是我爸爸，我叫他威尔，因为，不管怎么说……他正在跟蕾切尔聊天，就是你妈妈——”

“我当然知道她是我妈妈。”

“——在楼下，而且说实话他真的很喜欢她，谁知道呢？也许她也喜欢他，所以——”

“**她不喜欢他！**”阿里突然大嚷大叫。“**她只喜欢我！**”

马尔库斯开始认识到阿里是个疯子，他真的不知道该怎么办好了。他怀疑这种事以前是否也发生过，如果真的发生过，那个曾处在他这个位置上的孩子现在是不是还在这间屋子里的某个地方藏着——要么被砍成一块块地压在了地毯下面，要不然就是还被捆在一个橱子里，一天才喂他一次阿里晚饭吃剩下的残羹冷炙。那孩子可能也就重三英石①，而且只用一种谁都听不懂的语言说话，反正任何人都听不到，连他爸妈都听不到，他也可能永远都甭想再见到他爸妈了。

马尔库斯认真考虑了一下他可能有的选择。最没吸引力，他觉

① stone，重量单位，合14磅。

得，他也最不愿选的就是待在这儿跟阿里度过一整天的时间，闲聊点这个或那个，在电脑上看点好笑的东西，玩几个游戏；这根本就不可能。他还可以下楼去跟威尔和蕾切尔一起待着，但威尔实际上等于明确告诉了他要他在楼上待着，如果他硬是下楼去他就不得不跟他们解释，说阿里是个神经病，他就要把他的胳膊腿都给剁掉，那会尴尬死的。不，马尔库斯最后选定就这么冲下楼去，谁都不惊动，溜出前门然后搭公共汽车回家；经过极短时间的考虑后，他就这么付诸实施了。

威尔找到他的时候他正站在水闸边的一个公共汽车站那儿。他的方向感不怎么样，他站的一边实际上是朝相反方向去的，等到的车会把他给带到伦敦西区，所以幸好威尔开着车在他身边出现，告诉他到车上去。

“你在玩什么？”威尔生气地问他。

“我把事情搞砸了吗？”接着，虽然他不该这时候提，即便如此，或者也许正因为这是他首先想到的事：“你还会在艾丽的事上帮我吗？”

“楼上到底发生了什么？”

“他脑子有问题。他说如果你跟他妈妈约会的话他就杀了我。而且我也相信他是认真的。谁都会这么想的。他真的很可怕。我们现在这是去哪儿？”现在正在下雨，坎顿挤满了车辆跟购物的人群。马尔库斯放眼望去，到处是顶着一头又长又湿又乱的头发的男男女女，看起来都好像可以在“涅槃”或别的艾丽喜欢的乐队里演出。

“回蕾切尔家。”

“我不想回那儿去。”

“真倒霉。”

“她会觉得我很蠢的。”

“她不会。”

“你怎么知道？”

“因为她原来就料到可能会发生类似的事。她说阿里有时候会很难缠的。”

这让马尔库斯笑了起来，“哈！”是那种你根本没什么可笑的时候的笑。“难缠？他打算把我捆起来锁在一个橱子里每天只喂我一次。”

“他是这么说的？”

“没说得这么细。”

“不管怎么说，他现在都快把眼睛给哭出来了。”

“真的？”

“真的。哭得跟个三岁孩子似的。”

这可把马尔库斯给乐坏了；他决定，他现在绝对高兴回蕾切尔家了。

实践证明，从屋子里逃跑竟成了马尔库斯干得最妙的一招。如果他知道事情竟会这么结局的话，当威尔在公共汽车站找到他的时候他就不会那么惊惶失措了。他就会像个聪明的老猫头鹰那样冲威尔眨眨眼睛，说，“等着瞧吧。”等他们回去的时候，一切都变了样：仿佛所有的人都明白了威尔此次所来到底为何，而不再假装他们来吃午饭只是为了阿里跟马尔库斯凑到一起打打电脑游戏。

“阿里有话要对你说，马尔库斯，”他们进来后，蕾切尔说。

“对不起，马尔库斯，”阿里抽抽搭搭地说。“我说那些话不是有意的。”

马尔库斯不明白你威胁要杀掉某个人怎么可能出于无意，不过他也不想深究；见到阿里这么哭鼻子就已经使他感到自己很宽宏大量了。

“没关系,阿里,”他说。

“好了,握握手,小伙子们,”蕾切尔说,他们照做了,不过是一次非常特别、尴尬的握手。他们握住以后过于夸张地上下摇晃了三次,把威尔跟蕾切尔都给逗笑了,这却让马尔库斯很烦。他知道该怎么握手的。是那个白痴在干这种上上下下的勾当。

“阿里觉得这很难接受。”

“马尔库斯也是。马尔库斯的感觉完全一样,是不是,马尔库斯?”

“关于什么?”他暂时有点走神。他在琢磨阿里的眼泪跟他的杀伤力之间是否有什么联系:因为他这么容易哭所以他一点都不可怕,这讲得通吗?还是他就是个神经病,他赤手空拳就能把你的脑袋给揪下来,同时又老是哭鼻子?也许哭鼻子只是一种转移注意力的方式,那马尔库斯的处境可就比他刚才害怕的还要危险了。

“关于……你知道……就这种事。”

“是的,”马尔库斯说。“我是这么觉得。感觉完全一样。”他能肯定他马上就会知道到底是对什么感觉一样了。

“因为你已经形成了一种思维模式,你把从你身边经过的每个新人都当成了某种威胁。”

“一点没错。上一个家伙,我跟他——”蕾切尔突然打断了话头。“对不起,我不是在拿你跟他相比。而且我也不是那个意思,你知道,我们只是——”她毫无希望地完全断了。

威尔微微一笑。“没什么,”他温柔地说,蕾切尔看了看他也还了他一个微笑。突然马尔库斯明白了为什么像蕾切尔跟苏兹这样的人竟然会喜欢威尔——她们和蔼可亲、富有魅力,你原本可能觉得她们不会把时间给威尔这样的人的。他从没有像看蕾切尔那样地看过马尔库斯：他眼睛里有某种东西，是一种柔情，马尔库斯看得出来这东西真正管用。他一边听着他们的对话一边用自己的眼睛在做练习——你得稍稍把眼睛眯缝起来，然后把视线完全集中在对方的脸上。艾丽会喜欢这样吗？她有可能会给他一拳的。

“不管怎么说，”蕾切尔把刚才的话继续下去。“上一个跟我约会的家伙……他也不是百分之百无可挑剔，他绝对没有弄明白该把阿里摆在一个什么位置，最后他们……搞得很不好。”

“他是个怪胎，”阿里说。

“你看，我很抱歉一切都变得这么……不漂亮，”蕾切尔说。“我也不知道是不是……我是说，我不知道，我得到一种印象，除夕那天……”她做了个鬼脸。“哦，上帝，这太让人难为情了。这都怪你，阿里。本来我们现在谈不到这个的。”

“这没什么，”马尔库斯开心地说。“他是真的迷上你了。他亲口告诉我的。”

“你要成斗鸡眼啊？”星期一放学后艾丽说。

“可能吧，”马尔库斯说。因为这比说他正在操练从威尔那儿学来的把戏还好些。

“也许你该换副眼镜了。”

“是的。”

“你还能弄到比你戴的这副更结实的吗？”佐伊问。她不是故意要惹人讨厌，他也不这么想，她只是好奇。

问题是他们正在去学校跟他家之间的报刊店，他们也没谈任何特别的话题。威尔跟蕾切尔当时是面对面地坐下来，谈的主要就是他们如何相互倾慕等等。而走在大街上则意味着马尔库斯不得不歪着脖子才能操练他那套眉目传情的把戏，他也看得出来这搞得他看起来怪兮兮的，更大的问题是他跟艾丽从没有好好坐下来，面对面谈过话。他们一般都在自动售货机那儿晃，有时，就像今天，他们放学后碰头，随便在哪儿逛逛。他还能怎么办？如果你只能看见某人的耳朵，你又怎么能深情地直视她的眼睛？

报刊店里挤满了刚刚放学的孩子，店主正朝其中的几个孩子大声吆喝要他们出去。他可不像帕特尔先生，帕特尔先生就从来不大声吆喝，也从来不把孩子们往外赶。

"我不出去，"艾丽说。"我是顾客，不是孩子。"她继续浏览着货架上的糖果，碰到喜欢的她还作势要抓过去。

"那么，你，"店主对马尔库斯说。"请出去。"

"别听他的，马尔库斯，"艾丽说。"这是侵犯人权。就因为你年轻他们就说你是小偷。高兴了我会让他们上法庭。"

"没关系，"马尔库斯说。"我什么都不想买。"

他走到外面去看窗子上的招贴。"**青年教官——军装有售**"……"**PUMA 足球鞋，5 号，全新带包装**"。

"你是个变态，马尔库斯。"

是李·哈特利跟他的几个党羽；这个学期以来他们一直没怎么惹马尔库斯的麻烦，也许是因为他跟艾丽和佐伊混在一起的缘故。

"什么？"

"我敢打赌你连上面写的是什么都弄不明白，是不是？"

马尔库斯看不出第一句话是怎么跟第二句联系到一起的：如果他真是个变态的话，那他当然看得懂招贴上的意思，不过他把这句话给放过去了，碰到这种时候他只能把一切都放过去。李·哈特利的一个手下走上来，伸手把马尔库斯的眼镜摘下来自己戴上了。

“操他妈的，”他说。“难怪他什么都看不明白了。”他晃晃悠悠地转了几个圈，胳膊前伸，鼻子里哼哼唧唧地，意思是想表示马尔库斯精神上有点不正常。

“我能把眼镜拿回来吗？不戴眼镜我看不太清楚。”

“滚开，”李·哈特利的手下说。

艾丽跟佐伊突然从报刊店里走了出来。

“你们这帮可怜的小屎包，”艾丽说。“把眼镜还回来，要不然就让你们好看。”

李·哈特利的手下把眼镜递给了马尔库斯，不过她还是给了他一下，打得很重，位置介于眼睛跟鼻子之间。

“骗你的，”她说，旁边的佐伊哈哈大笑。“你们都快滚吧，别等我真的火了。”

“淫妇，”李·哈特利说，不过声音很轻而且是一边走一边嘟囔出来的。

“怎么我打了他们一顿反而变成淫妇了？”艾丽说。“男生们真是种奇怪的生物。不是说你，马尔库斯。呃，你也很怪，不过怪的方式不同。”

但马尔库斯根本没怎么听。他彻底被艾丽给征服了——被她的作风，她的美丽，还有她痛扁别人的能力——根本没心思留心她说的是什么了。

二十八

二十四小时之后马尔库斯仍在兴奋地唧唧喳喳个没完，威尔发现很难把他矫正到正常的语调了。这可是个大误会，他觉得，一个男生把艾丽拳打李某人的手下当成一种无法控制的激情流露：它证明的问题正好相反——如果他在大街上全靠一位十几岁的女生护驾，他是不太可能成为任何人的倾慕对象的。不过威尔马上意识到，也许他的想法太传统了。也许现在的行情就是这样，只有一个女生为了你把别人打成了熊猫眼，她才值得你对她青眼有加。再不然的话，就是马尔库斯比以前更五迷三道了，威尔真为他担心。

"你真该亲眼见见她，"马尔库斯热心得不得了。

"我已经觉得历历在目了。"

"砰！"马尔库斯说。

"是呀。砰。你说过了。"

"她太不同寻常了。"

"是的，不过……"威尔知道他不得不把他的理论简单地阐述一番了：即马尔库斯如今这个受害者的身份不会丝毫增加他的性魅力或使他显得更罗曼蒂克，虽然这很难开口。“你认为她会怎么想得由她来救你这件事？”

“你什么意思？”

“只是这……只是这种事太不寻常了。”

“当然不寻常。所以才格外了不起。”

“我可不太能确定。你看，我是这么想的，如果艾丽每次买一块Mars巧克力就会有人把你的眼镜给偷了去，接着她就不得不把自己变成尚格云顿[1]，她就很难同时把你想成是她的男朋友了。”

“尚格云顿是谁？”

“别去管它了。你明白我的意思吗？”

“那我该怎么办？去学空手道什么的？”

“我全部的意思是说，最后的结果可能不是你想的那种关系。以我的经验而言，罗曼司可不是这么发展起来的。这看起来更像是宠物跟主人的关系，而不是男朋友跟女朋友。”

“那没什么，”马尔库斯兴奋地说。

“你不介意被当成……当成只沙鼠那么对待？”

“不。当然不介意。那很适合我。我只是想跟她在一起。”这话他说得那么诚挚，而且一点都没有自怜自艾，连威尔都第一次忍不住想拥抱他了。

威尔可不想在他跟蕾切尔的关系中也采用艾丽/马尔库斯/沙鼠这种模式，而且虽然他能认识到马尔库斯欲望中的单纯跟正派，他自

① Jean-Claud Van Damme，生于比利时的著名动作、功夫明星，曾被称为“施瓦辛格的接班人”。

己的却既不单纯，老实说，也欠正派，他就是带着这种认识打算把他们的关系继续下去的。至少艾丽知道马尔库斯是谁，是什么样的人，虽然在这方面马尔库斯也别无选择：一个怪兮兮的小孩在报刊店外头被人欺负，那就是马尔库斯，没有任何人假装不是这么回事。但那个带着他十二岁的儿子到人家家里去吃午饭的家伙却不是真的威尔，而是某个——即威尔本人——故意装得不一样的家伙。总有一天，他想，他会自食其果，认识到在自己到底是谁这么根本的问题上撒谎只能是种短期的欺骗行为，只适用于某种暂时性的关系。你可以跟一个公共汽车或出租车司机满嘴跑骆驼，把时间消磨掉也就完了，但如果你想跟某人一起共度余生还这么干，那你迟早会露出马脚的。

威尔决定要慢慢地耐心地纠正他可能造成的任何对他的错误印象，但在他们第一次单独约会的过程中，他突然想到了那个愚人节的老笑话，说的是英国想把交通规则改为靠右行驶①，于是就逐步地予以实施。他发现你要么继续撒谎，要么干脆坦白，那种不尴不尬的中间状态最让人难受。

“哦，”当他告诉她他并非马尔库斯的亲生父亲时蕾切尔只说了这么一个字。她在努力用她的筷子夹起一团海草但总是不成。

“那不是真的海草，你知道，”威尔故意岔开话题，以便确定他告诉她的并不是什么大不了的事——对他来说当然不算什么。“是用莴苣什么的做的。他们把它切碎，油煎一下，然后再放糖跟——”

“那谁是他的亲生父亲？”

“呃，”威尔说。为什么他就从来没有想过，如果他不是马尔库斯

① 英国的交通规则是车辆靠左行驶。

的父亲,那他的父亲肯定另有他人?为什么他从没想到过这类的事?“是个叫克里夫的家伙,住在剑桥。”

“是这样。你跟他处得好吗?”

“是的。实际上,我们共度的圣诞节。”

“那么——抱歉,我对此还有点迷糊——如果你不是马尔库斯的亲生父亲,而且你又不跟他住在一起,那么,你知道,他怎么就成了你儿子呢?”

“没错。哈哈。我明白你的意思了。从外部来看是有点混乱。”

“跟我说说内部到底是怎么回事。”

“只不过是那种关系啦。我年龄大到可以做他的父亲。他年轻到可以做我的儿子。所以——”

“你的年龄大到了可以做任何二十岁以下的人的父亲。为什么是这个孩子而不是别人?”

“我不知道。不过就是那类的事嘛。你想换点葡萄酒吗?还是继续喝中国啤酒?跟我说说你跟阿里之间的关系吧。像我跟马尔库斯的一样复杂吗?”

“不。我跟他父亲睡觉,九个月后我就生了他,就这么回事。简单明了,但这种事通常就是这样的。”

“是的。我真嫉妒你们。”

“我很抱歉老是纠缠这件事,不过我到现在还是没弄明白。你是马尔库斯的继父,但你又不跟他或他妈妈住在一起。”

“你那么看也行,是的。”

“你还能怎么看?”

“哈。我明白你什么意思了,”他若有所思地说,就仿佛他是在刚才那一秒钟才弄明白看待这个问题只有一种途径似的。

“你曾跟马尔库斯的妈妈住在一起过吗?”

“界定一下什么叫‘住在一起’。”

“她住的房子里有你备用的一双袜子吗?或是牙刷?”

他可以说菲奥娜在圣诞节的时候给过他一双袜子①。还可以说他把它们留在她家里,而且还没去穿过。然后他还能问心无愧地指出,他不但在菲奥娜的家里有一双备用的袜子,而且它们还在那儿没动过呢!但不幸的是,她送给他的不是袜子,她送给他的是那本愚蠢的书。他却没把那本书留在她家里。所以这一场臆想中的袜子戏也就只——存在于臆想中了。

“没有。”

“就……没有?”

“是的。”

他夹起最后的一小块春卷,在辣椒酱里蘸了蘸,放到嘴里,作出一副辣得有点受不了的样子,这样一来他就有几分钟时间不用说话了。蕾切尔就得找点话说,最后她就有可能想谈点别的了。他想让她说说她目前正在配插图的那本书的情况,或是她想展出她的作品的雄心,或者她想见他的程度到底有几分。这才是他设想中的那种谈话;他谈够了想象出来的孩子这样的话题,尤其够了的是谈论他为什么要把它们想象出来。

但蕾切尔就只是坐在那儿等他把那一口咽下去,尽管他又嚼又扮鬼脸又得吞下去而且还噎住了,他也不能把这么一点点春卷拖延到永远。所以他只得把实情都对她坦白了,就像他原来就打算这么干似的,她则大吃一惊,而她绝对有权利出现这种反应。

---

① 用来装圣诞礼物的袜子。

“我从没说过他是我儿子。‘我有个儿子叫马尔库斯’这句话我从没亲口说过。是你愿意这么想的。”

“是的,没错。我才是那个幻想曲作家。我愿意相信你有个儿子,所以我就任由我的想象胡闹起来。”

“你知道,那可真是个非常有趣的理论。我在报纸上读到过这样的报道,有个家伙专门欺骗那些中年妇女,把她们全部的积蓄一扫而光,就因为她们都相信他很有钱。而实际的情况是,他根本不需要做任何事来证明他是个有钱人。她们就是相信他。”

“但他告诉过她们他很有钱。他撒谎了。那是不同的。”

“啊。是的。我明白你的意思了。不同之处就在于此,对不对?”

“因为你并没有撒谎。全是我自己想出来的。我当时想,可爱的家伙,要是他有个孩子就更好了,一个讨人厌的孩子,最好十岁左右,然后你就带着马尔库斯在我家出现了,嘿!我捏造出这种联系来是因为我内心里有这种心理学上的需要。”

结果证明并没有威尔担心得那么可怕。她很聪明,看到了其中滑稽的一面,当然她也同时觉得他是个疯子。

“你不该为此而过于自责。这在每个人身上都有可能发生。”

“嘿,别侥幸过了头。如果我想让自己开心一点宽容一点,那是我的事。可怎么也轮不到你来取笑我。”

“对不起。”

“但马尔库斯到底是从哪儿插进来的?我是说,很明显你不是单单雇了他一下午。你们之间还是有某种关系的。”

她当然是对的,于是他就利用那原本会是灾难性的一晚把前前后后的事都告诉了她。当然,只是差不多都告诉了:他没告诉她他第一次认识马尔库斯是因为他参加了“单亲父母联盟”。他没告诉她是因为他觉得这事迹近于自暴己丑。他可不想让她觉得他有种种问题。

蕾切尔邀请他饭后到她家去喝咖啡,不过威尔知道空气中还没有性爱的味道。或者不如说,有是有一点,只是一阵,而且是他自己喷射出来的,所以不作数。他发现蕾切尔的魅力实在难挡,跟她在一块儿的时候空气中不可能不飘着些性爱的味道。而她自己散发出来的味道不过是安静的愉悦跟某种有点无奈的宽容,他虽然很感激这些小恩小惠,但它们实在太稀罕,他不敢想象除了抚弄两下她的头发之外它们还会允许他有更进一步的肉体亲昵动作。

蕾切尔在名家设计的蓝色大咖啡杯里沏好咖啡后,他们俩就面对面地坐下,蕾切尔在沙发上舒展开来,威尔则笔直地坐在一把铺着某种亚洲薄毯的旧圈椅上。

"你为什么会认为马尔库斯会使你显得更加有趣?"等他们倒好了,搅过了,气也吹了,干遍了他们能想得到的沏一杯咖啡要做的所有琐碎小事之后,她问他。

"我是不是更有趣了呢?"

"是的,我想是的。"

"那为什么?"

"因为……你真的想知道?"

"是的。"

"因为我原来把你想象成了某种空空如也的状态——你什么都不做,你对什么事都不热衷,你看起来也没多少话要说——然后,当你说起你有个孩子——"

"我并没有真的说——"

"是的,总之……我当时想,我完全误会这家伙了。"

“这就是了。你已经回答了你自己的问题了。”

“但实际情况是，在那之前我就误解你了。”

“怎么得出这种结论的？”

“因为确实有某种东西在。你不是凭空把马尔库斯捏造出来的。你是身在其中的，你确实关心他，你理解他，你为他操着一份心……所以在你把他编造出来之前就已经不是我原来以为的那个空空如也的家伙了。”

威尔知道蕾切尔说这些话都是为了让他感觉更自在些，不过结果正好相反。他认识马尔库斯总共才几个月的时间，而蕾切尔提出的问题却是针对白白从他指缝间溜走的那三十六年。他不想由马尔库斯来定义他的价值。他想要他自己的生活，他自己的定位；他想因他本人的缘故而显得有趣。这种抱怨他曾在哪儿听到过？是在“单亲父母联盟”里。真是的，他可真够省劲的，连做父亲的麻烦都免了，直接就变成了一个单身父亲。

不过这其中也没什么可抱怨的。已经太晚了；是他故意不听自己的良言相劝的，那可是为了他整个成人生活好的。威尔看得出来，“单亲父母联盟”里那些人的状态，起因并不是因为他们有了孩子——他们的问题早在这之前就已经存在了，那是他们爱上了某个人，也就是暴露出自己的软肋来的时候。现在威尔还是重蹈了他们的覆辙，而且对他而言，他也是该当如此。他不久也会闭上眼睛唱歌了，而对此他一点办法都没有。

二十九

这三个或四个星期以来——不可能再长了，不过后来，马尔库斯回望这段时期时，似乎足有几个月，甚至几年——一切太平无事。他去见威尔，他在学校里见艾丽（和佐伊），威尔给他买了副新眼镜还带他去理了发，他通过威尔发现了乔尼·米切尔跟鲍伯·马利之外他喜欢的几个歌手，还有几个是艾丽常听的，他也觉得不讨厌。他似乎正在改变，无论是他的身体还是他的头脑，但接下来他妈妈又开始哭起来了。

就像从前一样，看不出有任何的理由。就像从前一样，这次也是慢慢开始的，先是晚饭后抽着鼻子诉说，一夜之后就成了悠长吓人的一阵阵抽泣，对这类的爆发马尔库斯一点办法都没有，不管他提多少问题，或是多少次地拥抱她都无济于事；再然后，最终，早饭时的痛哭又开始了，他知道，毫无疑问，情况严重起来了，他们又有大麻烦了。

不过起码有一件事改变了。在她当初第一次开始早饭的痛哭时，好像是几百年以前了，他当时是孤身一人；而现在，有了很多的人。他有了威尔，他有了艾丽，他有了……总之，他有了两个人，两个朋友，这跟以前相比可是个进步。他可以找到他们两个中的任何一个，说，“我妈妈又开始了，”而他们就会明白他的意思，而且他们就能说些入情入理的话。

“我妈妈又开始了，”在第二次出现早饭痛哭的事件那天，他对威尔说。（他第一天的时候什么都没说，以防这只是暂时性的情绪不佳，但当她第二天一早又开始了之后，他就明白自己竟然心存侥幸实在是太傻了。）

“开始什么了？”

起先马尔库斯很失望，不过他也太语焉不详了点。她有可能开始了什么事，如果你细想想也真够怪异的：没人认为他妈妈是可以预测的。她可能又开始抱怨马尔库斯到威尔家去，或者她也可能又要他重新开始学钢琴，再要么她还可能又找了个威尔不太喜欢的男朋友（马尔库斯跟威尔描述过自打他父母分手她曾交往过的几个不同寻常的男朋友）……从某个角度看来，当他说她又开始了的时候把他可能的意思全都琢磨一遍也是好事。这觉得这使他妈妈显得有趣而又复杂，这当然也是实情。

“哭。”

“哦。”他们当时是在威尔的厨房里，正一起在烤架上烤小圆脆饼；这都成了他们每个星期四下午的例行公事了。“你为她担心吗？”

“当然了。她现在又跟从前一样了。更糟了。”这不是真话。怎么都不可能比当初更糟的，因为第一次的时候是积蓄了好长时间，最后在他打死鸭子的那天才总爆发了出来，但他想让威尔明白事情的严重性。

“那你打算怎么办？”

马尔库斯从没想过他能怎么办——部分是因为他上次就什么都没干(不过当初他还没这么清楚地意识到到底是怎么回事,所以,也许他不该把当初当作什么先例),部分是因为他以为威尔会接管这事。他希望这样。这就是朋友的整个意义所在,他想。“我打算怎么办?那你打算怎么办呢?”

“我打算怎么办?”威尔笑了,但接着就想起他们可不是在谈论什么好笑的事。“马尔库斯,我什么都干不了。”

“你可以去跟她谈谈。”

“她为什么要听我的?我是谁?谁都不是。”

“你不是谁都不是。你是——”

“你放学后到我这儿来喝杯茶并不意味着我就能阻止你妈妈——并不意味着我就能让你妈妈振作起来。事实上,我知道我根本做不到。”

“我还以为我们是朋友呢。”

“哎哟。他妈的。对不起。”威尔在翻一个烤脆饼时烫到了手。“我们的关系你是这么看的?朋友?”他似乎发现这事也很有趣;至少,他在微笑。

“是呀。要不然你说我们是什么?”

“呃。朋友就很好。”

“你为什么笑?”

“有点滑稽,不是吗?你跟我?”

“我想是吧。”马尔库斯又想了一会儿。“到底为什么?”

“因为我们身高差这么多。”

“哦。我明白了。”

“开玩笑的。”

“哈哈。”

威尔让马尔库斯往烤脆饼上涂黄油，因为他喜欢干这个活。这比往吐司上涂黄油强多了，因为如果你是给吐司涂黄油，万一如果黄油太冷太硬你就只能把吐司那上面那层棕色的硬壳刮下来，但那才是吐司最好的部分。而给烤脆饼涂就一点都不费事：你只需把一小块黄油放在上面，等几秒钟，然后再胡涂乱抹一气等它消失到洞眼里就成了。这可算得人生中极少数几件总不会出错的事情之一。

“你还想加点什么吗？”

“是的。”他伸手去拿蜂蜜，把刀子伸进蜂蜜罐里搅拌起来。

“你听我说，”威尔说。“你说得没错。我们是朋友。正是因为这个我才对你妈妈无能为力。”

“这话怎么说？”

“我刚才说我们俩身高不同是开玩笑，不过也许那不是开玩笑。也许你正该这么看待这件事。我是你的同伴，我比你高大约一英尺，这就是全部了。”

“对不起，”马尔库斯说。“我没弄明白你的意思。”

“我在学校时曾有个伴，他也大约高我一英尺，块头很大。我们在二年级时他就六英尺一了。”

“我们没有二年级。”

“管它几年级。八年级。”

“那又怎么样？”

“在我妈妈情绪低落的时候我就从没想要请他帮忙。我们一般谈的都是足球、《谍中谍》这类的。比如说我们正讨论着彼得·奥斯古德是不是该为英格兰踢球，我这时候说，‘喂，菲尔，你能跟我妈妈谈谈吗，她总是淌眼抹泪的，’如果我插进这么一句，他肯定会当我神经病一样看着我的。他当时十二岁。他能跟我妈妈说什么呢？'哈啰，弗里曼太太，你想过镇静剂了？'"

"我不知道彼得·奥斯古德是谁。我不懂足球。"

"哦，马尔库斯，别这么蠢了好不好。我要说的是，没错，我是你的朋友。但我不是你叔叔，不是你爸爸，也不是你大哥。我只能告诉你科特·柯本是谁以及该穿什么样的运动鞋，这就是全部了。懂了吗？"

"懂了。"

"很好。"

不过在回家的路上马尔库斯又想起了他们谈话的结尾，威尔之所以说"懂了吗？"是想告诉他谈话到此结束，可他怀疑朋友间会不会这么做。他觉得不是这么回事。他认识这么说的老师，认识这么说的父母，但却从没见过这么说的朋友，不管他有多高。

马尔库斯对威尔也没有觉得太意外。如果要他说出谁是他最好的朋友的话，他会选艾丽——并非只因为他爱她想跟她约会，还因为她对他真的好，而且一直都很好，他第一次碰到她的那次不算，当时她把他叫做该死的拖鼻涕的小混蛋。以后她就一直对他很好了。如果说威尔对他不好也不公平，他给他买运动鞋啦一起烤脆饼啦送给他两个电脑游戏啦等等，但如果说有时候威尔显得并不是太急于见到他倒是真的，特别是如果他接连四五天都出现在他家里的时候。而艾丽却不同，每次她都是张开臂膀搂住他而且大呼小叫一番，这个，马尔库斯想，肯定不是虚情假意。

但今天，当他在课间休息时间到她教室去时，她看起来却并不是太高兴见到他。她低着头，有些心烦意乱，她一句话都没说，更不用说做什么了。佐伊挨着她坐着,看着她而且握着她的手。

“发生了什么事?”

“你没听说?”佐伊说。

马尔库斯最恨人家这么反问他,因为每次他都不知道到底怎么回事。

“我不知道。”

“科特·柯本。”

“他怎么了?”

“他想自杀。过量服药。”

“他没事吧?”

“我们是这么想的。他们给他洗了胃。”

“很好。”

“没什么好的,”艾丽说。

“是的,”马尔库斯说。“但——”

“他还会这么干的,你知道,”艾丽说。“到了最后。他们总是这样的。他想死。那不是哭喊着要别人帮助。他恨他的世界。”

马尔库斯突然觉得很难受。昨天下午他从威尔家走出来以后就一直在想象着今天跟艾丽的谈话,她会怎么用一种威尔从来做不到的办法让他振作起来,但结果根本不是这么回事;恰恰相反,这间教室开始缓慢地旋转起来,而且所有的色彩都在消逝无踪。

“你怎么知道的?你怎么知道他不是闹着玩的?我敢打赌他再也不会干这样的傻事了。”

“你不了解他,”艾丽说。

“你也是,”马尔库斯冲她大声说。“他甚至都不是个真人。他只是个歌手。他只是印在T恤上的一个人。他不是某个人的妈妈那样的人。”

“不，他是某个人的爸爸，你这个笨蛋，”艾丽说。“他是弗朗西斯·比恩的爸爸。他有一个美丽可爱的小女儿可他仍然想死。你现在明白了吧。”

他当然明白，马尔库斯想。他转身跑出去了。

他决定翘掉下面的几堂课。如果他照常去上数学课，他就会坐在那儿做白日梦，当他想着回答一个一小时前甚至一个月前提出来的要么就是压根没提出过的问题时受到捉弄跟取笑；他想单独一个人好好想想，远离那些不相干的打扰，所以他跑到体育馆附近的那个男生厕所，把自己锁在右手的一个小隔间里，因为里面有几根很舒服的热水管道在墙边通过，你可以蹲在上面。刚过了几分钟，就有人走进厕所开始踢他这个单间的门。

“你在里面吗，马尔库斯？我很抱歉。我忘了你妈妈的事了。不会有什么问题的。她不像科特。”

他顿了一会了，然后把门打开，四处望着。

“你怎么知道？”

“因为你是对的。他不是个真人。”

“你这么说只是想让我觉得好受些。”

“好吧，他是个真人。但他是那种不同的真人。”

“怎么个不同法？”

“我不知道。他就是这样。他就像詹姆斯·狄恩、玛丽莲·梦露以及吉米·亨德里克①他们那样的人。你知道他会死的，但那没什么。”

---

① Jimi Hendrix，摇滚乐史上最伟大的吉他手。

“对谁来说没什么？肯定不是对……她叫什么名字来着？”

“弗朗西斯·比恩？”

“是的。对她怎么可能没什么？对她绝对有什么。只是对你来说没什么。”

跟艾丽同级的一个男生走进来上厕所。“走开，”艾丽说，就仿佛她已经说过一百遍了，而且就像这个孩子首先就没有权利要尿尿似的。“我们在谈话呢。”他张开嘴想争辩几句，但当意识到他是要跟谁辩的时候，就老老实实地出去了。“我能进来吗？”他走了之后艾丽说。

“只要还有空。”

他们紧挨着挤在热水管道上，艾丽把门朝她那边拉过去然后闩上了。

“你认为我知道很多事，实际上不是，”艾丽说。“不是真的知道。在这件事上我就什么都不知道。我不知道他为什么想要这么做，或者你妈妈为什么想要这么做。而且我也不知道你到底是怎么想的。很可怕吧，我应该想到的。”

“是的。”接着他就哭了。不是那种呼天抢地的哭法——只是他的眼睛里一下子贮满了泪水然后它们就开始漫过他的面颊——不过总归挺让人尴尬的。他从没想过自己会当着艾丽的面哭起来。

她伸出胳膊来搂住他。“我的意思是说，别听我的。你知道的事比我多。在这件事上应该是你告诉我。”

“我不知道该说些什么。”

“那就让我们谈点别的吧。”

但他们有一会儿工夫什么都没说。他们只是一起坐在管子上，太热了就把屁股挪挪，默默地一直等到他们想重返外面的那个世界。

三十

威尔有恐高症，所以他不喜欢往下看。但有时候又忍不住。有时候有人说了件什么事，他就忍不住往下看了，然后他就只剩下一种无法抗拒的想往下跳的冲动。他还记得上次发生这种事的情形：那是在他已经跟杰西卡分手之后，她又在深夜打电话特意告诉他，他毫无用处，一钱不值，他什么都成不了，他什么都做不成；告诉他他本来有机会跟她一起——她有些很奇特的不太好理解的说法——往冰上撒点盐的，她就是那么说的，结成一种有点意义的关系，也许组织个家庭什么的。在她一边这么说的时候他就开始大为恐慌、浑身发冷、头晕目眩，因为他知道有些人会认为她说得很对，但他也知道他对此真的是束手无策。

马尔库斯求他在菲奥娜的事上帮点忙时，他又一点不差地再次重温了这种感觉。他当然应该在菲奥娜这件事上做点什么；所有那些除了比马尔库斯高一点其余的都一样的托词都是胡说，这是明摆着的。他比马尔库斯要大，他阅历更多……这件事无论你怎么看都绝对应该跳进去，把那个孩子救出来，好好照顾他。

他是想把他救出来的，他也做了一些工作。但一碰到这种沮丧绝望的事，他就立刻想退避三舍。他都能在自己脑袋里把整场的对话都写出来，他能像听广播剧一样听到每一句话，而他一点都不喜欢他听到的东西。特别是有两个字，他但愿自己能捂起耳朵来压根听不见；但那两个字却一直在他耳朵底下嗡嗡不绝，只要他的生活还是围着“倒计时”、《居家与旅行》以及玛莎百货全新的三明治组合这类东西转，他就对这两个字避之惟恐不及，而他很明白，他就菲奥娜的沮丧跟她进行的无论什么谈话都不可能避开这两个字，这两个字就是“意义”。比如说，“这有什么意义？”；“我看不出有什么意义”；“这根本毫无意义”……威尔非常明白，你在跟人谈到人生，特别是谈到把它结束的可能性时决不可能不提到这个该死的“意义”。你的生活有时候会过得挺顺当，而有时候凌晨两点你就可能被蘑菇云炸掉脑袋，而某个电台的狗屁主持人却有可能就躺在地板上头磕着话筒跟你谈什么“意义”的问题，你可以简单地说，“根本就没这种东西，因此给我闭嘴。”但你不能跟一个难过失落到想把一瓶子药一下子全吞下去就此长睡不醒的人说这种话。跟菲奥娜这样的人说世上根本就没有“意义”可言不啻于亲手把她给消灭掉，虽然威尔总是跟她有不同意见，但也还不至于想谋杀她吧。

像菲奥娜这样的人真把他给烦透了。他们不让任何人安生。能漂浮在生活上头不沉下去决非易事：那需要技巧跟勇气，而有人告诉你他不想活了时，你会感觉到你自己也在被他们往水底下拽。把你的脑袋一直保持在水面之上是一切的关键，威尔是这么想的。对每个人来说都是一切的关键。不过其中那些有各种理由，比如工作亲情宠物等等支持他们活下去的人，他们的脑袋离水面就有很大一段安全的距离。他们是在浅水区，靠近岸边的地方蹚水，只有碰到不同寻常的意外，比如说由造浪机打起来的一个反常的大浪才会把他们击沉。但威尔却一直都在挣扎奋斗。他是在能漫过他的深水区，而且他又抽了筋，也许是因为刚吃过午饭就下水了的缘故，然后他会眼看着自己被某位举止优雅一头金发腹部结实得跟搓衣板似的救生员把他给拽上去，到那时候他肺里早就灌满氯水了。他需要搭上某个特别有浮力的人；他当然不要再坠上个菲奥娜那样的死尸。他觉得非常抱歉，但事情就是这样。而那就是蕾切尔的好处了：她就特别有浮力。她能让他一直漂在水上。所以他找蕾切尔去了。

他跟蕾切尔的关系够怪异的，或者说威尔认为够怪异的，他认为的这种怪异当然跟大卫·克隆伯格[1]或者那个写《黄蜂工厂》的家伙[2]的看法大相径庭。事情怪就怪在他们仍然没有过性关系，尽管他们已经相互交往了有好几个星期了。这个主题就是从来没有出现过。他差不多可以肯定她是喜欢他的，因为她看起来很高兴见到他，而且他们俩在一起似乎有讲不完的话题；他更肯定他喜欢她，因为他喜欢见到她，他想跟她一起度过他余生中的分分秒秒，而且每次他在看着她的时候，他的瞳人都会膨胀到一种巨大甚至有点可笑的尺寸。说他们以不同的方式喜欢着对方还是非常公允的。

（这个且不论，更重要的是当她在说着某个有趣的话题时，他还发展出一种几乎无法抗拒的想吻她的冲动，他把这种冲动当作一种健康的标志——此前他还从来没有只因为与某个女性谈兴甚浓就想

---

① 大卫·克隆伯格(David Cronenberg)，加拿大怪异鬼才导演，电影作品多惊世骇俗之作，如《赤裸的午餐》《蝴蝶君》《超速性追击》及《X 接触》等。

② 那个写《黄蜂工厂》(The Wasp Factory)的家伙叫 Iain Banks，是当代英伦最受争议的小说家之一。《黄蜂工厂》号称“苏格兰当代最声名狼藉的小说”，书中充满暴力、虐待及黑色幽默。

吻她——不过她却开始以某种不信任的态度来看待他的这种生理反应，虽然据他所知，她尚不清楚他身上到底在发生什么。这其间的经过是这样的：她会带着幽默、激情以及某种奇怪的、生气勃勃的睿智来谈论阿里、音乐或是她的绘画，而他则会渐渐遁入某种或许有涉情色但却绝对浪漫的幻想，这时候她就会问他有没有在听她讲话，而他就会觉得很尴尬，就会抗议得太过，反而显得真像是因为她蠢得让他腻烦了，所以他确实没有专心在听。这可真是种两难悖论：你因为太喜欢某人的谈话了以至于 a）你眼神变得呆滞，还有 b）你想用你的嘴唇盖住她的嘴唇以截住她的话。这可有点不妙，必须得就此采取点措施，但他又一点主意都没有：他以前从没陷入过类似的境遇。）

他并不介意有个女性朋友；他当初跟菲奥娜一起喝酒时才意识到他除了想跟某人上床之外就再没有跟任何人有过任何种类的关系，这个结论至今仍让他感到很不安。但问题是他确实想跟蕾切尔上床，非常想。他不知道在接下来的十年或二十年间他还能不能就这样坐在她的沙发上继续忍受他眼睛的疯狂膨胀，或者不管这种异性的朋友关系能持续多长（他怎么知道？），只管听她毫不牵扯到性爱地谈怎么画老鼠这样的话题他是不是受得了。更关键的是，他不知道他的瞳人是不是还能受得了。再过一会儿它们是不是就会开始痛起来？他几乎可以肯定这对它们绝对没什么好处，又是膨胀又是收缩的，不过他只能把向蕾切尔诉苦说他的瞳人痛当作迫不得已的最后一招；她会愿意通过跟他上床以拯救他眼睛的可能性虽然不能说全无，他还是宁肯另寻他路，以某种更有说服力的浪漫途径登上她的床。或是他的床。上哪张床他都不介意，问题是怎么都上不去。

然后那件事就这么发生了，就那天晚上，他当时没琢磨出任何会在当晚发生的理由——虽然后来，当他回想起来，他发现了一两个能讲得过去的说法，不过其暗示仍然有些让人摸不着头脑。上一刻他们还在说话，这一刻他们就接吻了，而下一刻她就一手领着他上楼，一手在解自己斜纹布衬衣的扣子了。最奇怪的就是空气中竟然并没有性爱的味道，至少他没能嗅出来；他就像是去看望一个情绪低落的朋友一样简单。因此这儿就出现了第一个令他烦恼让他摸不着头脑的暗示：如果他最后跟人上了床而又根本没有察觉空气中性爱的暗示，那他很显然就成了个毫无希望的性爱侦探。如果，在一次很显然毫无性爱意味的谈话之后，一个美丽的女人马上就开始领着你朝卧室走去，而且还一边解她的衬衣纽扣，那你很明显是在什么地方漏掉了什么重要的信息。

那是从当时撞到他头上的运气开始的：阿里那晚不在家，在一个同学的家里过夜了。如果蕾切尔曾在他们关系发展的任何一个别的阶段告诉他，她那个有恋母情结的儿子不会对她有什么影响，那他就会把这件事看作万能的上帝给他的信号表示他可以准备行动了，但今天他连想都没想过这事。他们先是走进厨房，她要给他们做咖啡，然后还没等水壶里的水烧开，他就发现自己已经开始陷入关于菲奥娜马尔库斯以及“意义”云云的一大锅粥里了。

“有什么意义？”蕾切尔学舌道。“耶稣啊。”

“别算上阿里。我可没有个阿里。”

“你有个马尔库斯。”

“你很难把马尔库斯算作任何事的意义。我知道这么说很可怕，但这是真的。你见过他。”

“他只是有点搀杂不清。但他喜欢你。”

威尔从没想过马尔库斯会真的对他有任何感情，特别是第三者一眼就看得出来的感情。他知道马尔库斯喜欢到他那儿去，他也知道马尔库斯把他描述成他的朋友,但他把这些都只当成是这个孩子古怪孤独的表现。蕾切尔看出马尔库斯对他怀有真情,这在某种程度上使整个局势都发生了改变,就像有的时候,你突然发现一个你从未留心过的女人对你着迷,结果你会重新估量整个形势,你就会发现她非常有趣,大出你意料之外。

“你真这么想?”

“他当然喜欢你。”

“虽然如此,他仍然不能算是意义所在。如果我想把自己的脑袋伸到煤气炉里,这时候你告诉我马尔库斯喜欢我,我也不会就因为这个把脑袋又缩回来的。”

蕾切尔哈哈大笑。

“有这么好笑吗?”

“我不知道。只是想到在那种情况下我会处在什么位置。如果你在跟我度过一个晚上之后却把你的脑袋伸进了煤气炉,那我们就不得不得出那个晚上肯定过得不怎么成功的结论了。”

“我……”威尔打住了,又重新开始,然后不管怎么还是硬着头皮继续下去,鼓足全部的诚挚,而这种场合根本无法承受这么沉重的诚挚。“在跟你度过一个晚上之后,我怎么都不会把我的脑袋伸到煤气炉里去。”

话一出口他就知道这真是个大错误。他是诚心诚意的,但正是因为这个才格外可笑:蕾切尔哈哈大笑,怎么都停不下来,直笑到热泪盈眶。“这个,”她在大口吸气的间歇艰难地说,“可是……我听到过的……最……浪……浪漫的……事。”

威尔无助地干坐着,感觉自己就是世界上最蠢的人,不过当这件事平息下来以后他们倒似乎也因此进入了另一个地方,一个他们相互之间可以更加热络更少难为情的地方。蕾切尔终于做好了咖啡，找到了些已经不新鲜的蛋奶酥饼干，然后跟他一起在厨房的桌子旁坐下来。

"你并不需要什么意义。"

"是吗？感觉好像不太对。"

"不。你瞧，我也正在考虑你的问题。我觉得你一定得坚定你头脑里想做什么的想法。"

"什么？"有一会儿威尔完全给搞糊涂了。"头脑要坚定"，"做你想做的事"……这些话可不是大家经常用在他身上的。他到底告诉蕾切尔他是干什么的？在一个煤矿挖煤？教育少年犯？不过他接着就想起他实际上从没对蕾切尔撒过谎，于是他的迷惑又换了种形式。"我是干什么的？"

"什么都不干。"

威尔正是这么想的。"那我怎么还得坚定地继续做下去呢？"

"因为……我们大多数人都认为人生的'意义'是跟工作，孩子，家庭，或者别的什么联系在一起的。但这些你一样都没有。一般看来在你跟'绝望'之间什么遮拦都没有，但你看起来并不像是个绝望的人。"

"太迟钝。"

"你一点都不迟钝。那你到底是因为什么不把脑袋往煤气炉里送的？"

"我也不知道。总有一张'涅槃'的新唱片值得期待，《纽约重案组》中总有什么让你想看下一集。"

"一点没错。"

"这就是'意义'？《纽约重案组》？耶稣啊。"这比他料想的还糟。

“不，不。‘意义’在于你在不停地往前走。你想往前走。所以，所有那些使你想继续往前走的东西都是‘意义’之所在。我不知道你是不是明确意识到了这一点，不过你私下里并不觉得人生实在太糟。你热爱一些东西。电视。音乐。美食。”她看了看他。“女人，也许。我猜这就表示你也喜欢性。”

“是的。”他简直是有点粗暴地说，就仿佛他被逮了个正着，她微微一笑。

“我不觉得这是坏事。喜欢性的人通常也很擅长性。我也是一样。我是说，我也热爱一些东西，虽然大部分都跟你喜欢的不同。诗歌。绘画。我的工作。男人，和性。我的朋友。阿里。我想看着阿里明天起来是个什么样子。”她开始漫不经心地摆弄着手里的饼干，想把边角掰开露出里面的奶油，不过饼干太软了，一下子都碎了。

“你看，几年前，我是真的，真的意气消沉，我确实想到过……你知道，就是你认为菲奥娜正在想的。我也确实为此感到负疚，因为阿里，我知道我不应该那样但我当时，而且……不过，总觉得不该是今天。也许明天吧，不过不是今天。拖延了几个星期以后我知道我永远不会那么做了，而我永远不再打算那么做了的原因就在于我不想错过一些事。我的意思并不是说生活是伟大的，我不想袖手旁观。我的意思只是说你总有一两件事似乎还没完成，一两件我想坚持到底的事。就像你想看下一集《纽约重案组》一样。如果我刚刚完成了一本书的插图，我想看到它们出来以后是什么样子。如果我看上了一个家伙，我想再跟他约会一次。如果阿里要开家长会，我想跟他的级任老师好好谈谈。就是像这样的小事，不过总有些东西在里面。最后我终于意识到，总会有东西在里面的，而只要有了这些东西，也就够了。”她从碎饼干上抬起头来，笑了，有些难为情。“总之，我就是这么想的。”

“菲奥娜的情况肯定就是这样。”

“是的。呃，我不知道。也并不是只有菲奥娜才适合。你也需要它。”

真的就这么回事吗？总的说来，也许不是，威尔想。也许有很多情况很多事都没包括进去——比如意气消沉是怎么使你对一切都感到厌倦的，不管你原本是多么热爱它们；还有孤独，还有痛苦，还有迷惑。不过蕾切尔简单的积极态度确是生活该有的态度，不管怎么说吧，这次关于‘意义’的谈话已经创造出了它自身的意义，因为接着就是那片刻的沉默，而后蕾切尔看了看他，他们就是在那一刻开始接吻的。

*

“我为什么就不能跟她谈谈？”蕾切尔说。这就是他们好事成就之后她冒出来的头一句话，虽然其间也有些轻言细语。一开始威尔都没明白她在说什么：他在努力回想半小时前他们都谈了什么，因为这半小时的感觉实在太强烈，他都觉得有些战栗，几乎令他热泪盈眶，而且使他开始怀疑他原来的理论：即性不过是除酒醉嗑药以及一夜狂欢之外的另一种肉体沉醉，而且也就仅此而已。

“你？她都不认识你。”

“我看不出这有什么关系。也许还更好。也许你也能掌握其中的诀窍，如果我教你怎么做的话。确实不坏的。”

“好吧。”蕾切尔的语气中还有些东西威尔还不能完全明白，不过他不想在此时此刻去琢磨菲奥娜的事，所以他也就没怎么坚持。他都不记得他何曾有过如今这样幸福的时刻了。

三十一

马尔库斯发现他都很难习惯冬天已经过去的想法。马尔库斯在伦敦所经历的几乎每一件事都发生在阴暗跟潮湿中(在这个学年刚刚开始的时候肯定也有过几个轻松的夜晚,不过后来发生了那么多的事,他一点都想不起来了),而现在,他终于能在午后的阳光照耀下从威尔的公寓走回自己的家了。在时钟终于迅速走动起来之后,他觉得这一星期里一切都很完美;他那么容易就相信他妈妈自会好起来,而且他还幻想他突然间会多长出三岁他突然间会变酷,那样艾丽就会喜欢他了,他还想象,他为校队踢进了制胜的一球,变成了全校最受欢迎的男生。

但这些想法蠢极了,在他看来,就跟明星的签名一样蠢。时针是为每个人转动的,不单是为他,而且不可能每一个情绪低落的妈妈都会振作起来,不可能每个英国的小孩都会为他们的校队踢进制胜的一球——特别是对英国那些痛恨足球,连该踢足球的哪一面都不知道的小孩来说——而且也绝对不可能每个小孩都一夜之间变成了十五岁。即使只有一个小孩碰上这种机会的可能性都极小,就算真的发生了,那也不可能是马尔库斯,他知道他运气有多背。那会是某个别的学校里的另一个十二岁的男孩,而且那个男孩根本就没爱上某个比他大三岁的女孩,因此他甚至都不会太在意是不是长了三岁。马尔库斯刚刚构想的这幅场景的不公令他大为恼火,因此他就以怒冲冲地猛敲家门作为他回家的信号。

"你去威尔那儿了?"妈妈问他。她看起来不错。也许他那些时针飞转的愿望竟有一个实现了?

"是的。我本来想……"他仍然觉得他该举出若干他为什么老去威尔那儿的理由,但他仍然没想出什么可说的来。

"这个我不管。你爸爸受伤了。你得去看看他。他从窗台上摔了下来。"

"你还这个样子,我不去。"

"我什么样子了?"

"老是哭。"

"我很好。呃,我虽然不是很好,不过我不会做出任何事来的。我保证。"

"他伤得很重吗?"

"他把锁骨给摔断了。而且有点脑震荡。"

他爸爸从窗台上摔下来了。难怪他妈妈挺高兴的。

"他跑到窗台上干吗去了?"

"某种 DIY[1] 的时髦吧。油漆,或是灌灰浆,或者涂鸦。倒是他生平头一回。给他个教训也好。"

---

① DIY:do it yourself,"自己动手",近年来时髦的一种风尚。

“为什么我得去看他?”

“他要你去的。我想他现在是有点发疯了。”

“谢谢。”

“哦,马尔库斯,对不起,他叫你去不是因为这个。我只是想说……我想他是觉得有点伤感了。林塞说他这样还算侥幸,要不然不知道会怎么样呢,所以也许这促使他认真思考起他的人生来了。”

“去他妈的吧。”

“马尔库斯!”

但马尔库斯不想引起一场关于他是从哪儿以及为什么要学着骂人的争论;他想躲到自己的房间里坐着生气去,他现在就想这么着。

他认真思考起他的人生来了……他妈妈这么说的时候,竟然令他这么生气,现在他想弄弄清楚这是为什么。当他想把某事弄个清楚的时候,他还是蛮擅长的:他房间里还有把旧的豆袋椅[①],他就一屁股坐在上头,眼睛盯着墙。他在墙上贴了些从报纸上剪下来的趣事。**“一人从五千英尺处跌落仍然无恙”;“恐龙可能因流星而灭绝。”**这些都是能引发你认真思考人生的一些事,而用不着从窗台上摔下来后才想着怎么做个称职的爸爸。为什么他以前就从没认真思考过?在过去的这一年左右的时间里,似乎所有的人都一直在认真地思考,只有他爸爸例外。他妈妈,比如说,整天除了认真思考之外就不做别的,当然可能就因为这个大家每天都为她担着心。而且为什么他在摔断锁骨后才想到要见他儿子?马尔库斯从没记得以前曾有过他回家后他妈妈就告诉他要他乘火车去剑桥因为他爸爸很绝望这类的事。在过去他锁骨没出问题的成百上千的日子里,他倒从来

① beanbag (chair),以小球粒为填充物,形状随坐者的体型而变化的一种小孩子坐的椅子。

没有过一次想见见马尔库斯。

他下楼去找他妈妈。

“我不想去，”他对她说。“他让我觉得恶心。”

直到第二天跟艾丽谈到他爸爸的事之后，马尔库斯才改变了主意，又想去看看他了。他们是上午课间休息的时候在一间空的教室里谈的这事，其实一开始这个教室并不是空的：马尔库斯一告诉她有话要跟她说，她就抓住他一只手把他领进来，然后把正在里面胡闹的五六个孩子统统吓跑了，她都不认识他们是谁，但他们绝对愿意相信艾丽会照她威胁的那样去做。（他一直搞不明白为什么会这样。她并不比他高多少，她是怎么做到的？也许他把眼睛也涂成那样子，也自己剪头发，他也会让别人害怕他，不过他肯定还漏掉了更重要的东西。）

“你应该去见他。告诉他你对他是怎么想的。笨蛋。我会跟你一起去，如果你喜欢的话。给他点厉害的。”她笑了，不过马尔库斯听她这么说的时候已经在动别的脑筋了。他在想，要是真能在火车上跟艾丽单独待上一小时，就他们俩，那可太棒了；然后他又想，如果他让艾丽冲他爸爸开一通火会有多棒。艾丽在学校里简直就像个导弹，有时候更像是他个人的导弹。简直他指哪儿她就能打哪儿，就为了这个他也爱她爱得不行。她曾痛扁过李·哈特利的手下，她也吓得那帮家伙不敢老那么嘲笑他了……如果在学校里她的威力这么大，在学校外头没理由就不行了。他打算把他爸爸指给她这个导弹，看会有什么后果。

“你真会跟我一起去吗，艾丽？”

“是的，当然了。如果你希望我去。那会很有趣的。”马尔库斯知道她会答应的，只要他求她。除了在晚会上跳舞之外，她会答应他任何事。“不管怎么说，你不想一个人去那儿，对吧？”

他一直都是一个人干所有的事的，所以他都懒得每次去想是不是还有别的选择了。这也就是跟艾丽在一起的麻烦了：他害怕如果万一他再也见不到她了，而他还觉得可以任由他选择，那将对他一点好处都没有，因为他再也得不到它们了，他的整个一生也就全完了。

“是不怎么想。佐伊也来吗？”

“不。她不会知道该对他说什么的，只有我知道。就我们俩。”

“那就这么说定了。太棒了。”马尔库斯不想去琢磨艾丽有可能会说什么。到时候再操心不迟。

“你有钱吗？因为我没有买车票的钱。”

“我能要到。”他平常不怎么花钱；他估计自己至少已经攒了有二十镑了，而且他妈妈肯定会给他这次旅行需要的任何东西的。

“那我们就下礼拜去？”马上就到复活节了，下星期他们会放假，那样如果他们愿意的话就可以住一夜。而且这样一来马尔库斯就得在家里给艾丽打电话定下具体的时间地点——那就会像是个正式的约会了。

“好的。很酷。我们会过得很棒的。”

有那么一会儿，马尔库斯怀疑他对怎么叫过得很棒的看法会不会跟艾丽相同，不过他接着就决定到时候再操这个心不迟。

菲奥娜想把马尔库斯一直送到王十字车站，但马尔库斯千方百计劝她不要去。

“我会太难过的，”他告诉她。

“你才去一晚上。”

“但我会想你的。”

“如果你在地铁站就跟我道别,你仍然会想我的。事实上,你想我的时间会更长。”

“但在地铁站道别感觉起来更平常些。”

他知道他做得有点过了,他也知道他的理由并没有什么说服力,但他可不打算冒他妈妈可能会在车站碰到艾丽的险。如果她知道了他要带艾丽一起去剑桥而且还要好好教训教训他爸爸,她会不让他去的。

他们俩一起从家里走向哈洛威路地铁站,在地铁的入口处道了再见。

“你不会有事的,”她对他说。

“我知道。”

“不知不觉就会过去的。”

“才一个晚上,”他说。等他们到地铁站的时候他就已经忘了他表白过一次,说他会多么地想她。“只有一个晚上,不过看起来却像是永远。”他现在希望等他回来后他妈妈就不会记得他这些表白了。如果她仍然记得,她可能会因此而不再让他一个人去买东西什么的。

“我不该让你去的。你近来日子已经够难过的了。”

“我不会有事的。真的。”

因为他竟会这么想她,她给了他一个超长的拥抱,简直要持续到永远了,旁边走过的人都在看他们。

地铁一点都不挤。下午两三点钟的样子——他爸爸算好的火车时间,这样林塞下班回家的时候正好可以从剑桥捎上他——他那个车厢里除了他只有一个人,是个读晚报的老头。那老头正在看最后一版,所以马尔库斯能看到头版上的一些内容;他注意到的头一样东西就是那张照片。它看起来那么熟悉,以至于有一会儿他竟以为那是他认识的某个人的照片,是他的一个亲戚,也许他们家就有这么一张照片,装在框子里挂在钢琴上面,或者钉在厨房的软木板上。但他们家没有朋友或是亲戚留着一头漂白的头发胡子拉碴而且看起来像个现代版的耶稣……

他知道那是谁了。他每个星期的每一天都在艾丽的前胸上看到这同一张照片。他觉得浑身一阵发热;他甚至都不需要再细看那个老头的报纸上印的内容了,不过他终究还是看了。大字标题就是"**摇滚巨星柯本殒命**",下面的副题是"**'涅槃'乐队主唱,27岁,吞枪自杀**"。马尔库斯马上思绪翻涌:他想知道艾丽是否已经看到了报纸,要是她还没有那么等她看到了会有什么后果;他还想知道他妈妈是不是还好,尽管他知道妈妈跟科特·柯本之间毫无关联,因为妈妈是现实中的真人而科特·柯本却不是;然后他又感到迷惑不解,因为报纸的大标题又仿佛把科特·柯本变成了现实中的人物;然后他又感到非常难过——为艾丽难过,为科特·柯本的妻子和小女儿难过,为他妈妈难过,为他自己难过。然后他到了王十字车站,他得下车了。

他在发车通告牌下面找到了艾丽,他们就是约在那儿见面的。她看上去挺正常。"10站台B,"她说。"我想是在车站另一边。"

每个人都拿着晚报,因此科特·柯本无处不在。而且,因为报纸上的照片跟艾丽T恤上的一模一样,马尔库斯过了一阵子才适应过来,他一向认为是属于艾丽的一部分的东西,被好多人拿在手里。每次看到他都想戳戳艾丽指给她看,可他什么也没说。他不知道该怎么办好。

"向右转,跟上我。"艾丽用一种做作的颐指气使的声气大嚷,若换个场合,马尔库斯准会被她逗得笑出声来。可今天他只能勉强挤出一个淡淡的微笑：他太忧心忡忡了，无法像往常那样对她作出回应，他只能听见她在说些什么，而注意不到她是怎么说的。他不想跟着她，因为如果让她在前面她就必定能看到迎面而来的科特·柯本大军。

“我干吗要跟着你呢？倒个个儿你来跟着我不好吗？”

“哦，马尔库斯。你太霸道了，”艾丽说。“我就爱男人这样。”

“我们要去哪儿？”

艾丽大笑。“10站台B。在那边呢。”

“没错。”他严严实实地正挡在她前面，然后慢慢地开始朝站台挪过去。

“你在干吗？”

“领着你呀。”

她推了一下他的后背。“别这么白痴。开步走。”

他突然想起他看过的一个电视大学的节目，当时他妈妈为了自己的功课得经常看这种节目。他那次是跟她一起看的，因为这个节目很滑稽：有好多人聚在一间屋子里，其中一半蒙着眼睛，另一半必须领着蒙着眼睛的那一半在屋子里走，不能让他们相互撞上。这是有关“信任”的一个节目，他妈妈这么跟他说。如果当你在感觉无助的时候有个人能领着你安全地前进，你就学会了信任他，而这种信任感是非常重要的。那个节目最有趣的部分是一个女人领着一个老头径直撞到了门上，那个老头撞破了脑袋，他们为此吵了起来。

“艾丽，你信任我吗？”

“你想干吗？”

“你信任我吗，信还是不信？”

“信。信你的程度跟能把你扔出去的距离相等。”

“哈，哈。”

“我当然信任你了。”

“那好。把你的眼睛闭上抓住我的夹克。”

“呃？”

“把你的眼睛闭上抓住我的夹克。你不许偷看。”

一个留着一头零乱的漂白长发的年轻人看了看艾丽，看了看她的T恤然后又看了看她的脸。有那么一刻他看起来像要对她说句什么话，马尔库斯大为恐慌；他站在她跟那个家伙之间，紧紧地抓住她。

“我们开始。”

“马尔库斯，你疯了吗？”

“我要带你穿越所有的人群，我要带你登上火车，然后你就永远都会信任我了。”

“如果我真的永远信任你，可决不会是因为我闭上眼睛在王十字车站走了五分钟。”

“当然不是。没错。但这毕竟有所帮助。”

“喔，去他妈的。那就开始吧。”

“准备好了吗？”

“准备好了。”

“眼睛闭上，不许偷看？”

“马尔库斯！”

他们出发了。要乘去剑桥的火车你得先走出车站的主要部分，然后再进入另一个藏在一边的次要部分；大部分人都跟他们同一个方向，下班后搭车回家，不过也有不少人手拿着报纸朝他们走过来，这使他们的游戏显得很值。

“你没事吧？”他从肩膀上面说。

“没事。如果我们得上楼或什么的你会告诉我的吧?”

“那是自然。”

马尔库斯现在简直喜欢上这个游戏了。他们正在通过一条狭窄的过道,你必须得全神贯注,因为你不能突然停下或是横跨一步,而且你得时刻记得你现在是你平常的两倍大了,所以你得目测好前面能容得下你的空间。这就像是你习惯了开菲亚特-乌诺①后又让你去赶四轮马车一样。最好的一点就是他真的必须得照看好艾丽,而他喜欢这种感觉。他在他整个的一生中从来没有照看过任何东西或是任何人——他从没养过宠物,因为他懒得理会动物什么的,虽然他跟他妈妈达成一致不吃他们(为什么当初他不直截了当地告诉她他根本不在乎动物什么的,反而跟她争论什么工业化农场养殖之类的东西?)——而且因为他爱艾丽本来就远远胜过他也许会爱的金鱼或是仓鼠什么的,这种感觉非常真切。

“我们快到了吗?”

“是的。”

“灯光的感觉不同了。”

“我们已经出了那个大站,现在我们正在走进小站。火车就在那边等着我们呢。”

“我知道你为什么要这么做,马尔库斯,”她突然说,但声音又小又轻,根本不像是她的声音。他停了下来,但她仍然没有放开他。“你以为我没看到报纸,但我看到了。”

他转过身来望着她,但她仍然不睁开眼睛。

“你没事吧?”

---

① Fiat Uno,意大利菲亚特汽车公司推出的一款小型车。

“是的。哦。不怎么好。”她在她的包里乱翻一气，取出了一瓶伏特加。“我想喝醉。”

突然间马尔库斯意识到他的导弹计划中的一个大问题：这个问题就是艾丽并不真的是颗导弹。你没法给她定向。在学校里这还没什么大问题，因为学校里充满了墙壁跟规矩，她只要往上冲就行；但出来到了现实的世界之后，因为没有了墙壁跟规矩，她就真让人害怕了。她随时都会在他眼前炸开。

三十二

这个计划绝对没什么不妥——甚至算不上特别冒险。恰恰相反，它只是一次很普通的社交安排，大家每天都在安排，随处可见的那种。如果这些人一旦意识到，威尔后来琢磨过来，这些普通的社交安排如果稍有差池就有可能会出现眼泪、尴尬跟恐慌等等可怕的局面，他们就肯定不会再安排碰到一起喝一杯了。

这个计划是为蕾切尔安排的，在马尔库斯去剑桥看望他爸爸期间，威尔跟菲奥娜去伊斯灵顿的一家酒吧碰面。他们会先一起喝一杯谈一会儿，然后威尔退出，蕾切尔再出现跟菲奥娜喝一杯谈一会儿，结果菲奥娜就会振作起来，对事物的看法会有所改善，也就不会再想自杀了。这又会出什么纰漏呢？

威尔先到的酒吧，给自己叫了一杯喝的，坐下来，点了根烟。过了一会儿菲奥娜就到了；她看起来心神不定而且有点狂躁。她要了一大杯金酒加冰块，没要调酒用的软饮料，然后就紧张飞快地喝起来。威尔开始觉得有点不自在了。

“你有那个孩子的消息吗?”

“哪个孩子?”

“马尔库斯?”

“哦,他!”她大笑。“我都把他给全忘了。没。如果我不在家他会给我留言的,我想。你的朋友是谁?”

威尔环顾了一下四周,只为了核实一下他旁边的位子是不是如他记着的那样是空的,然后又把目光转回到菲奥娜身上。也许她在想象某个人;也许这就是她为什么这么沮丧老是哭个不停的原因。也许她想象出来的那个人很可怕,或者跟她一样情绪低落。

“哪个朋友?”

“蕾切尔?”

“我的朋友蕾切尔是谁?”现在他又听不明白她的问题了。如果她知道他的朋友是蕾切尔,她还想要知道什么信息呢?

“她是谁?她是从哪儿冒出来的?她怎么搀和进来了?你为什么想让我见她?”

“哦。我明白了。我还以为你知道呢。”

“不。”

“我只是想你可能会觉得她很有趣。”

“你每认识一个人都得这么来一回吗?我不得不见见他们一起喝一杯,虽然我都并不真的了解你,更甭说他们了?”

“哦,不。肯定不是每次都这样。我会把垃圾清除出去。”

“多谢。”

蕾切尔还没出现。她现在已经晚了十五分钟了。在非常特别而且散漫地谈了一会儿约翰·梅杰的衬衫之后(是菲奥娜选的话题,不是他),在几次冗长的冷场之后,蕾切尔已经迟到半小时了。

“她确实存在吗?”

“哦,她绝对存在。”

“好啊。”

“我去给她打个电话。”他打了投币电话,接通的却是自动应答的录音电话,等了半天也没人来接,他没留任何话就又回到了他的座位。他决定,他唯一能接受的借口是阿里被一辆大拖车给撞了……除非她压根就没打算出现。他突然以一种可怕的清醒意识到他是被骗了,蕾切尔曾说过他也能掌握其中的诀窍,如果她教他怎么做的话,这就是她的意思。他想恨她,但又恨不起来:相反的,他感到越来越恐慌。

又一次冷场,然后菲奥娜就开始哭泣。先是她的眼睛充满了泪水,然后就开始漫过她的脸落在她的套衫上,而她就那么静静地坐在那儿,像个忘了自己正涕泗横流的小孩。有那么一会儿,威尔还想他就假装没看见混过去算了,她一会儿就会过去的,但他内心深处却知道他不能假装没看见,如果他还有良心的话。

“出了什么事?”他想让他的话听起来表示他知道这是个大问题,但实际效果却不是这么回事:他低沉的嗓音听起来,起码他自己觉得,像是在发脾气,仿佛在不胜其烦地说:“又怎么了?”

“没什么。”

“这不是事实,对吧?”现在还来得及。如果蕾切尔就在这时候气喘吁吁地赶到,一边不住地为自己的迟到道歉,他还能站起来,给她们相互引见一下,告诉蕾切尔菲奥娜只不过正在解释她苦恼的根源,然后他就能脱身了。他满怀希望地朝门口望了一眼,简直就像是奇迹,门竟然开了:两个穿着曼联客场T恤的家伙走了进来。

“是事实。什么事都没出。没任何事。我就是这样。”

“一种存在主义的绝望,对吗?”

“是的。对。”

这一次他又没把握好调子。他用这个术语只是为了证明他知道它(他不觉得菲奥娜会怀疑他不知道这个词),不过很快就意识到如果你知道它,眼下的情景正该你完全把它抛到一边的时候;因为它听起来轻率、伪善而且浅薄。他可不是造出来进行这类存在主义绝望式清谈的人。总之那不适合他。那有什么不可以?没什么值得羞愧的,对吧?皮裤不适合他。(他曾试穿过一次,只是为了好玩,是在科文特花园一个叫“皮革时代”的店里,他穿上去就像是个……)绿色不适合他。古董家具不适合他。而且郁闷的嬉皮自由主义的女人也不适合他。没什么了不起。这并不代表他就是个坏人。

“我不知道跟你说这个是否会有多大的意义,”她说。

“是的,”他说,语气不该这么兴奋的。“我知道你的意思。那我们喝完这杯就走吧?我觉得蕾切尔不会出现了。”

菲奥娜悲伤地微微一笑,摇了摇头。“你可以试着说服我,让我相信我是错的。”

“我能吗?”

“我想我可能需要找个人谈谈,而你是这儿唯一的一个。”

“我是这儿唯一你认识的一个。不过我一点用都没有。你随便把酒里的柠檬片扔出去,打到的人都会比我强。只要别瞄准那边正一个人唱歌的那个家伙。”

她笑了。也许他的柠檬玩笑正中关键。也许她今后会把这几秒钟看作她一生的一个转折点。但她马上又摇了摇头,说,“哦,狗屎,”而且又开始哭起来,他知道他又过高地估计了这个扔绣球的俏皮话了。

“你想去吃点什么吗？”他疲惫不堪地问。他将不得不承认他还任重而道远呢。

他们去了上街那家比萨饼快递店。自从上次他跟杰西卡在这儿吃过午饭之后他就再没来过，杰西卡是他的前女友，下定决心要把他变成一个跟她一样闷闷不乐失眠成性孤陋寡闻而且背负上父母责任之累的人。那可是很久，很久以前的事了，远在“单亲父母联盟”跟马尔库斯跟苏兹跟菲奥娜跟蕾切尔以及所有的一切之前。他那个时候真是个白痴，不过至少他是个有主意的白痴，自有他一套信仰体系；而现在他已经老了有几百岁了，智商也提高了一两点，但心里却很苦恼。他宁肯再变成个白痴。他原本只顾拼装起他自己整个的生活，因此谁的麻烦都跟他无关，可现在呢，所有人的麻烦都成了他的麻烦，而对任何人的麻烦他都束手无策。所以他，或是跟他一起卷进去的任何人如今又好在哪儿呢？

他们沉默地看着菜单。

“我并不真饿，”菲奥娜说。

“请吃点吧，”威尔说，说得太快太绝望了些，菲奥娜微微一笑。

“你认为吃个比萨就好了？”她说。

“是的。威尼斯人。因为吃了以后你就能阻止威尼斯沉入大海了，你就会觉得好过一些了。”

“好吧。不过得给我加双份的蘑菇。”

“要得好。”

餐厅的小姐过来等他们点单；威尔要了一瓶啤酒，一瓶窖藏红酒，一份四季比萨，把他能想到的所有馅料都加倍，包括松子。如果他走运的话，他宁肯因此诱发一次心脏病，或者对某种食物突然产生致命的过敏反应。

“我很抱歉，”菲奥娜说。

“抱什么歉？”

“因为我这个样子。还有对你这个样子。”

“我已经习惯女士们对我这个样子了。我就是这么着消磨大部分夜晚的。”菲奥娜出于礼貌地微微一笑，但威尔突然觉得很惭愧。他想找到个途径进入他们不得不进行的谈话，但看来根本找不到，而且如果他老是局限在他自己的想法、他自己的词汇以及他自己的个性中的话，可能根本就没有途径了。他老是觉得自己仿佛马上就能说出正确、严肃、有用的话来了；但然后他就又放弃了这种想法，哦，操他的，说些蠢话又能怎么样。

“该道歉的应该是我，”他说。“我想帮你，但我又知道我帮不上忙。我不知道任何问题的答案。”

“男人都是这么想的，对吧？”

“什么？”

“除非你知道了答案，除非你能说，‘噢，我知道埃塞克斯路上的这个家伙能把你治好，’否则就不值得费心。”

威尔在座位上挪了挪屁股。他正是这么想的；事实上，他已经花了半个晚上的时间努力想记起埃塞克斯路上那个家伙的名字，当然这是种比喻性的说法。

“那不是我想要的东西。我知道你其实是帮不上任何忙的。我情绪沮丧。那是一种病。它又自己发作起来了而已。呃，这不是真的，是周围发生的事促使它重新发作了，但是……”

他们就这么开始了。这比他原来设想的容易多了：他要做的不过就是倾听、点头以及问些相关的问题。他以前就做过，不知多少回了，跟安吉、苏兹以及蕾切尔，不过那是有目的的，这次却没有别有用心的目的。他不想跟菲奥娜上床,但他确实希望她觉得好受一些,他现在才意识到,为了让她觉得好受一些他就得和想跟她上床一样,采取完全相同的办法。他不想深究其中的含义。

他由此知道了好多菲奥娜的事。他知道了她当初并不真的想做妈妈,有时候她会很恨马尔库斯,这让她很不安;他知道了她担心自己没有能力维持一段感情(威尔控制住了自己想就这个问题发表意见的欲望,他想告诉她,担心没有能力维持一段感情是对类似人们道义的勇气的低估,只有那些很酷的人才会把这种事情搞糟);他知道了她上一个生日令她极度恐慌,因为她哪儿都没去,什么都没做,通常的那些俗套一样都没有。这些事没有一件算得上大事,但她沮丧的程度却远远大于这些事的总和,而她现在不得不跟某种让她厌烦疲惫的东西生活在一起,这使她无论看什么都像是蒙上了一层棕绿色的薄纱。而且他还知道了,如果有人问她那个让她厌倦疲惫的东西到底在哪儿(威尔发现很难想象还有比这个更不该问的问题了,不过这只是他们俩之间众多不同中的一个),她就会说那个东西就在她喉咙里,因为它让她吃不下东西,而且让她觉得时刻都处在落泪的边缘——有时她并不真想哭的。

就是这么回事,基本上吧。威尔原本最害怕的——除了菲奥娜会问他意义何在之外(这个话题一点都没有要被揪出来的迹象,也许是因为他脸上甚至他的生活中都明白地写着“回避”的字样)——就是所有这些痛苦会有一个总因,是某种暗藏的秘密,或是某种可怕的需要,而他又是这个世界上唯一能解决这个问题的人,他不想,但又将不得不挑起这个重任。但结果根本不是这么回事:根本没什么——如果生活本身,加上它随身自带的失望、妥协以及悲苦的各种小失败,可以算做没什么的话。也许不该这么算。

他们打了车回菲奥娜家。司机正在听 GLR[1],主持人正在说着科特·柯本;过了一会儿威尔才理解主持人的声音为什么听起来怪怪的而且有些嘶哑。

“他怎么了?”威尔问司机。

“谁?”

“科特·柯本。”

“他就是‘涅槃’的那个怪胎?他冲自己的脑袋开了一枪。砰。”

“死了?”

“没。只不过有点头疼。他当然死了。”

威尔并没有感到特别吃惊,他太老了,已经不会感到震惊了。自从马文·盖伊[2]死后,他就再没为一个流行歌手的死而感到震惊了。他当时……有多大?他在回忆。1984 年 4 月 1 日……耶稣啊,马上就整十年。所以他那时候应该是二十六岁,当发生这样的事的时候仍然会大受影响:他二十六岁的时候也许就是闭上眼睛唱马文·盖伊的歌的。现在他知道了,流行音乐明星自杀就好比所有的谷子都得进磨房,科特·柯本自杀的唯一后果,就他能想到的,就是《别介意》听起来会显得更酷。但艾丽跟马尔库斯还太年轻,他们不会理解到这一层。这件事会对他们产生多大影响?他担心起来。

“不就是马尔库斯喜欢的那个歌手?”菲奥娜问他。

“是的。”

“哦,天哪。”

威尔突然感到很害怕。他以前从不会有什么直觉、神会或联想什么的,但他现在有了。太典型了,他想,他这种感觉就应该是因马

---

① Greater London Radio(大伦敦电台)的缩写,BBC 专为大伦敦地区服务的著名电台。
② Marvin Gaye,最伟大的灵歌大师之一,1984 年被他父亲开枪打死。

尔库斯,而不是蕾切尔或是某个看起来像乌玛·瑟曼的女人而产生。“我没别的意思,不过我能跟你进去听听马尔库斯的留言吗？我只想确认他没事。”

但他真的出事了。他是从一个叫罗伊斯顿的地方警察局打来电话的,而且他听起来很可怜,很害怕,而且很孤独。

三十三

起先他们在去剑桥的火车上都没说话;艾丽不时会低低地啜泣一声,或者威胁要按紧急制动电钮,或者威胁要对那些在她赌咒发誓或大喝伏特加时看她的人采取某种行动。马尔库斯觉得筋疲力尽。现在他算是完全弄明白了,尽管他觉得艾丽很伟大,尽管他总是很高兴在学校里见到她,尽管她很有趣而且又漂亮又聪明,他也不想要她做他的女朋友了。她不是那种适合他的类型。他真正需要的是跟那种更安静,更喜欢读书与电脑游戏的女生在一起,而艾丽则需要跟某个喜欢喝伏特加喜欢当众赌咒发誓并威胁着要把火车停下来的男生在一起。

他妈妈有一次曾向他解释过(也许就是她跟罗杰交往的那段时间,他就一点都不像她)有时候人们需要与自己完全相反的人在一起,而马尔库斯看得出来那确实会有效果:就说现在吧,艾丽眼前就更需要个想阻止她按电钮的人,而不是跟她一样喜欢按电钮的人,因为如果她是跟一个喜欢按电钮的人在一起,他们可能已经真的按了电钮，眼下正在被送往监狱呢。但这个理论的麻烦之处在于，如果真要做艾丽的对立面实际上可不怎么好玩。曾经很好玩的——在学校里的时候，在那儿艾丽的……艾丽的一切还都能容忍。但到了外面，就一点都不好玩了。只剩下了担惊受怕跟尴尬窘迫。

"怎么会有这么大的干系？"他轻轻地问她。"我知道你喜欢他的唱片跟他的一切，我也知道这确实让人难过，因为弗朗西斯·比恩，但——"

"我爱他。"

"你都不认识他。"

"我当然认识他。我每天都听他唱歌。我每天都把他穿在身上。他唱的那些，那就是他。我了解他更甚于了解你。他理解我。"

"他理解你？"这怎么可能？一个你都没见过的人怎么理解你？

"他知道我的感受，而且他唱的就是我的感受。"

马尔库斯竭力回忆威尔作为圣诞礼物送他的那张"涅槃"唱片中那些歌里的某些歌词。他曾经只能听出零星的几句："我觉得愚蠢而又有感染力。""一只蚊子。""我没有一把枪。"没一句对他有任何意义。

"那你有什么样的感受？"

"愤怒。"

"为了什么？"

"什么也不为。就是……生活。"

"生活怎么了？"

"生活是一堆狗屎。"

马尔库斯对此想了想。他想的是生活是不是一堆狗屎，以及艾丽的生活是不是格外是一堆狗屎，然后他认识到艾丽每时每刻都希望自己的生活是狗屎，然后她就通过跟一切都过不去来把生活变成狗屎。学校是狗屎是因为她每天都穿的T恤是不允许穿的，还因为她冲着老师们大嚷大叫而且不断地打架，这让大家都很狼狈。但如果她不再穿她的T恤，不再冲着大家叫嚷了呢？那时候她的生活还是狗屎吗？就不是特别狗屎了，他想。对他来说，生活才真正是狗屎，跟他妈妈，跟那帮孩子在学校里的所有那一切，他愿意付出一切代价成为艾丽；但艾丽却似乎下定决心要把她自己变成他，为什么会有人想这么干？

不知为什么，这使他想起了威尔和他的那些死了的瘾君子的照片；也许艾丽跟威尔很像。如果他们俩中的随便哪个在他们的生活中有真正的麻烦要面对，他们就不会再臆想出或是需要给自己发明出麻烦，或者把那样的照片贴在墙上了。

“真是这样吗，艾丽？你真的认为生活是狗屎？”

“当然。”

“为什么？”

“因为……因为这是个男性至上、种族主义的世界而且充满了不公。”

马尔库斯知道这是真的——他妈妈跟他爸爸已经告诉过他无数次了——但他不认为艾丽就是因为这个感到愤怒的。

“这是科特·柯本的想法吗？”

“我不知道。可能吧。”

“这么说来，你也不能确定他跟你的感觉就完全一样。”

“但他的歌听起来是这样的。”

“你也想开枪自杀吗？”

“当然了。有时候，确实想。”

马尔库斯看着她。“这不是真的,艾丽。”

“你怎么知道?”

“因为我知道我妈妈的感觉是什么样子的。而你不像她那样子。你只是认为你想自杀,但你实际上不是。你日子太好过了。”

“我的日子都是狗屎。”

“不。我的日子才都是狗屎。除了跟你在一起的时候。我妈妈的日子也都是狗屎。但你……我不认为你也是这样。”

“你什么都不知道。”

“我知道一些事情的。我知道那种感觉。我来告诉你,艾丽,你一点都不像我妈妈,或是科特·柯本。在你实际上不想自杀的时候你不应该说你想这么干。那不对。”

艾丽摇了摇头,发出几声“你根本不理解我”式的干笑,这种声音马尔库斯自打他们在莫里森夫人的办公室外面遇到后就再没听到过。她是对的,他当时是不理解她;但现在他已经相当理解她了。

他们在沉默中又过了几站。马尔库斯朝窗外望着,想着该怎么向他爸爸解释艾丽。当火车驶进罗伊斯顿车站的时候他几乎都没注意到,然后,还没等他完全明白过来,艾丽就猛地站起来跳下了火车。他犹豫了一会儿,然后,怀着一种可怕的不适感,他也跟在她后面跳了下去。

“你要干吗?”

“我不想去剑桥。我不认识你爸爸。”

“你以前也不认识他,当时你想来的。”

“那是以前。现在一切都变了。”

他跟着她;他不想让她跑出他的视线。他们走出车站,沿着一条侧路来到了大街上。他们走过了一家药店,一家蔬菜水果店跟一家

Tesco超市,然后他们来到了一家唱片店,唱片店的橱窗里有一张巨大的纸板剪成的科特·柯本像。

“你看看,”艾丽说。“混蛋们。他们已经在借他赚钱了。”

她脱下一只靴子,使出浑身的力气朝着橱窗扔去。她一下子就把玻璃给打碎了,而马尔库斯发现自己在琢磨怎么罗伊斯顿的商店橱窗比伦敦的脆这么多,他都没意识到到底发生了什么。

“该死,艾丽!”

她把靴子捡起来,拿着当榔头使,细心地在玻璃上敲出一个足够大的洞来,手伸进去的时候不会划伤,然后把科特·柯本从唱片店牢房中救了出来。

“好了。他出来了。”她在唱片店外面马路的路边坐下来,然后把科特抱在怀里就仿佛他是个口技演员的傀儡,然后自己诡异地微微一笑;同时,马尔库斯却给吓坏了。他朝着马路就奔下去,想一口气跑回伦敦或是跑到剑桥,跑到哪儿算哪儿。但跑了几码远后,他的两条腿就哆嗦开了,于是他站住,深呼吸了好几次,然后倒回来跟她坐在一起。

“你干吗要这么干?”

“我不知道。就是看起来不对,他一个人在这儿。”

“哦,艾丽。”又一次,马尔库斯只觉得艾丽根本没必要这么做,她是在自找麻烦。他真是够了。那不是真的,这个世界上不用你再去发明,真正的麻烦已经够多的了。

艾丽把玻璃打碎时街上还静悄悄的,不过打碎玻璃的声音已经把罗伊斯顿给吵醒了,有几个人关上店门跑过来看发生了什么事。

“对了,就是你们俩。待在那儿别动,”一个留着长发晒得黑黑的家伙说。马尔库斯猜他肯定是个美发师,要不然就是在一个卖时髦衣服的小店里干。不久之前他还什么都看不出来，但如果你跟威尔混了有段日子之后你眼睛自然也就变尖了。

“我们哪儿都不去，是不是，马尔库斯?”艾丽甜甜地说。

他们坐在警车上的时候，马尔库斯记起了他从学校溜出来的那天，还有那天下午他为自己预测的未来。从某方面来看，他当时想得一点没错。他的整个人生都改变了，正如他想象的那样，而且现在他几乎肯定自己会变成个流浪汉或是吸毒犯。他已经成了个罪犯了。都怪他妈妈！要是他妈妈不向莫里森太太抱怨鞋子的事，那他就永远不会因为莫里森太太建议他躲着那些欺负他的小孩而跟她冲突起来。那他就不会跑出去，那……那他那天早上就绝不会碰到艾丽。这么看来艾丽也有责任。不管怎么说，是艾丽拿靴子敲破了人家的玻璃窗。关键在于一旦你成为逃学分子，你就开始跟艾丽这样的人混在一起，然后就麻烦上身，被抓起来送到罗伊斯顿警察局去。现在他可是一筹莫展了。

其实，警察们都很客气。艾丽向他们解释说她既不是流氓也没吸毒；她只是在抗议利用科特·柯本的死亡牟利，这也是她作为公民的权利。警察们觉得这很滑稽，马尔库斯觉得这是个好兆头，尽管这让艾丽非常恼火：她说他们这是故意对她屈尊俯就，两个警察又相顾一笑。

他们一到警局就被带到一个小屋子里，一个女警进来开始跟他们谈话。她问了他们的年龄住址，以及他们在罗伊斯顿干什么。马尔库斯试图解释他爸爸以及窗台以及思考人生以及科特·柯本外加伏特加这一连串的事，可他看得出这些事整个是一团糨糊，而且女警也弄不明白他爸爸出事跟艾丽和商店橱窗有什么关系，因此他放弃了这种企图。

“他什么事都没干，”艾丽突然说。但说的方式也并不特别友好；她的口气仿佛是说他该干出点什么的但却什么都没干。“我下了火车，他跟着我。是我把橱窗打破的。放他走吧。”

“放他到哪儿去？”那位女警问她。问得真好，马尔库斯想，他很高兴她这么问。他并不特别想在罗伊斯顿被释放。“我们得打电话通知他父亲或是母亲。我们也得打电话通知你的父母。”

艾丽怒视着她，那位女警也以怒视回敬。看起来没什么别的可说的了。他们已经确认了犯罪的事实以及罪犯的身份；该罪犯已经被捕现正关押在警察局，所以他们就只需坐下来默默等候了。

最先出现的是他爸爸跟林塞。林塞不得不开车，因为克里夫锁骨摔断了，而她又痛恨开车，所以他们俩都有了点情绪：林塞很疲惫而且很紧张，他爸爸很暴躁又很疼。他看起来可不像是个大彻大悟的人，更不像个直到最近一直很想见到他的独生子的父亲。

那位女警让他们单独待在一起。克里夫瘫倒在靠墙放着的一张凳子上，林塞挨着他坐下来，关心地看着他。

“这可真是我需要的。谢谢你，马尔库斯。”

马尔库斯很不高兴地看了看他爸爸。

“他什么事都没干，”艾丽不耐烦地说。“他是想帮我。”

“你到底是谁？”

“到底是谁？”艾丽是在故意激怒他爸爸。马尔库斯并不认为这个主意很好，但他太累了，不想跟艾丽争了。“到底是谁？我是艾丽诺·托伊·格雷，十五岁七个月大。我住在……”

“你跟马尔库斯混在一起干吗？”

“我不是跟他混在一起。他是我的朋友。”这对马尔库斯可是个新闻。自从他们上了火车他就不觉得艾丽是他的朋友了。“他邀我跟他一起去剑桥，因为他不想跟他那位爸爸进行所谓心贴心的谈话，他觉得他一点都不了解他而且在他最需要他的时候把他给抛弃了。说得很棒，对不对，老兄？你还有个一直想自杀的妈妈而他们也丝毫不关心。不过他们倒是从一个什么该死的窗台上摔了下来而且突然间你就奉召去进行一次关于人生意义的谈话了。”

马尔库斯趴在桌子上，把头埋在自己的手里。他突然觉得非常非常地累；他不想跟这些人中的任何一个待在一起。没有艾丽的大嚷大叫生活就已经够难过的了。

“谁的妈妈想自杀？”克里夫问。

“艾丽的，”马尔库斯坚定地说。

“听到这个我很难过，”他说，但听起来既不难过，甚至也没特别感兴趣。

“没什么，”艾丽说。她领会了这个暗示，有一会儿什么话都没说。

“我猜想你会为这些事而责备我，”他父亲说。“我猜想，你认为如果我还跟你妈妈在一起的话，你的生活就不会脱轨了。你也许是对的。”他叹了口气，而林塞握着他的手，深为同情地抚摸着。

马尔库斯一下子坐得笔直。“你在说什么？”

“我把你的生活弄得一团糟。”

“我不过是从火车上下来了，”马尔库斯说。他的疲惫一扫而光。已经被一种他不经常感觉到的愤怒所取代，这愤怒使他敢于跟任何年龄的任何人辩个明白。他真希望这种愤怒能够装起来成瓶购买，那样他就能把它放在学校的课桌里，每天随时吸一点进去。“我从火车上下来跟脱不脱轨有什么关系？艾丽才是脱了轨。她是个疯子。

她刚刚就用靴子打碎了一个橱窗,就因为里面挂了张流行音乐明星的照片。但我什么都没干。而且我才不管你是不是离家了呢。对我来说你离不离家一点区别都没有。即使你仍然跟妈妈在一起,我也照样会从火车上下来,因为我想这么干而且我要照顾我的朋友。"实际上,他说的也不全对,因为如果他妈妈跟他爸爸仍然在一起,他首先就不会在那列火车上了,除非他跟艾丽一起去剑桥是出于他无法想象的别的原因。"我猜想你是个一点用处都没有的父亲,也帮不了一个小孩多大的忙,但无论你住在哪儿你都一直是个一点用处都没有的父亲,所以我看不出其中有任何区别。"

艾丽哈哈大笑。"呀呷,马尔库斯!好酷的演说!"

"谢谢你。我很高兴做了这个演说。"

"你这个可怜的孩子,"林塞说。

"你给我闭嘴,"马尔库斯说。艾丽笑得更疯了。这都是气头上的话——特别是可怜的林塞没做错任何事——不过仍觉得很爽。

"我们现在可以走了吗?"艾丽问。

"我们得等你妈妈到来,"克里夫说。"她正跟菲奥娜一起往这儿赶。威尔开车送她们过来。"

"哦,不,"马尔库斯说。

"操他妈的,"艾丽说,而马尔库斯呻吟了一声。他们四个就这么坐在那儿大眼瞪小眼,等着下一个场景的出现,他们开始觉得这简直像一出永远都不会演完的戏。

三十四

生活，终归还是最像空气。威尔对此不会再有任何怀疑了。看起来你怎么都没办法把它挡在门外或者把它隔得远远的，你此刻所能做的一切就是接受它呼吸它。人们究竟是怎么做到把它吸到肺里而且一点都没呛着的？这对他来说一直是个不解之谜：它充满了各种东西。这种空气你几乎可以拿来嚼碎。

他从菲奥娜家给蕾切尔打了个电话，菲奥娜当时正在浴室里，这次蕾切尔接了电话。

“你本来就没打算来，是不是？”

“呃——”

“是不是？”

“是的。我原以为……我原以为这对你会有某种好处。结果很可怕吗？”

“我猜不至于。我猜是对我有些好处。”

“所以说嘛。”

“不过原则上来说——”

“原则上来说,如果我说定要来我就该来。”

“谢谢。”

他跟蕾切尔说了马尔库斯跟艾丽的事,而且保证随时把后面的情况通报给她。他才放下电话,艾丽的妈妈卡特里娜就打来电话要找菲奥娜,然后菲奥娜又给克里夫打电话,再然后她又打电话给卡特里娜告诉她他们可以一起开车去罗伊斯顿,最后威尔回家去开他的车,他们再开到艾丽家去接卡特里娜。

菲奥娜进去叫艾丽的妈妈时,威尔坐在车里听“涅槃”,突然想起了打死鸭子那天的事。当前有某种东西不由得使他想起那时候的事;同样都有这种前景不可预测、这种全神贯注和一片混乱的感觉。主要的不同在于今天不那么……呃,不那么好玩了。并不是说菲奥娜的自杀未遂曾经是桩趣事和笑料;只是因为当时他既不认识更不会关心他们这些人中的任何一个,因此他才有可能带着一种虽有些惴惴然但却是中立的热情,冷眼旁观这种人们或因任性或因不幸或因二者皆备而造成的混乱。但现在这种中立性已经荡然无存了,他现在更关心的是可怜的马尔库斯可能会跟某个疯狂的少年犯一起关在一个小镇的警察局里,而不是这同一个孩子的妈妈老想着要自杀;其实前者对马尔库斯来说可能不到周末就给忘得一干二净,而后者却是这个孩子差不多注定要一直背负着进墓地的。看起来,无论你的真实感受如何,都关系不大:你的实际行动还不是一样。

艾丽的妈妈四十岁出头,风韵犹存,穿着那条破烂褪色的牛仔裤配机车手的皮夹克仍不显老。她留着一头令人震惊的染红的头发,眼角跟嘴角有些并不令人讨厌的皱纹,她看起来老早就对她女儿不抱任何希望了。

“她疯了,”卡特里娜刚在车上坐好就耸耸肩膀说。“我也不知道疯到什么程度了,为什么会这样,但她确实疯了。不过不是真的发了疯,你也知道。是没法控制。我抽根烟你不介意吧,我把车窗打开你不介意吧?”她在包里乱翻一气,但没找到打火机,然后她就把抽不抽烟的事都给忘了。“这很滑稽,因为在艾丽出生的时候我确实希望她变成这样子的,率性、反叛、激烈、生气勃勃。这就是为什么我给她起名叫艾丽诺·托伊。”

“是古典音乐里的什么人?”菲奥娜问。

“不,是流行音乐里的,”威尔说。菲奥娜笑了,虽然威尔不明白为什么。

“托伊·威尔考克斯①。”

“现在可真是应验了,她确实率性反叛不一而足,而我现在愿意付出一切只愿她听话一点,每天晚上都能回家。她简直是在杀死我。”

威尔被卡特里娜的措辞吓了一跳,瞥了一眼坐在身旁的菲奥娜,不过她倒似乎并没觉得卡特里娜的用词有别的意思,只当它们不过是比喻。

“这是最后一根稻草了,”卡特里娜说。

“深有同感,”菲奥娜说。

“直到下一根最后的稻草出现。”

她们俩都哈哈大笑,不过这倒是真的,威尔想。最后总会有不止一根稻草的。艾丽正在杀死卡特里娜,马尔库斯正在杀死菲奥娜,而

① Toyah Wilcox,著名歌手、演员,以特立独行著称。

且他们会持续不断地继续杀它个几十年。她们是杀不死的。她们没法活，严格意义上说，她们也死不了；她们所能做的不过是坐在一个陌生人的车子里为此哈哈大笑。像杰西卡这样的人敢说他是错过了好事吗？他觉得他永远都不会明白为什么会有此一说。

他们停下来加点油，买几罐饮料、脆饼干跟巧克力什么的，等他们再次回到车上，他们之间的气氛已经大大地改变了：在一阵阵砰砰的开瓶声以及沙沙的扯包装纸声中他们似乎已经变成了一个三人组。看起来他们几乎已经把这次究竟是为什么出来的都给忘了；这次出行已经变成了一次纯粹的旅行。威尔记得学校的集体旅游就是不停地下车再上车，虽然具体的细节他已经记不清了。也许你在车上时不会注意到你们已经产生了某种感情，直到你下了车再上来时才觉得，现在他们就已经产生了一种感情了——一种令人兴奋的由绝望、共同的关心、强压下去的歇斯底里以及坦诚的团队精神搅和而成的混合体——而威尔清楚地感觉到他就置身其中，而不是透过一扇窗户冷眼旁观。这决不可能是一件他正在错过的好事，因为他置身其中了，不过这还是跟孩子们有关。你不得不把它归功于马尔库斯，他暗想：这个孩子虽然笨拙怪异不一而足，但他却无论到哪儿都有这种能在人与人之间搭造出桥梁的本事，极少有成年人有这个本事。威尔从来都没想过他有一天能跟菲奥娜接近，而眼前就行了；他跟蕾切尔的关系也全都有赖马尔库斯打下基础。而现在又有了第三个人，今天晚上他才第一次见到，可他们现在已经从一个袋子里拿“奇巧”巧克力吃，一起大口地喝“健怡 Lilt”饮料了，就像他们相互已经交换过体液了一样亲密。不过具有讽刺意味的是，这个奇怪孤独的孩子虽然莫名其妙地能创造出所有这些亲密的联系，他自己却仍然这么孤立无援。

“那个家伙为什么要朝自己开枪?”菲奥娜突然问。

“科特·柯本?”威尔跟卡特里娜异口同声地说。

“如果这就是他的名字。”

“他很不快乐,我猜,”卡特里娜说。

“喔,这个我猜得出,总归不快乐喽。是为了什么?”

“哦,我现在记不得了。艾丽倒确实跟我说过,不过没多久我也就丢开了。嗑药?不幸的童年?压力太大?总归是这类的事吧。”

“圣诞前我都从没听说过他,”菲奥娜说,“不过他倒确实是个人物,对吧?”

“你没看今晚的新闻?到处都是那些心碎肠断的年轻人相拥而泣。看着真让人难过。不过,他们中没有一个看起来想把商店的窗户打碎。只有我女儿想这样表达她的悲愤,很显然。”

威尔想知道马尔库斯坐在他的房间里听《别介意》的情形是否也跟他当初坐在自己的房间里听这张唱片一样。他觉得不会。马尔库斯不可能理解那种愤怒跟痛苦,尽管他内心深处也激荡着他自己版本的这种情感。然而现在他却因为某种为科特·柯本的死复仇的罪行,作为这种“罪行”的同谋而被砰的一声关进了监狱——呃,坐在一个警察局的候审室里。你再也找不出比马尔库斯跟科特·柯本更南辕北辙的两个人来了,然而他们俩玩的倒是同一种绝招:马尔库斯把原本风马牛不相及的汽车跟警察局强行拉扯到了一块,而科特·柯本在全世界的电视上干的也不过是同类的事。这是个证据,证明事情并不总像他们想象的那么糟。威尔希望他能把这个证据拿给马尔库斯看,拿给所有可能需要它的人看。

他们马上就要到了。卡特里娜仍然在东拉西扯,显然已全然接受了她女儿又陷入了麻烦的事实(你也就只剩下这么一条道了,威尔猜想,如果你不幸有了艾丽这样一个女儿),但菲奥娜却有点吓人地不再作声了。

"他不会有事的,你知道的,"他对她说。

"我知道他不会有事的,"她说,但她的语气中却有某种他不喜欢的东西。

威尔对于自己发现警察局里的气氛非常糟糕并不感到诧异——像大部分经常性嗑药的人一样,他对警察没什么好感——不过,他感到诧异的是,这种气氛并不是来自于警局的前台,他们在那儿得到的是一种稍显勉强的客气接待,而是来自于接待室,那里面等着他们的是一种冰霜般的沉默以及数不胜数的怒视。林塞跟克里夫正对着马尔库斯怒目而视,马尔库斯怒视的是墙壁。还有一位狂怒的少女(威尔不无自得地看到,这位少女并非不像他原来设想的爱尔兰妖精跟北美走鹃的混合,只是头发像是刚刚刑满释放的犯人),只要谁敢接触她的目光她就对谁怒目而视。

"你可真算是赶时间,"她妈妈一进来,艾丽就说。

"我打了个电话就一刻不停地赶来了呀,"卡特里娜说,"别没事找茬了。"

"令爱,"克里夫说,自负的样子可不像是个穿着"生活的大学"T恤,上着石膏的人,"一直非常粗暴无礼盛气凌人。而令郎,"他继续下去,朝菲奥娜一点头,"很显然是交友不慎。"

"令郎,"艾丽轻蔑地大叫,但菲奥娜仍然脸色阴沉没有开口。

"他竟然要我闭嘴,"林塞说。

"那又怎么样,"艾丽说。

那位领他们进来的女警脸上明显露出看热闹的笑意。"我们可以走了吗?”威尔问她。

“现在还不行。我们在等那家唱片店的店主过来。”

“很好,”艾丽说。“我正想教育教育他呢。”

“是‘她’,事实上,”那位女警说。

艾丽脸红了一下。“管它是男是女。她让人恶心。”

“她为什么让人恶心,艾丽?”卡特里娜问,语调中完美地糅合了嘲讽跟厌世,很明显是长期坚持历经磨练才臻如此炉火纯青之境的。

“因为她已经在利用一次悲剧事件牟利了,”艾丽说。“她根本不知道今天是个什么日子,意味着什么。她只想着可以赚几个小钱。”

“为什么要她来?”威尔问那位女警。

“这是我们局正在尝试的一项措施。你知道,让罪犯跟受害人面对面接触一下,这样他们就清楚地看到他们行为的后果了。”

“究竟谁是罪犯,谁是受害者?”艾丽意味深长地问。

“哦,艾丽,你给我闭嘴,”她妈妈说。

正在这时,一个看起来紧张兮兮不到三十岁的年轻女士走了进来。她穿着一件科特·柯本的T恤,眼睛周围涂得黑黑的,如果说她不是艾丽的亲姐姐,那么连遗传学家都会感到困惑不解的。

“这位是露丝,她是那家店的店主。这位就是打破你窗户的年轻女士,”那位女警说。艾丽看着那位店主,大惑不解。

“是他们告诉你这么做的吗?”

“做什么?”

“看起来像我。”

“我看起来像你吗?”

屋里的每一个人,包括那位女警,都哈哈大笑。

“你在橱窗里放那张照片是为了借机赚钱，”艾丽说，语气远没有先前那么信心十足了。

“哪张照片？科特的照片？他一直就在那儿的。我是他的超级歌迷。整个赫特福德郡他最大的歌迷。”

“你不是今天为了赚钱才贴上去的？”

“你是说，赚罗伊斯顿总共这几个可怜的‘涅槃’歌迷的钱？如果是胡里奥·伊格莱西亚斯的照片还差不多。”

艾丽看起来非常尴尬。

“你就是为这个打破窗子的？”露丝问。“因为你认为我在拿他赚钱？”

“是的。”

“今天是我一生中最难过的日子。然后还有个小白痴凑上来打破我的窗子，就因为她以为我正在敲诈他的歌迷。你……拜托成熟点好不好？”

威尔非常怀疑艾丽是不是会经常无言以对，不过可以确定的是，如果你想看她张口结舌红头涨脸的狼狈相，你必须得找出个二十来岁、对科特·柯本的崇拜比她还要狂热的孪生姐姐来才成。

“对不起，”她小声说。

“是的，好了，”露丝说。“过来。”当着警局接待室这一屋子人的面，而且其中大部分人都冷眼旁观，露丝张开双臂，艾丽站起来，走到她跟前，跟她拥抱在一起。

看起来菲奥娜肯定是没注意到这一拥抱也就标志着整个照片事件的圆满结束，不过威尔倒是早就注意到自从他们半路上停下来加油之后，菲奥娜就一直有点对身边发生的一切多多少少视而不见的意思。很快，菲奥娜就以实际行动证明了她实际上一直都在偷偷地酝酿着惊人之举,可不单是在做白日梦来着,现在,出于只有她本人清楚的原因,她决定是实施行动的最佳时机了。她站起来,绕过桌子,从马尔库斯身后把他搂住,令人尴尬、满怀深情地对那位一直负责看管他的女警察开始了演讲。

"我一直都不是他的好妈妈,"她宣布道。"我一直都对他漫不经心,我没有好好地关心他,看护他,而且……事情到了这一步我一点都不感到吃惊。"

"事情哪一步都没到,妈妈,"马尔库斯说。"还要说多少次？我什么事都没干。"菲奥娜根本没理他这茬;她看起来甚至都没听见。

"我知道我不配再有一个机会了,不过我现在还想请求,而且……我不知道您是不是位母亲?"

"我?"那位女警问。"是的。我有个小男孩。叫杰克。"

"我现在就向身为母亲的你请求……如果你再给我们一次机会,你将不会为此感到后悔的。"

"我们不需要什么机会,妈妈。我没做错任何事。我只不过从火车上下来了。"

仍然没有反应。威尔不得不去拉住她:一旦她决定了要为她的孩子而战就谁都甭想拦住她了,不管这个决定多么摸不着北,也不管她使用的武器多么不合适。她说的话是有些发痴——甚至可能她自己都有所意识——但至少她现在明白了她不得不为自己的孩子而采取点行动了。在某种程度上,这简直算是个转折点。你可以想象出这个女人尽在错误的场合说出各种荒唐的话;但从此以后你将再难以想象会发现她四仰八叉地躺在尽是她自己的呕吐物的沙发上了,而威尔也开始明白,有时候好消息正是以看似毫无希望的面目到来的。

“我们愿意做出举证，”菲奥娜说。罗伊斯顿的法律也跟洛杉矶的法律相同？威尔表示怀疑。似乎不像，不过谁知道呢。“马尔库斯会举证艾丽，如果你们能放了他。我很抱歉，卡特里娜，不过对她来讲已经太迟了。让马尔库斯清清白白地重新开始吧。”她把脸埋在马尔库斯的后脖颈上，但马尔库斯却把她甩开拔腿向威尔跑去。卡特里娜在菲奥娜发表这通演讲的大部分时间里都强忍着笑，这时候走上去安慰她。

“行了，妈妈。你疯了。真他妈的，我简直不能相信，我怎么有这么一对废物爹妈，”马尔库斯非常认真地说。

威尔看着这怪异的一小群人，努力想弄明白到底是怎么回事。竟有这么多的波折跟关联！他脑袋都转不过来了。他可不是个热衷神秘主义的人，即使在麻醉品的影响下也没这爱好，但令他感到非常担心的是，恐怕现在他面对的就是个神秘时刻，倒是有个理由：也许跟马尔库斯撇下他妈妈来找他有关？不管你怎么解释，这事毕竟使他感觉非常特别。这些人里面，其中有些他是今天才认识的；有些他才认识一小会儿，尽管认识，他也不能说就很了解他们。但他们毕竟凑到了一块儿，有一位抓住一块纸板剪的科特·柯本像就不放，还有一位打着石膏，另有一位在哭，所有的人都相互有关联，这种关联你几乎没法跟一个此时才溜达进来的人解释清楚。威尔不记得以前何曾陷进这么一个复杂、枝蔓、混乱的网络；这简直就像是容他从天上瞥了一眼整个人类的略图。真的还不算太坏；要他全职为人他也不会有什么意见的。

他们都去最近的一家汉堡店吃晚饭。露丝和艾丽跟他们分开来坐，凑在一起吃油炸土豆片抽烟说悄悄话；马尔库斯跟他的亲人们继续他们在警局里就以极大的热情开始了的互相攻击。克里夫想要马尔库斯继续完成他到剑桥的旅行,但菲奥娜觉得他应该返回伦敦,而马尔库斯却似乎被这一下午给搞糊涂了,什么都不大觉得了。

“首先艾丽是怎么跟你搞到一块儿的?”威尔问他。

“我现在想不起来了,”马尔库斯说。“她只是想来罢了。”

“她要跟我们待在一起吗?”

“不知道。也许吧。”

“多谢事先问问我们。”

“艾丽不适合我,”马尔库斯坚定地说。

“你已经决定了,是吗?”威尔说。

“我不知道她到底适合谁,”卡特里娜说。

“我想我们会永远是朋友,”马尔库斯继续下去。“不过我不知道。我想我该找一个不这么——”

“不这么粗鲁跟疯狂? 不这么暴力? 不这么疯疯傻傻? 我还能想到一大堆不那么的内容。”作出这一大贡献是艾丽的妈妈。

“不这么跟我不一样,”马尔库斯选了一种外交辞令的说法。

“好啊,祝你好运,”卡特里娜说。“我们中的很多人已经花了半辈子的时间用来找一个跟我们不这么不一样的人,可至今我们都还没找到。”

“有这么难吗?”马尔库斯问。

“这是世上最难的事了,”菲奥娜说,带着比威尔预料的还要多的感情。

“你认为我们现在为什么都是独身?”卡特里娜说。

果真如此吗? 威尔很想知道究竟。这就是他们一直都在努力的,找一个不那么不一样的人? 这也是他在做的吗? 蕾切尔有活力有思想目标专一富有同情心，在他数都数不过来的各个方面都跟他截然不同，但蕾切尔的整个意义，起码威尔是这么想的，就在于她不是他。这么说来，卡特里娜的逻辑肯定有纰漏。这种要寻找一个不那么不一样的人的努力……他意识到，只有在你首先确信自己还不那么糟糕的前提下才真正成立。

三十五

马尔库斯最后还是决定跟他爸爸和林塞走了。他对他们感到有点抱歉,不过原因有点滑稽:在警察局里的时候他们真的像是给孤立出来了,就像他们一点都不会处事一样。马尔库斯以前从没认识到这一点,不过那天晚上就真的能分辨出谁住在伦敦,谁不住在伦敦了,那些不住在伦敦的似乎更怕事。克里夫跟林塞一开始怕艾丽,他们还怕过艾丽的妈妈,还有警察,此外他们还老是抱怨,而且看起来总有点紧张……也许这跟是不是住在伦敦无关;也许这跟他现在认识的这些人关系更大,或者也许是因为他在最近这几个月里一下子长大了好多。但他现在真的看不出他爸爸还能给他什么别的东西了,就是因为这个他感到对他有点歉意,也就是因为这个他才同意跟他一起回剑桥。

克里夫在车里继续不停地呻吟。马尔库斯为什么想跟这么个人混在一起?他当时为什么不制止她?他为什么对林塞那么凶?她又曾经对他做过什么?马尔库斯回答不了。他只是由着他爸爸继续继续直到最后他看起来已经把呻吟都用完了，就像你把汽油用完了一样：它们开始慢下来，声音越来越小，再然后它们就这么一下子完全消失了。关键是，他不能再做那样的爸爸了。他已经错失了时机。这就像上帝在创造了世界亿万年后又突然决定再回来当他的上帝：他不能就这么突然由天而降，然后说，你们不应该把帝国大厦摆在这儿，你们不应该这么办，这么一来非洲人民就只能得到很少的钱，还有你们不应该让他们搞什么核武器等等。因为你可以对他说，现在有点太晚了，不是吗？我们当初在琢磨这些事的时候您都干吗去了？

并不是说他认为他爸爸应该在他身边的，但他不能两边的好都占了呀。如果他想跟林塞一起住在剑桥，抽大麻，从窗台上往下摔，那很好，但他到时候就不能又对那些鸡毛蒜皮的小事横挑鼻子竖挑眼了——现在看来艾丽确属小事无疑，虽然他们一块儿坐在路边上等警车那会儿她看起来比世上什么东西都大。他得另给自己找个活儿干干了。威尔在这些小事上就很行，他妈妈也还行，但他爸爸很不行。

他们到达他爸爸家时差不多十点半了，这也就是说他花了足足六个小时才到剑桥——真的不算太坏，还得算上他半路被捕这件事呢。（被捕！他被逮捕过了！至少是给放进一辆警车里拉到了警察局。他已经不再把打破玻璃这件事想成是由当初逃学引起，此后还会导致他变成流浪汉跟吸毒犯的关键一环了。现在他已经给放出来了，他也就看明白了他当时是反应过激了。相反的，他把罗伊斯顿的事件看作他最近这几个月来已经走出了多远的标尺。在他刚到伦敦的那会儿他是决不可能跟被捕沾上边的。他当时还不认识这帮可爱的人。）

林塞给他们沏了杯茶，他们围着餐桌坐了一会儿。然后克里夫冲林塞做了个点头之类的动作，而她说她太累了要上床睡了，就把他们俩单独留下了。

“我卷根大麻烟你介意吗？”他爸爸问他。

“不，”马尔库斯说。“你想干吗就干吗好了。我不会想抽的。”

“你这么想太对了。你能帮忙把我那个罐子拿下来吗？我一动就疼。”

马尔库斯把他的椅子朝架子挪过去，然后爬到椅子上开始在最上层的那些麦片袋子后面翻腾。想想真有点滑稽，你怎么能一面知道某些人的那些小零碎，比如他们在哪儿藏他们的大麻烟罐，一面又不知道他们月复一月地都在想些什么呢？

他从椅子上下来，把烟罐递给他爸爸，然后把椅子挪回原位。他爸爸开始给自己卷大麻烟，一边像往常一样冲着烟纸开始嘟囔。

“我认真考虑了一些人生大事，自从，你知道，自从我的事故之后。”

“自从你从窗台上摔下来之后？”马尔库斯喜欢这么说。听起来那么蠢。

“是的。自从我的事故之后。”

“妈妈说过你在认真想些大事。”

“还有呢？”

“还有什么？”

“我不知道。你怎么想？”

“我怎么想你认真考虑大事？”

“呃。”他爸爸从他的卷烟纸[1]上抬头看了看他。“是呀。我想是

---

[1] 原文是“Rizla(s)”，号称是最好的卷烟纸(rolling papers)。

这样。”

“这得看了,真的,不是吗?得看你都是想了些什么。”

“是的。我考虑的是……真把我吓坏了,我的事故。”

“当你从窗台上摔下来的时候?”

“是的。我的事故。你干吗非得说出是什么呢?总之,真把我吓坏了。”

“你摔下来的地方又不高。你只摔断了锁骨。我知道有好多人都摔着过的。”

“如果真能促使你思考也不在于从多高的地方摔下来的,不是吗?”

“我想不是。”

“你在警察局说的那些话是认真的吗?关于我是个毫无用处的爸爸?”

“哦,我不知道。并不是认真的。”

“因为我知道我从来就不是个伟大的人。”

“不。不关伟大什么事。”

“而且……你需要个父亲,不是吗?我现在看出来了。我以前没能看出来。”

“我也不知道我需要什么。”

“喔,你知道你需要个父亲。”

“为什么?”

“因为每个人都需要。”

马尔库斯就这个问题想了一会儿。“每个人都需要,你知道,是为了让他们生活下去。后面的,我就没把握了。你为什么认为我现在需要个父亲?我现在没有也过得很好。”

"看起来可不像哦。"

"什么,就因为别的什么人打破了一块玻璃?不,是真的,我现在没有也过得很好。也许我因此过得更好。我是说,跟妈妈在一起生活并不容易,不过今年在学校里……我没法解释这个,但我觉得比以前安全多了,因为我认识了更多的人。我曾经真的很害怕,因为我觉得就两个人一起生活实在太少了,而现在,可不止两个人了。有好多呢。而且你现在这样子也更好。"

"那好多人都是谁?艾丽、威尔以及他们这类的人?"

"是的,他们这类的人。"

"他们不会永远留在你身边的。"

"他们中有些会,有些不会。不过,你看,我以前原本不知道别的人也可以担负起这项工作的,实际上他们的确能。你能找到些人。这就像是那些杂技表演。"

"什么样的杂技表演?"

"那些叠罗汉表演,你站在好多人上头。他们到底是谁并不真的有关系,是不是,只要你在上头,而且你在找到别的人代替之前别让他们走掉就行了。"

"你真的这样想?谁在你下头并不真的重要?"

"现在是这么想,没错。我原来不这么想,不过现在是这么想的。因为如果你的妈妈和爸爸打算把事情弄糟,或是走掉,或是情绪低落,你就没法站在他们顶上了。"

他爸爸已经卷好了大麻烟。他点着火,深深地吸了一口。"我认真考虑的正是关于这个的。我不该走掉的。"

"没关系,爸爸。真的没关系。如果事情搞糟了我知道你在哪儿。"

"对呀，谢谢。"

"对不起。但是……我很好。真的。我能找到人。我会好好的。"

他是会好好的，他知道。他不知道艾丽是不是会好起来，因为她想问题不像他这么努力，尽管她可能更聪明而且知道政治什么的事；他也不知道他妈妈是不是会好起来，因为在很多时候她不是很坚强。但他确信他能以他们做不到的方式来适应这个世界。他能适应学校的，因为他知道该怎么做了，他也搞清楚了你能信任谁不能信任谁，而且他也已经搞清楚了在那儿，伦敦，那儿的人也会从各个犄角旮旯里冲出来相互攻击。你可以创造出一种人与人之间相处的小模式，而如果他妈妈跟他爸爸当初没分开，他们仨一直待在剑桥的话就没有这种可能了。这并不适用于所有的人。不适用于那些疯狂的或者谁都不认识的人，或是那些病态的还有那些酒喝得太多的人。但这种模式对他会起作用，他已经完全确信无疑了，而且因为这会对他起到作用，他已经决定，这是一种比他爸爸想让他尝试的方法好得多的处事之法。

他们又谈了一会儿，谈到了林塞以及她多么想要个孩子，以及他爸爸是如何拿不定主意，还有，如果他们真有了个孩子马尔库斯会不会介意；马尔库斯说他会很高兴的，他喜欢小孩。其实他并不真的喜欢；但他知道身边再多个人的价值，而林塞的小孩有朝一日就会长成这么一个人。再然后他就上床睡觉了。他爸爸拥抱了他，而且有点眼泪汪汪的，不过马尔库斯那时候已经困得跟石头似的了，所以他也并没怎么在意。

第二天早上，他爸爸跟林塞开车把他送到车站，还给了他足够从王十字车站打车回家的钱。他坐在火车上，望着窗外的景色。他确信他关于叠罗汉的想法是对的；不过那即使都是一堆垃圾他也仍然会继续信仰它的。如果它真能带他安全地长到他可以完全自由地去犯他们正在犯的那些错误的时候，那又有什么关系？

三十六

这么想要蕾切尔仍然让威尔很害怕。无论什么时候，对他来说她都好像有可能就此决定他太麻烦，或是一钱不值，要么床上功夫欠佳。她都有可能遇到别的什么人；或者她得出结论她压根不想跟任何人有固定的关系。她有可能突然死掉，一点预兆都没有的，在送阿里上学回来的路上遇到车祸。他觉得他就像是一只蛋壳刚刚破碎的小鸡，面对着外面的世界他不停地哆嗦，立脚不稳（如果小鸡们真的是立脚不稳的话——要不然就是马驹，或是牛犊，或别的什么动物），他除了一身“保罗·史密斯”西装或一副“雷朋”太阳镜护体外，缺的东西太多了。他甚至都不能确定他所有这些恐惧都所为何来。这对他有什么好处？就他的目力所及，无论如何，一点好处都没有，不过现在才这么问实在有点太晚了。他只知道他已经无路可退；他原来的那部分生活已经寿终正寝。

现在大部分星期六，威尔都带阿里和马尔库斯到某个地方去玩。一开始是因为他想给他们的妈妈一点休息时间……不，这不是事实。

他开始这么干是想曲线进入蕾切尔的生活，他想让她相信他并非一无是处，还是有些东西的。而且看起来这也并非世上最难的工作；开始的几次外出是不容易，因为出于某种原因，他尝试要大家都长点知识，他就带他们去大英博物馆和国家美术馆，结果把他们仨都烦得要命，火大得很，不过这大部分还是因为威尔自己就痛恨这些东西。（世界上还有一个比大英博物馆更无趣的地方吗？如果真有，威尔也决不想领教。罐子。硬币。花瓶。满满几屋子的盘子。要把一样东西展览出来也得有展览的价值啊，威尔决定。就因为它们很老，并不意味着它们就很有趣。就因为它们幸存下来了也并不意味着你就真想看看它们。）

不过正当他就要把外出的主意整个放弃时，他带他们去看了场电影，是那一大堆专门针对孩子们的愚蠢的暑期片之一，结果他们仨都开心得不得了。所以现在以下的日程就成了他们的固定节目：在麦当劳或是汉堡王吃午饭，看电影，在汉堡王或是麦当劳吃奶昔，如果他们中的任何一位午饭时没要奶昔，回家。他也带他们去看了几次阿森纳的球赛，那儿也不错，但是阿里只要碰到半个机会仍然还会偷袭马尔库斯，而如果在海伯里的家里关上整整一下午的话，这种机会决不止半个，所以碰到极少数没电影可看的时候他就带他们去看足球，这可不只是对他们智力的侮辱了，身体部分也连带奉上。

马尔库斯现在可比阿里老成了。他们第一次碰面的时候，马尔库斯还是威尔儿子的那天下午，阿里显得比马尔库斯要大好多岁，不过那天下午的爆发也把他的伪装掀起了一角，而且无论如何，马尔库斯在这几个月里自己也进步神速。他穿得好多了——在跟他妈妈争论他是否该被允许跟威尔一起去购物的辩论中他胜出了——而且他也定期去修剪头发了，而且他非常努力地控制自己不要大声唱出来，而且他跟艾丽和佐伊的友谊(让每个人都大感意外,这一友谊持续了下来而且加深了一步)也意味着他的行为举止更像青少年了:虽然姑娘们仍然非常珍视他偶尔的古怪言行,并引以为傲,马尔库斯本人却对他每说一句什么蠢话她们就兴奋得大呼小叫开始感到厌烦了,而且他——从某个角度来看,未尝不可惜,不过总归是不可避免的,而且是健康的——在说话时也已经变得更加小心谨慎了。

实在有点奇怪;威尔怀念他。自从蛋壳破碎以后,威尔就发现自己很想跟马尔库斯谈谈老是觉得自己好像一丝不挂地在流浪,觉得害怕每样东西每个人到底是怎么回事,因为马尔库斯是这个世界上唯一能给他提供建议的人;但马尔库斯——那个原来的马尔库斯——却消失不见了。

“你打算跟我妈妈结婚吗?”在某一次看电影前的汉堡午餐上阿里突然问他。马尔库斯很感兴趣地也从油炸土豆片上抬起头来看着他。

“我不知道,”威尔嘟囔了一句。关于这件事他想过很多,但仍然不足以使他相信他有权问她;每次他在她家过夜他都觉得那是种他都不敢奢望的恩宠,因此他一步都不想再往前迈,惟恐逾越了权限。有时他甚至都不敢问她他什么时候能再见到她;所以现在问她是否愿意跟他共度余生看起来实在有点操之过急。

“我曾经想让他跟我妈妈结婚来着,”马尔库斯很兴奋地说。威尔突然被一种想把滚烫的快餐咖啡整个倒到马尔库斯衬衫上的冲动所攫住。

“真的吗?”阿里说。

“是的。不知为什么我当时觉得这会解决所有的问题。但你妈妈不同。她比我妈妈头脑清楚得多。”

“你现在还想让他娶你妈妈吗？”

“我在这件事上没有发言权吗？”威尔问。

“不了，”马尔库斯说，根本没理威尔的茬。“我现在不再觉得这是个好办法了。”

“为什么？”

“因为……你知道他们怎么叠罗汉吗？我现在正在寻找类似这样的生活模式。”

“你在说什么，马尔库斯？”威尔问他。这可不是个反问句。

“如果你是所有人的朋友，你就会更安全。当人们分成一对一对的时候……我不知道。就变得不怎么保险了。你看看现在的情况。你妈妈跟我妈妈处得很好。”这是事实。菲奥娜跟蕾切尔现在经常见面，这让威尔觉得很痛苦很不舒服。“而威尔也去看她，而我会来看你，还有艾丽跟佐伊，还有林塞跟我爸爸。我已经基本上把叠罗汉做成了。如果你妈妈跟威尔成了一对，你觉得你安全了，其实你一点都不安全，因为他们会分手的，要么威尔会发疯或者出现别的意外。”

阿里贤明地点了点头。威尔想拿咖啡烫马尔库斯的冲动已经被一种想一枪打死他然后再自杀的冲动所取代。

“如果蕾切尔跟我不分手呢？如果我们永远待在一起呢？”

“很好。很棒。以实际行动证明吧。我只是觉得一对一对的并非理想的未来。”

“哦，真是多谢你……爱因斯坦。”威尔本来想回击得更尖锐些。他本来想想出某个搞社会文化的婚姻专家名字，两个十二岁的孩子又能马上明白是谁的，但他那会儿却只能想起一个爱因斯坦。他知道这不对头。

“他跟这个有什么关系？”

“什么关系都没有，”威尔嘟囔道。马尔库斯同情地看着他。“别再这么屈尊俯就了。”

“什么叫屈尊俯就？”马尔库斯非常认真地问。这不就是了吗。威尔正在接受一个还不够年龄明白这个词到底什么意思的小孩的屈尊俯就。

“意思是说，别再拿我当个白痴了。”

马尔库斯看着他的表情就像在说，喔，那我还能怎么对待你呢？而威尔也再同意不过了。他现在可真是一直致力于填平他们之间的代沟：马尔库斯那种权威的样子，那种“你就在那儿干那个吧”的不容置疑的语调，是那么令人信服，威尔都不知道该怎么跟他争辩了。而且他也不想跟他争。他还没有脸皮尽失；他还有一小块自留地，也就跟一道小疤一样大，他还想继续保留着呢。

“他只是好像一下子就长大了，”有天下午菲奥娜跟威尔说。威尔刚开车送马尔库斯回家，进门后马尔库斯只草率地谢了他一声，然后跟他妈妈简慢地打了声招呼就消失到自己的卧室里去了。

“我们哪个地方做错了，呃？”威尔悲哀地问。“我们给了这个孩子一切，他却这样来报答我们。”

“我感觉好像正在失去他，”菲奥娜说。威尔至今仍没掌握跟她开玩笑的法门。他嘴里说出来的是卡布基诺，到了她耳朵里能听成板油布丁。“都是那些自以为是的家伙，还有艾丽还有佐伊还有……我觉得他都抽上烟了。”

威尔笑了。

“这并不可笑。”

“是有点可笑。如果几个月前你抓到他跟一帮小伙伴凑在一起抽烟，你会怎么想？”

“一样。我痛恨抽烟。”

“是的，但……”他放弃了。菲奥娜已经下定决心不去明白他话里的意思。“你为正在失去他感到不安吗？”

“你为什么要这么问？我当然感到不安。”

“只是你看起来似乎……我不想显得没礼貌，不过你近来看起来确实好多了。”

“我也是这么想的。我不知道到底怎么回事，但我觉得所有的事都不再那么让我筋疲力尽了。”

“那太棒了。”

“我觉得我好像站得离地面更高了。我不知道为什么。”

威尔觉得他知道其中的一个原因，但他也知道说出来既不明智也不厚道。事实是，这个新版的马尔库斯不再那么难以对付了。他有了朋友，他能自己照顾自己了，他已经长出了一层皮——威尔刚刚蜕掉的那种皮。他已经舒展开了，变得跟每一个十二岁的孩子一样粗野一样普通。但他们三个为了得到些东西也都不得不失去一些东西。威尔已经失去了他的外壳他的酷以及他的疏离感，他觉得害怕，觉得自己很脆弱，但他得到了蕾切尔；而菲奥娜则失去了一大块马尔库斯，但她也从此不必再去医院的急诊室了；马尔库斯失去了他自己，开始穿着自己的鞋从家里走向学校。

马尔库斯这时怒气冲冲地从他的房间里出来了。

“我烦透了。我能去租个带子吗？”

威尔再也忍不住了：他有个理论，他现在就想检验一下。“嘿，菲奥娜。你干吗不把你的乐谱找出来，我们再一起谋杀一次‘Both Sides Now’？”

“你真想?”

“是的。当然了。”但他眼睛在觑着马尔库斯,那位的表情就像是你叫一个男孩当着一帮超级名模跟他表兄弟们的面跳一场裸体舞一样。

“求你了,妈妈。别。”

“别傻了。你喜欢唱歌的。你喜欢乔尼·米切尔。”

“我不喜欢。不再喜欢了。我痛恨乔尼·米切尔。”

威尔现在知道了,不再有任何怀疑了,马尔库斯肯定没问题了。

Nick Hornby
About a Boy

图字：09-2003-223号

图书在版编目(CIP)数据

非关男孩/(英)尼克·霍恩比(Nick Hornby)著；冯涛译. —上海：上海译文出版社，2020.9
(尼克·霍恩比作品)
书名原文：About a Boy
ISBN 978-7-5327-8422-6

Ⅰ.①非… Ⅱ.①尼… ②冯… Ⅲ.①长篇小说—英国—现代 Ⅳ.①I561.45

中国版本图书馆CIP数据核字(2020)第156843号

非关男孩
〔英〕尼克·霍恩比 著 冯 涛 译
责任编辑/管舒宁 装帧设计/人马艺术设计·储平

上海译文出版社有限公司出版、发行
网址：www.yiwen.com.cn
200001 上海福建中路193号
上海信老印刷厂印刷

开本 890×1240 1/32 印张 9.5 插页 2 字数 153,000
2020年11月第1版 2020年11月第1次印刷
印数：0,001—5,000 册

ISBN 978-7-5327-8422-6/I.5173
定价：69.00元